U0146794

百年经典绘本

大象巴巴

（法）布朗霍夫　著

叶红婷　译

北京联合出版公司
Beijing United Publishing Co.,Ltd.

图书在版编目（CIP）数据

大象巴巴 /（法）布朗霍夫著；叶红婷译 . -- 北京：北京联合出版公司，
2014.12（2020.11 重印）

（百年经典绘本）

ISBN 978-7-5502-1930-4

Ⅰ . ①大… Ⅱ . ①布… ②叶… Ⅲ . ①儿童文学—图画故事—法国—现代
Ⅳ . ① I565.85

中国版本图书馆 CIP 数据核字 (2014) 第 284546 号

大象巴巴 百年经典绘本

著　　者：	（法）布朗霍夫
译　　者：	叶红婷
责任编辑：	王　巍
封面设计：	彼　岸
责任校对：	赵宏波
美术编辑：	盛小云

出　　版：北京联合出版公司

地　　址：北京市西城区德外大街 83 号楼 9 层　100088

经　　销：新华书店

印　　刷：三河市嘉科万达彩色印刷有限公司

开　　本：720mm×1020mm　1/16　印张：27.5　字数：560 千字

版　　次：2014 年 12 月第 1 版　2020 年 11 月第 10 次印刷

书　　号：ISBN 978-7-5502-1930-4

定　　价：75.00 元

未经许可，不得以任何方式复制或抄袭本书部分或全部内容

版权所有，侵权必究

本书若有质量问题，请与本公司图书销售中心联系调换。

电话：（010）88893001　82062656

出版说明

布朗霍夫

在全世界琳琅满目的童话中，《大象巴巴》可以说是经典中的经典。法国画家、儿童文学家让·德·布朗霍夫是两个孩子的父亲，晚上哄孩子入睡时，布朗霍夫夫妇总会讲故事给他们听。在一个美丽的夜晚，大象巴巴就在他们的想象中诞生了。1931年起，这只大象成为许多探险记和画册的英雄人物。巴巴、莎莉丝特，他们的孩子波马、亚历山大、弗洛拉，亚瑟、小猴子泽飞尔以及老妇人，伴随了数百万的孩子甜美入梦。让·德·布朗霍夫也被誉为"巴巴之父"。这个作品还开创了现代图画故事集的先河，在此之后产生了多本脍炙人口的巴巴系列图画书作品，布朗霍夫又被冠以"现代儿童图书之父"的美誉。他用稳健的图像艺术和讲故事的双重能力，激励着全世界一代又一代儿童图书作者和插画家。布朗霍夫去世后，他的儿子罗伦特继承了父亲的事业，继续整理和出版巴巴系列。目前，大象巴巴系列已经受到欧洲乃至全世界孩子的喜爱，被至少翻译成13种文字，成为美国人文学科基金会推荐童书，销量持续走高，而且由其改编的卡通片畅销全球150多个国家。

布朗霍夫创造的巴巴的故事主要由红色、绿色和黄色构成，灰色的大象被衬托得非常鲜明。美丽、明快而且细节丰富的图画，总是透着让人发笑的幽默。而在文字叙述方面，布朗霍夫最让人惊叹的特点是简单，他可以用非常简单的文字讲述内涵非常丰富的大故事。长久以来，他的故事一直为西方父母所推崇，因为虽然孩子们反复要求读，但是父母读起来却一点也不累。

本书是大象巴巴系列故事的全集，完整收录了六本大象巴巴的经典故事：巴巴的故事、巴巴的旅行、国王巴巴、巴巴和猴子泽飞尔、巴巴和他的孩子们以及巴巴和圣诞老人，主要讲述了在一个猎人的枪下，巴巴失去了母亲，只身逃到城市。后来他穿上了人类的衣服，进入了上流社会，还娶了自己的表妹莎莉丝特（在大象的

1

社会中这是被许可的），而且他还被加冕为大象国王，进行了一系列的冒险，并带领着大象臣民们幸福而快乐地生活。书后附录还详细介绍了 45 种典型大型哺乳动物，绘声绘色地讲述其体型与官能、分布、食性、社会行为、繁殖等，深度讲解其生活的方方面面，采用图鉴形式，众多珍贵彩色插图，既有生动的野外抓拍照片，也有大量描摹细腻传神的手绘组图，生动再现了动物的生存百态和精彩瞬间，对特定情境、代表种类特征、身体局部细节等的刻画惟妙惟肖，具有较高的科学和美学价值。

　　法国雷恩大学讲师、著名评论家伊莎贝拉·史埃弗雷勒曾说："巴巴的世界充满爱、智慧、诗意和怀旧的感觉，这个世界只限于少数人进入，里面丰富多彩，安心可靠。"在阅读本书时，可以在图画中感受童话，在童话中品味图画，就像欣赏一部生动的动画片一样，随巴巴一起进入神奇美妙的冒险世界。

法国画家让·德·布朗霍夫 (Jean de Brunhoff, 1899-1937) 为他的第一本书设计了许多封面草图，最后确定使用左面这张，其中还加入了他的手写字体。

目 录

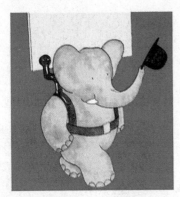

于1931年在法国首次出版；于1933年被翻译成英语，在美国出版。

于1932年在法国首次出版；于1934年被翻译成英语，在美国出版。

于1933年在法国首次出版；于1935年被翻译成英语，在美国出版。

于 1936 年 在
法国首次出版；于
1937 年被翻译成英
语，在美国出版。

于 1938 年在法国首
次出版；于 1938 年被翻
译成英语，在美国出版。

于 1941 年在法国首次
出版；于 1940 年被翻译成
英语，在美国出版。

巴巴的故事

　　在一座大森林里，一头小象出生了。他的名字叫巴巴。他的妈妈非常爱他。她喜欢用长长的鼻子轻轻地摇动着摇篮，并轻声地唱着柔美的歌曲哄他进入梦乡。

巴巴一天天长大。现在，他能和其他小象一起玩耍了。

他是小伙伴里非常棒的一头小象。看呀！他正在用贝壳铲沙子玩。

　　一天，巴巴正骑在妈妈的背上开心地玩耍着。就在这时，一个躲藏在灌木丛中的可恶猎人朝着他们开枪了。

　　巴巴的妈妈被猎人打死了！旁边的猴子们吓得慌忙躲起来，小鸟儿也害怕得飞走了。巴巴伤心地哭泣起来。猎人连忙跑过来，想抓住可怜的巴巴。

巴巴飞快地逃开了，因为他害怕猎人。

几天之后，他来到了一个城市，感到非常

疲倦……

他完全不知道这里是怎么回事，因为这是他生平第一次看见这么多的房子。

对巴巴来说，新鲜事物实在是太多啦！宽广的马路！来来往往的小汽车和公共汽车！

不过，巴巴最感兴趣的还是他在大街上看到的两位绅士。

他自言自语地说："哦！他们的穿着真的非常得体！多么希望我也能穿上那样漂亮的衣服啊！可是，我怎么才能得到那样的衣服呢？"

幸运的是，有一位非常富有的老妇人，一直以来都很喜欢小象，她一看到巴巴就知道他想要一套精致的衣服。她是一个好心人，希望自己能让人们快乐，因此，她把自己的钱包给了巴巴。巴巴对她礼貌地说："尊敬的女士，谢谢您！"

　　巴巴一刻也没有耽误，立即走进一家大型的百货店。他走进电梯间，发现站在这个有趣的大盒子里，就能反反复复地上去下来，这可真好玩儿！于是，巴巴乘着电梯一连上去了 10 次，又一连下来了 10 次。

　　他还没有玩够，但是电梯管理员对他说："小象先生，电梯不是玩具！请您走出电梯，去买东西吧。看，这位是百货店巡视员。"

接着，巴巴给自己买了下面这些东西：

一件翻领衬衣，和
一个相配的领结；

一套绿色的西装；

然后又买了一顶美观
大方的圆顶窄边的礼帽；

还有一双带鞋罩
的皮鞋。

15

巴巴对自己购买的服装非常满意，这样让他风度翩翩。接着，巴巴找到一位摄影师，为自己拍了一张照片。

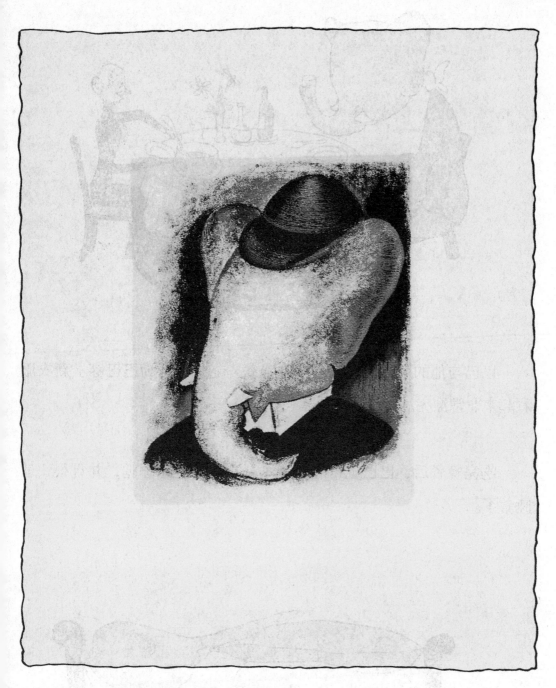

喏，这就是巴巴的照片。

　　巴巴与他的朋友老妇人一起吃晚餐。老妇人认为巴巴穿上新衣服看起来非常漂亮。

　　吃完晚餐后，巴巴觉得有些累了，于是他上床睡觉，并且很快就睡着了。

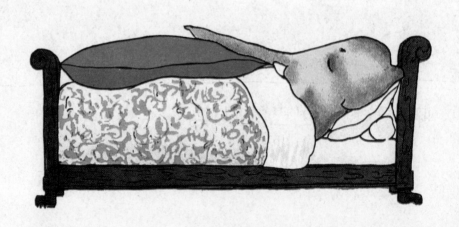

后来，巴巴就在老妇人家里住了下来。每天早上，他和老妇人一起做健身操，做完之后再去洗澡。

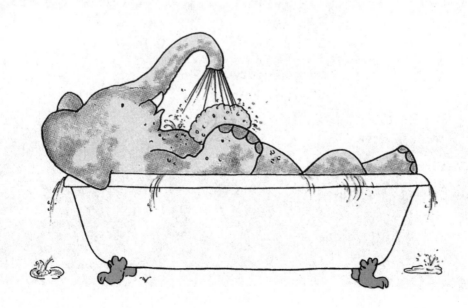

　　每天，巴巴都开着汽车到外面兜风。那是老妇人送给他的
汽车。不管巴巴想要什么，老妇人都会给他。

$$2 + 2 = 4$$
$$4 + 3 =$$

ABC

一位学识渊博的教授给巴巴上课。巴巴专心致志地听讲，认真完成老师布置的作业。他是一个优秀的学生，进步很快。

到了晚上，他们吃完晚餐后，巴巴就会对老妇人的朋友们讲述他
在大森林里的生活。

然而，巴巴并不是非常快乐，因为他常常思念在大森林里和表弟、表妹、好朋友猴子们一起玩耍的情景。他常常站在窗边，忧伤地回忆自己快乐的童年。每当他想起妈妈，就禁不住伤心地流下眼泪。

两年过去了。

一天，巴巴正在散步，忽然看见两头小象朝他跑来。他们都没有穿衣服。他吃惊地对老妇人说："哎呀！那是我的表弟亚瑟和表妹莎莉丝特！"

巴巴深情地亲吻了他们，然后连忙带他们去买漂亮的衣服。

然后，巴巴又带他们去一家点心店，吃了美味的蛋糕。

就在这个时候，大森林里的所有大象都在呼唤亚瑟和莎莉丝特的名字，并四处寻找他们。他们的妈妈更是担心得不得了。

亚瑟

莎莉丝特

亚瑟

莎莉丝特

幸运的是，一只上了年纪的秃鹳在飞过那座城市时，正好看见了三头大象，于是迅速地飞回来告诉大家这个消息。

莎莉丝特

亚瑟

莎莉丝特

　　亚瑟和莎莉丝特的妈妈急忙赶到那座城市去接他们。能够找到他们，两位妈妈非常高兴，不过她们还是严厉地责备了亚瑟和莎莉丝特，因为他们不该四处乱跑。

　　巴巴决定和亚瑟、莎莉丝特以及他们的妈妈一起回去，回去再看看大森林。老妇人帮他整理好了行李箱。

他们已经准备好出发了。巴巴亲吻了老妇人，和她告别。如果不和老妇人分开，巴巴一定会非常愉快地离开这里。最后，巴巴承诺说自己有一天会回来看望她的，而且永远都不会忘记她。

他们渐渐地走远了……车里没有足够的空间，载不下两位象妈妈，她们俩不得不跟在车后面跑。为了避免吸入灰尘，她们将长长的鼻子高高地向上举起。

孤零零的老妇人一个人站在阳台上，她忧伤地想着："我什么时候才能再次见到我可爱的大象巴巴呢？"

唉！就在那一天，大象王国里的国王吃了一种有毒的蘑菇。

国王因此中毒，开始生病，他病得实在是太严重了，最后去世了。
这可真是一个巨大的不幸啊！

国王的葬礼结束之后，三位最年长的大象召开会议，要推选出一
位新国王。

　　就在这个时候，他们听到了一阵嘈杂声。他们转过身。猜一猜他们看到了什么？巴巴开着车回到了这里！所有的大象都跑着叫着："他们在这里呢！他们在这里呢！嗨！巴巴！嗨！亚瑟！嗨！莎莉丝特！哦！多么漂亮的衣服呀！多么漂亮的汽车呀！"

康纳利斯是象群中年纪最大的大象，他用微微颤抖的声音说道："亲爱的朋友们，我们正在寻找一位新国王。我们为什么不选择巴巴呢？他刚刚从大城市里回来，和人类一起生活，学会了许多知识和本领。就让我们为他戴上王冠，选他为国王吧！"大家都认为康纳利斯说的话非常有道理，他们都热切地等待着巴巴的回答。

"谢谢在场的各位，谢谢大家！"巴巴说，"但是，在我接受你们的提议之前，必须对你们说明一件事，就在我们驾车回来的旅途中，我和莎莉丝特已经订婚了。如果我做了你们的国王，那她就是你们的王后。"

"莎莉丝特王后万岁！巴巴国王万岁！"

所有大象齐声高呼起来，没有丝毫的迟疑。于是，巴巴就这样成了大象王国的国王。

　　巴巴对康纳利斯说："你有很多好主意，因此我任命你为将军，等我正式加冕成为国王之后，我会把我的礼帽送给你。一个星期之内，我要和莎莉丝特结婚。为了纪念我们美丽的婚姻和加冕典礼，我们想举办一个盛大的舞会。"然后，巴巴转向鸟儿们，请他们飞到森林的各处，邀请所有的动物来参加庆典。接着，巴巴让单峰骆驼去一趟城里，买一些漂亮的结婚礼服。

　　应邀参加婚礼的客人们陆陆续续都到了。单峰骆驼也带着精美的结婚礼服及时回来，正好赶上婚礼。

在巴巴的婚礼和加冕典礼之后，所有人都跳起了欢快的舞蹈。

　　庆典活动结束了，夜幕降临，天空中繁星点点。巴巴国王和莎莉丝特王后都感到非常幸福。

现在，整个世界都睡着了。客人们已经回家，尽管这一天他们跳
了太多的舞，都非常疲倦，但是却觉得非常快乐。他们将会永远记得
这场盛大的庆祝活动。

　　现在，巴巴国王和莎莉丝特王后都渴望到更远的地方去冒险，于是，他们乘坐着一个华丽的黄色热气球开始他们的蜜月旅行。

巴巴的旅行

　　大象王国里年轻的国王巴巴，带着他的妻子莎莉丝特王后，乘坐着热气球，就要启程去蜜月旅行了。

　　大象们高声呼喊道："再见，再见！"他们注视着热气球逐渐升上高空，越飘越远。

　　巴巴的小表弟亚瑟还在继续挥舞着他的贝雷帽。当国王不在的时候，年迈的康纳利斯就是大象王国的首领，领导所有的大象。他有些担忧地叹了一口气说："希望他们不要出任何事故才好！"

　　现在，大象王国已经越来越远了。热气球在蔚蓝的天空中悄无声息地飞行。国王巴巴和莎莉丝特王后欣赏着下面醉人的风景。这是一次多么美丽的旅行啊！空气多么怡人，微风多么轻柔。那边有一片海洋，一片大大的蔚蓝色的海洋。

　　海风将热气球吹到海洋的上空。突然，热气球遇到了一场狂烈的风暴。巴巴和莎莉丝特充满了恐惧，身体在瑟瑟发抖。他们用尽全身所有的力气紧紧地抓住热气球的篮子。

　　不幸中的大幸，就在热气球要坠落到大海中的时候，一阵风刮来，将热气球吹到一座小岛上，热气球渐渐变得扁平，然后跌落在小岛上。

　　"莎莉丝特，你没有受伤吧？"巴巴担心地询问。

　　"没有！我很好，我没事！看呀，我们得救了！"

　　巴巴和莎莉丝特将失事的热气球残骸留在沙滩上，带上他们的行李，四处寻找可以休息的地方。

　　最后，他们找到了一处安静的地方。他们赶紧把湿漉漉的衣服脱下来，莎莉丝特将衣服晾起来，好让它们变干。巴巴则生起了一堆篝火，开始准备早餐。

　　巴巴和莎莉丝特将他们自己安顿得舒舒服服的。他们搭好了帐篷，
坐在平坦的大石头上，开始兴致勃勃地吃热腾腾、香喷喷的米粥，米
粥煮得恰到好处。巴巴说："我们降落在这个小岛上还不算太糟糕！"

　　吃完早餐之后，巴巴去察看周围的环境，剩下莎莉丝特一个人，她躺在地上很快就睡得又香又甜。

　　就在这个时候，小岛上的居民，一群野蛮而凶残的食人族，突然发现了莎莉丝特。

　　"那是一种什么奇怪的野兽？"他们相互问道，"我们可从没见过像这样的野兽呀！它的肉肯定非常鲜嫩。我们悄悄溜过去，趁它睡着的时候把它活捉了吧！"

最后，那些食人族用莎莉丝特晾晒衣服的晾衣绳把她五花大绑，捆得结结实实。一些人开心得手舞足蹈，另一些人则在试穿他们偷抢来的衣服，玩得非常开心。莎莉丝特伤心地叹了一口气，她在想自己很快就会被他们吃掉。就在这个时候，巴巴及时赶回来救她！只不过莎莉丝特没有看见他。

　　一眨眼的工夫，巴巴解开了捆绑莎莉丝特的绳索。他们两个向食
人族猛冲过去。一些人受伤了，还有一些人拔腿就跑，所有人都惊慌
失措，害怕极了。

　　只有少数大胆的人还在奋力抵抗。但是他们都在心里想："这两个巨大的怪兽真的非常强壮,而且他们的皮肉也格外结实,又厚又硬!"

在赶走了那群野蛮的食人族之后，巴巴和莎莉丝特来到海边休息。突然，在他们的正前方，一头鲸鱼游出了海面，喷出高高的水柱。巴巴立即站起来，高声喊道：

"早上好！鲸鱼先生！我是巴巴，大象王国的国王，这是我的妻子莎莉丝特。我们乘坐的热气球发生了意外，因此降落到这个小岛上。你能帮我们离开这里吗？"

　　"我很高兴认识你们，"鲸鱼回答说，"如果我能给你们帮助，我也会非常开心的。我正打算动身去看望我在北冰洋的家人。我可以把你们放在你们喜欢的任何地方。快点，骑到我的背上来吧！抓紧啦！这样你们就不会滑下去了。你们准备好了吗？坐稳喽！我们出发啦！"

　　几天之后，他们有些疲倦，于是停在一块海礁上歇息。就在这时，一群小鱼游了过来。

　　"我要吃掉这些小鱼！"鲸鱼说，"我一会儿就回来！"说完，他向下潜入海中，追逐那群小鱼去了。

　　鲸鱼并没有再回来！就在他快活地享用那些小鱼的时候，他把两位新朋友忘得干干净净。他就是这么轻率而粗心。

　　可怜的莎莉丝特哭泣着说："要是在食人族的小岛上，我们会过得更好一些。现在我们在这里会怎么样呢？"巴巴耐心地极力安慰她。

　　他们在那块小小的海礁上熬过了一个又一个小时，甚至连一滴可以喝的淡水都没有。最后，他们发现了一艘船，正从离他们非常近的地方经过。那是一艘巨大的汽船，上面有三个烟囱。巴巴和莎莉丝特用他们最大的声音叫喊着、呼唤着，但是没有人听到他们的呼救。他们又尝试着挥舞长长的象鼻子和手臂，向巨轮发出信号。哦，他们最终会引起别人的注意吗？

啊！有人看到他们了！一艘救生艇救了他们，汽船上的乘客们都跑出来兴奋地观看他们。

一个星期后，那艘巨大的轮船缓缓地驶进了一个大港口。

　　所有的乘客都走下梯板。巴巴和莎莉丝特也打算跟着下去，但是他们没有得到允许。在那场风暴中，他们丢失了王冠，因此没有人相信他们是大象王国真正的国王和王后。船长命令船员将他们锁在轮船的厕棚里。

　　"他们竟然让我们睡在稻草上！"巴巴生气地叫喊着说，"竟然把我们当作驴子，让我们吃干草！还把门锁上！哦！我受够了这些，我要把这里的一切都砸得粉碎！"

　　"安静下来！我求你了，"莎莉丝特说，"我听到有人来了。哦！是船长到厩棚里来了。我们表现好点儿，说不定他会放我们出去呢！"

　　"这就是我得到的两头大象。"船长对跟他一起进来的著名驯兽师费尔南多说，"我不能把他们留在我的船上，那就把他们送给你的马戏团吧！"

　　费尔南多对船长说了一些感谢的话，然后就将他的两名新"学生"带走了。

　　"巴巴，要有耐心！"莎莉丝特低声说，"我们不能在马戏团里待很长时间。不管怎么样，我们都要回到我们以前生活的地方，看到康纳利斯，还有小亚瑟。"

　　就在同一时间，在大象王国里，小亚瑟想出了一个恶作剧的鬼主意。就在犀牛瑞泰克斯安安静静地睡午觉的时候，亚瑟轻手轻脚地把一个大大的鞭炮绑在他的尾巴上。这一点儿都没有吵醒瑞泰克斯。随着"砰"的一声巨响，鞭炮爆炸了，瑞泰克斯吓得跳了起来。亚瑟，这个调皮的小家伙，哈哈大笑起来，笑得他差点儿喘不过气来。这实在是一个非常低劣的恶作剧。

　　犀牛瑞泰克斯勃然大怒。康纳利斯非常担忧，于是亲自找到瑞泰克斯，对他说："我亲爱的朋友，真是对不起，亚瑟将会受到严厉的惩罚。他请求您的原谅。"

　　"滚开，你这个老家伙！"犀牛瑞泰克斯生气地说，"不要对我提起那个小坏蛋亚瑟！你们大象可能在想，你们可以拿我寻开心，但是，等着瞧吧——你们很快就会看到这么做的结果！"

　　"他到底要干什么？"康纳利斯冥思苦想，"哦，我感到忐忑不安。犀牛瑞泰克斯报复心强，而且心胸狭窄。啊！要是国王巴巴在就好了！"

但是，国王巴巴正在遥远的地方，在驯兽师费尔南多的马戏团里表

演吹喇叭呢，而王后莎莉丝特则在表演舞蹈。

费尔南多马戏团

　　一天，这个马戏团到一个城市里演出。这个城市正好是巴巴年幼时与他的朋友老妇人认识的城市。因此，到了晚上，趁着费尔南多睡觉的时候，巴巴和莎莉丝特逃了出来，然后他们去找老妇人，巴巴从来都没有忘记过她。

　　巴巴很轻易地就找到了老妇人的家，然后摁响了门铃。老妇人醒来了，穿着她的睡袍，走出来站在阳台上，大声问道：

　　"是谁呀？"

　　"巴巴和莎莉丝特！"他们回答道。

　　老妇人非常高兴。她一直认为自己可能再也见不到他们了。巴巴和莎莉丝特也很开心，因为他们永远都不用回到马戏团了。很快，他们就会与亚瑟和康纳利斯团聚。老妇人答应帮助他们。

　　老妇人为莎莉丝特准备了一件睡袍，并给了巴巴一套睡衣睡裤。
美美地睡了一觉之后，巴巴和莎莉丝特醒来了。现在，他们坐在床上
吃早餐。在经历了这一连串的历险之后，他们觉得非常疲惫。

在马戏团里，工作人员刚刚发现巴巴他们逃跑了。

"哦！可恶的强盗！我的大象被偷走了！"激动的费尔南多大声喊叫着。

"你们这两个小家伙！哦！你们这两个小家伙，你们躲在了什么地方？"马戏团里的小丑连声说道，然后到处寻找巴巴和莎莉丝特。

巴巴和莎莉丝特再也不会被捉到了。现在，他们在老妇人的陪伴下，正在去车站的路上。他们还需要几天时间的休息，然后才能回到他们自己的王国。于是，他们三个打算去高山上游玩，享受清新的空气，并尝试一下滑雪。

　　现在，巴巴和莎莉丝特收拾好了他们的滑雪板，并向四周的高山说再见。他们要乘飞机离开这里回家去了。老妇人会陪他们一起回去。因为在向老妇人兴致勃勃地介绍美丽的大象王国，以及任何时候都能听到鸟儿歌唱的大森林时，巴巴热情地邀请她去那里做客。

　　终于，他们着陆了。飞机返回去了。

　　巴巴和莎莉丝特惊讶得目瞪口呆，一时说不出话来。康纳利斯在哪里？亚瑟在哪里？还有其他大象又在哪里？到处都是被毁坏的树木！难道这就是大森林所留下的一切吗？这里再也没有盛开的鲜花！再也没有歌唱的鸟儿！当巴巴和莎莉丝特看到他们被毁坏的家园时，他们非常悲伤，禁不住哭泣起来。老妇人非常理解他们现在悲痛的心情。

　　最后，巴巴找到了其他大象，他问道："这里到底发生了什么？"

　　"哦！"康纳利斯回答说，"犀牛们向我们宣战。瑞泰克斯带领着他们过来，他想活捉亚瑟，把他剁成肉酱，用来做肉馅。我们勇敢地和他们作战，试图保护这个小家伙，但是，对我们来说，犀牛们的力量太强大了。我们不知道怎样才能把他们赶走。"

　　"这确实是一个坏消息。"巴巴说，"但是我们不能投降！"

　　但是，真正的战争可不是开玩笑的，许多大象在战争中受了伤。莎莉丝特和老妇人悉心地照料他们。老妇人特别擅长照顾伤病员，因为她以前是一位受过专业培训的护士。巴巴和一些痊愈的大象士兵一起回到前线，与康纳利斯一起加入大象军队。犀牛们正在准备发动进攻。一场大战很快就要开始了！

　　这里是犀牛的营地。犀牛士兵们正在等候命令，他们在心里想："我们要再次打败大象，然后这场战争就结束了，我们就都可以回家了。"怀恨在心的老犀牛瑞泰克斯不怀好意地对他的朋友帕米尔将军说："啊哈！我们很快就会拧住年轻国王巴巴的耳朵，并惩罚那个调皮捣蛋的亚瑟。"

这里是大象的营地。他们又重新找到了勇气。现在，巴巴想出了一个聪明的主意：

他把一些非常高大的士兵乔装打扮起来，把他们的尾巴涂成鲜红色，在他们尾巴附近的两边画上两只大大的眼睛，一看就让人觉得害怕。亚瑟正忙着制作假发。所有这些麻烦都是他引起的，因此他尽自己所能卖力地工作，希望大家能够原谅他。

　　战争开始的那一天来到了，就在这个时候，伪装好的大象从躲藏的地方钻了出来。巴巴的计策成功了！

犀牛们认为那些大象都是妖怪，他们害怕极了，在一片混乱之中四散奔逃，最后撤退了。

巴巴国王是一个非常英明的将军。

　　犀牛们已经逃散，并且还在逃跑。帕米尔将军和老犀牛瑞泰克斯成了俘虏，他们羞愧地低垂着头。对于大象们来说，这是多么荣耀的一天啊！所有大象齐声高喊道："好极了，巴巴——好极了！胜利！胜利！战争结束了！多么完美！多么辉煌的胜利啊！"

　　第二天，巴巴和莎莉丝特穿上他们的皇室礼服，戴上他们新的王冠，在全体大象面前奖励老妇人，一直以来她对他们非常友好，给了他们很多帮助，并悉心地照料伤员。他们送给她11只会唱歌的金丝雀，还有一只逗人喜爱的小猴子。

　　这场仪式结束后，巴巴、莎莉丝特和老妇人坐在棕榈树下聊天。
老妇人问："接下来我们要做什么？"

　　"我打算好好统治我的王国。"巴巴回答说，"如果你能继续和
我们待在一起，你一定会帮助我，让我们的国民们生活得更加快乐！"

国王巴巴

　　在遥远的大象王国里，国王巴巴和王后莎莉丝特非常高兴。因为他们与犀牛签订了和平协议，以后再也不会发生战争了。另外，他们的朋友老妇人答应和他们继续待在一起。她常常给小象们讲故事。她那可爱的小猴子泽飞尔坐在树上，也在仔细地聆听。

　　巴巴离开老妇人和王后莎莉丝特，与大象群中年纪最大、也是最有智慧的康纳利斯沿着长长的湖岸散步。巴巴对他说："这地方实在是太美了，我多么希望每天早晨一起床就能看见它啊！我们一定要把我们的城市建在这里。我们的房子应该建在湖边，周围盛开着五彩缤

纷的鲜花，到处都可以听到小鸟儿们的歌唱。"小猴子泽飞尔跟在他们后面，他看到一只翩翩起舞的蝴蝶，想抓住它……

　　就在泽飞尔追蝴蝶的时候，他遇到了他的朋友亚瑟，也就是国王和王后的表弟，他正在寻找蜗牛，玩得正开心呢。突然之间，他们看到了1个，2个，3个，4个单峰骆驼……哦，不对！5个，6个，7个单峰骆驼……啊，后面还有呢！8个，9个，10个……多得他们数都数不过来。这个队伍的头领对他们高声喊道："你们能告诉我们在什么地方能找到巴巴国王吗？"

在亚瑟和泽飞尔的陪同下，单峰骆驼队伍找到了国王巴巴。他们给他带来了沉重的行李，以及一些东西，那些都是他和王后莎莉丝特蜜月期间在外面的世界购买的。巴巴非常感谢他们，说道："先生们，你们一定很累了吧。请先到棕榈树的荫凉下歇息一会儿吧！"说完，巴巴又转向老妇人和康纳利斯，说道："现在，我们可以建造我们的城市啦！"

巴巴把所有的大象召集在一起，之后他爬上一个行李箱，站在上面高声说道："我的朋友们，这些行李箱、包裹和袋子里装的是我送给你们的礼物！每个人都有份儿。礼物有女装、西服、帽子、衣料、颜料盒、小鼓、钓竿和钓具、彩色的鸵鸟羽毛、网球和球拍，以及许多其他的东西。只要我们城市的修建任务一完成，我就会把所有礼物分给你们。为了纪念你们的王后，我想提议给我们的城市——大象之城，命名为'莎莉丝特城'。"

所有的大象举起他们长长的鼻子，高声呼喊道："好主意！好主意！"

　　大象们迅速地开始工作。亚瑟和泽飞尔把工具分发出去。巴巴告诉每头大象应该做什么工作。他用标志牌标明那些街道和房子应该在什么地方。他命令一些大象砍伐树木，一些大象运送石头，一些大象锯断木材，一些大象挖沟。他们都在尽自己最大的努力埋头苦干，他们工作得多么开心啊！老妇人打开留声机，为他们播放音乐。巴巴时不时地吹奏一会儿小喇叭，他非常喜欢音乐。所有的大象都和他一样快乐。他们钉钉子、运送木料。他们推的推，拉的拉，挖沟的挖沟，跑来跑去地取送东西。他们工作的时候，把他们的耳朵张得大大的。

　　在那个大大的湖泊里，鱼儿们聚在一起抱怨起来："我们再也不能安安静静地睡觉啦！"他们说，"那些大象弄出的噪音实在是吵死啦！他们到底在建造什么呀？我们跃到水面上去看，可是总是来不及看清楚。看样子，我们只得问问青蛙了，它们一定知道是怎么回事！"

　　鸟儿们也聚集在一起，讨论大象们到底在忙什么。鹈鹕和火烈鸟、鸭子和朱鹭，还有一些更小的鸟儿都在叽叽喳喳地叫着、唧啾着、嘎嘎地叫唤着。鹦鹉一遍又一遍热情地重复着："快来看莎莉丝特城呀，世界上最美丽的城！快来看莎莉丝特城呀，世界上最美丽的城！"

　　这就是莎莉丝特城！大象们刚刚完成了这座城市的修建任务。他们有的在休息，有的在洗澡。巴巴带着亚瑟和泽飞尔乘船游览。他非常满意地欣赏着焕然一新的城市。每一头大象都有自己的房子。老妇

人的房子在左上方，国王和王后居住的房子在右上方。从所有大象的窗户往外望去，都能看到这个美丽的湖泊。工业局就在娱乐厅的旁边，娱乐厅非常实用，而且很方便。

今天，国王巴巴遵守了他的诺言。他送给了每个大象一份礼物，一些适合工作时穿的衣服，还有许多适合在节假日穿的漂亮衣服。大象们都衷心地感谢他们的国王，之后他们一路跳着舞，开开心心地回家了。

　　巴巴决定，下个星期日让所有的大象盛装打扮，穿着他们最漂亮的衣服，在游乐园的花园里聚会。这样一来，园丁们就有很多事情要做啦。他们把道路耙平，给花圃浇水，把花盆里的花儿一一摆放在外面。

　　孩子们打算给国王巴巴和王后莎莉丝特一个惊喜。他们请求康纳利斯教他们学唱《大象之歌》。这是亚瑟的主意。他们都学得非常专心，也很守时。等到星期天，他们会把这个节目表演得完美无缺。

大象之歌

旋律

Pa- ta- li di- ra- pa- ta crom- da crom- da ri- pa- lo

REFRAIN:

Pa- ta Pa- ta ko ko ko -------

歌词

第一节

PATALI DIRAPATA
CROMDA CROMDA RIPALO
PATA PATA
KO KO KO

第二节

BOKORO DIPOULITO
RONDI RONDI PEPINO
PATA PATA
KO KO KO

第三节

EMANA KARASSOLI
LOUCRA LOUCRA PONPONTO
PATA PATA
KO KO KO

备注：这是一首古老的歌曲，就连康纳利斯
自己也不知道这些歌词是什么意思

　　厨师们正在忙忙碌碌地准备烘烤蛋糕和烹饪各种各样精美的食物。王后莎莉丝特特意赶过来给他们帮忙。猴子泽飞尔和亚瑟也来了。泽飞尔尝了一口香草奶油，看看它的味道是不是合适。一开始，他只是把手指伸进奶油里，接着整个手，然后整条手臂都伸了进去。亚瑟站在一旁嫉妒得要死，也非常想把自己那长长的象鼻子伸进奶油里，好好尝一尝。

　　为了尝到最后一口，泽飞尔把脑袋往下面探了探，伸出他的舌头刚要舔一口，只听"啪嗒"一声，他一个倒栽葱，掉了进去。听到这个声音后，总厨连忙转过身来，环顾四周，最后发现了泽飞尔，他非常气恼，用长长的象鼻子抓住泽飞尔的尾巴，像钓鱼一样把他从香草奶油中拉上来。做汤的厨师看到这一幕禁不住哈哈大笑起来。亚瑟慌忙躲了起来。可怜的小泽飞尔样子非常可笑，浑身变成了黄色，到处都是黏黏糊糊的奶油。王后莎莉丝特责怪了泽飞尔一声，然后帮他清洗干净。

星期日终于到来了。所有大象都盛装打扮，穿戴得整齐而漂亮，在游乐园的花园里漫步。孩子们唱了他们前不久学会的《大象之歌》。国王巴巴非常开心，亲吻了每个孩子。

蛋糕真是美味可口呀！啊！这是多么美好的一天！可惜的是，聚会结束得太早了。老妇人正在组织大家玩最后一轮的捉迷藏游戏。

　　第二天早晨，小象们在清澈的湖水中洗完澡后，就背着书包上学去了。他们开心地发现，他们亲爱的老师——老妇人正在门口等着他们呢。当她讲课时，孩子们听得津津有味，从来不会觉得厌倦和无聊。

老妇人给小一些的孩子们安排好作业后，又将注意力转到大一些的孩子身上。她向他们提问："二乘以二等于几呀？"

亚瑟回答说："三！"

坐在他旁边座位上的欧蒂莉连声说："不对！不对！等于四！"

泽飞尔唱起来："等于四呀，等于四，那是我们学过的呀。"

亚瑟重复着说："哦，等于四！老师，我再也不会忘记啦！"

　　还有一些大象年纪太大没有上学，他们各自选择了一个行业。比如说吧：泰皮特是一位补鞋匠，皮洛费治是一位军官，凯普洛斯是一位医生，巴贝克尔是一位裁缝，波杜勒尔做了一名雕刻师，海琦波马波塔尔做了一名街道清洁工，杜拉摩尔做了一名音乐家，欧鲁尔做了一名机械师，波蒂弗尔当了农民，凡达格欧当了学者，查世丁尼当了画家，可可当了马戏团的小丑……

　　如果凯普洛斯医生的鞋子破了洞，他就会把它们拿到补鞋匠泰皮特那里去修补；如果泰皮特生病了，凯普洛斯医生就会为他检查，好好地照顾他；如果裁缝巴贝克尔想在他家的壁炉台上放一个小雕像，他就会请雕刻师波杜勒尔帮他完成；当雕刻师波杜勒尔的外套穿破了时，裁缝巴贝克尔就会为他量好尺寸，帮他做一件新外套；画家查世丁尼为军官皮洛费治画像，而皮洛费治会抵御敌人，保护查世丁尼；街道清洁工海琦波马波塔尔每天都会把街道打扫得干干净净；机械师欧鲁尔会修理汽车；当他们因为工作感到劳累时，音乐家杜拉摩尔会为他们演奏大提琴，让他们放松一会儿。在解决了一些重大的问题之后，学者凡达格欧会休息一下，品尝农民波蒂弗尔种植的新鲜水果。至于小丑可可，他能让所有大象开心地哈哈大笑。

在莎莉丝特城，所有的大象在上午工作，到了下午他们可以做自己想做的事情。他们在一起玩耍，散步、阅读……国王巴巴和王后莎莉丝特喜欢和军官皮洛费治夫妇打网球。

　　康纳利斯、学者凡达格欧、雕刻师波杜勒尔和凯普洛斯医生，喜欢玩滚木球的游戏。孩子们都喜欢和马戏团的小丑可可一起玩。亚瑟和泽飞尔戴上面具和可可一起表演。不远处有一个浅水池，许多小象把他们叠好的纸船放进水中航行。还有许多其他有趣的游戏。

但是，大象们最喜欢的是游乐园里的剧院。

　　每天清晨，街道清洁工海琦波马波塔尔驾驶着洒水车往街道上洒水。每当亚瑟和泽飞尔遇到他的时候，就会飞快地脱掉鞋子，光着脚追在洒水车后面跑。"哦！多么凉爽的淋浴啊！"他们欢快地大笑着说。可惜的是，一天国王巴巴看到了他们的这一幕，他冲他们大声喊道："你们这两个淘气鬼！今天谁都别想吃甜点！"

　　亚瑟和泽飞尔都有些调皮，因为他们都是小男孩，但是他们都不懒惰。国王巴巴和王后莎莉丝特去看望老妇人，非常惊讶地看到他们两个竟然学会了演奏大提琴和小提琴。莎莉丝特赞叹道："演奏得太棒啦！"巴巴补充说："我亲爱的孩子们，和你们在一起我真的非常高兴！你们可以去点心店，挑选你们喜欢的任何蛋糕！"

　　亚瑟和泽飞尔非常开心能够吃到他们想要的各种蛋糕，但是，当康纳利斯给他们颁发奖状时，他们更加高兴。康纳利斯大声地宣布："音乐表演的第一名获得者是亚瑟和泽飞尔！"他们头戴着花环，非常骄傲地回到座位上。奖励完所有的优秀学生之后，康纳利斯做了一场精彩的演讲。

  "现在，我祝愿你们大家度过一个愉快的假期！"最后，他以这句话结束了演讲。在场的所有学生、老妇人、巴巴和莎莉丝特都热烈地鼓掌，大声地喝彩。接着，康纳利斯非常疲倦地在椅子上坐下来。哎呀呀！哎哟哟！他那顶精致的帽子正好放在椅子上，而他一屁股坐下去，把它彻底压扁了。"哦！压成了多么均匀的薄煎饼呀！"泽飞尔惊呼起来。康纳利斯惊呆了，忧伤地看着被自己压坏的帽子。下次出席正式场合的时候，他戴什么呢？

　　老妇人向康纳利斯保证，她会为他那顶礼帽缝上一些装饰用的羽毛，为了更好地安慰他，老妇人邀请他去玩儿旋转木马，那是国王巴巴刚刚修建好的。

　　旋转木马上的那些动物都是雕刻师波杜勒尔雕出来的，画家查世丁尼给它们涂上了漂亮的颜色，里面的发动机是机械师欧鲁尔安装好的。他们三个都拥有非常精湛的技术。他们还为国王制作了一匹用机械驱动的高头大马。机械师欧鲁尔刚刚为它上好润滑油，巴巴就迫不及待地转动把手，上紧发条。他希望再进行最后一次试验，然后骑上这匹骏马参加莎莉丝特城建成一周年的纪念大典。

莎莉丝特城建成一周年纪念大典的那天，天气非常晴朗。亚瑟和泽飞尔带着乐队走在队列的最前面。康纳利斯紧跟在后面。他的帽子已经完全改变了样子。紧接着走过来的是士兵和各个行

业的代表。那些没有参加列队游行的大象们，围在一边观看这一场

令人难忘的壮观场面。

| 在参加完大典之后，泽飞尔、亚瑟和老妇人走在回家的路上，泽飞尔注意到路边有一根奇怪的细棍子。 | 他走过去把它捡起来。哦！太恐怖啦！原来那是一条蛇，正昂起头，冲着泽飞尔嘶嘶地吐着信子呢。 |

| 老妇人连忙把泽飞尔抱进怀里，想把他保护起来，那条蛇张嘴就在老妇人的手臂上咬了一口。 | 亚瑟举起他的喇叭，猛烈地砸向蛇背，把蛇打死了。 |

5

老妇人的手臂一下子肿了起来，她赶紧朝医院走去。

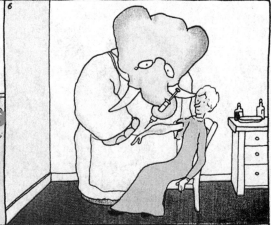

6

凯普洛斯医生为她处理好伤口，然后给她注射了一针治蛇咬伤的免疫血清。

7

泽飞尔忧伤地守在他的女老师身边。她现在病得很严重。

8

巴巴国王听到消息后，赶到了医院。凯普洛斯医生告诉他说："我现在没办法告诉你她会不会好起来，得等到明天才能知道！"

当巴巴离开医院时，他听到一阵阵呼叫声："着火啦！着火啦！"原来是康纳利斯的房子发生了火灾。楼梯间充满了浓浓的烟雾。消防队员成功地救出了康纳利斯，但是他已经窒息得晕过去了，而且燃烧的火焰让他受伤了。

凯普洛斯医生很快就被请来，他给康纳利斯做了急救护理，然后大家把他送到了医院。

原来事情是这样的：康纳利斯以为自己把一根火柴扔到了烟灰缸里，但实际上那根火柴还没有熄灭，并掉进了垃圾筐里。这就足以引起这场可怕的火灾。

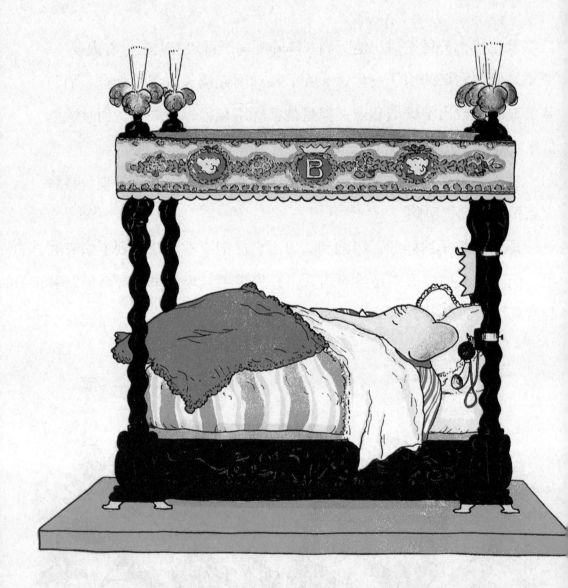

　　那个晚上，当巴巴躺在床上时，他闭着眼睛却怎么也睡不着。
"多么糟糕的一天啊！"他在心里想。"今天开始的时候如此顺利。
为什么快要结束的时候却又如此糟糕呢？在这两件事情发生之前，
我们大家在莎莉丝特城一直都过着多么快乐而宁静的生活啊！"

"我们甚至忘记了世界上还存在着不幸！哦，我亲爱的老康纳利斯，还有你，亲爱的老妇人，只要能够看到你们痊愈，我情愿放弃国王的头衔。哦，凯普洛斯医生说过有任何消息就会给我打电话的。哦！今天晚上感觉多么漫长啊！我又是多么担忧啊！"

巴巴最后昏昏沉沉地睡着了，但是他在睡着的时候也没有休息，很快他就做了一个奇怪的梦：他听到有人在敲门。"当当当"然后一个声音对他说："是我！我是不幸女神！和我一起来的还有一些同伴，我们是专门来拜访你的。"

巴巴从窗户往外看去，看到了一个年迈的老女人，她的样子非常吓人，她的周围有许多丑陋的怪兽。巴巴张大嘴巴，高声叫起来："啊！呸！呸！呸！赶紧走开！赶紧走开！"但是他又停下来，仔细聆听一阵非常微弱的声音——嗖嗖嗖！就好像一群鸟儿在飞翔，巴巴看到他们朝着自己飞了过来……

……那是一群长有翅膀的大象，非常优雅，他们追赶着不幸女神，最后把他们赶出了莎莉丝特城，并且把幸福带了回来。就在这个时候，巴巴醒来了，他感觉好多了。

国王巴巴口

爱

健康

幸福

希望

快乐

勤劳工作

学识渊博

智慧

耐心

坚持不懈

不学无术

勇气

胆怯

懒惰

141

　　巴巴穿好衣服就跑到医院去了。哦！真开心啊！猜猜巴巴看到了
什么？他担心了一个晚上的两位病人正在花园里散步！巴巴几乎不敢
相信自己的眼睛。"我们现在都很好！"康纳利斯说，"但是这场惊
吓让我饿得肚子咕咕直叫，我现在像条饿狼一样。让我们去吃早餐吧，
然后我们还要重新修建我的房子。"

一个星期后，在巴巴的会客厅里，老妇人对她的两位朋友说："在这一生中，永远都不要灰心丧气！你们现在明白了吧？你们看呀！那条恶毒的蛇并没有要了我的命，康纳利斯也完全康复了。让我们努力而快乐地工作起来吧！我们会继续像以前一样幸福的！"

自从那天起，大象之城里的每个成员都知足常乐，过着幸福的
生活。

巴巴和
猴子泽飞尔

　　莎莉丝特城的大象学校整个夏天都会放假。小猴子泽飞尔，还有比他大一些的同学们，都会离开学校去度暑假。哦，又可以回家去看望他的家人啦！这是一件多么愉快的事情啊！但是，一想到要离开自己的朋友们——巴巴国王、莎莉丝特王后、他的老师老妇人，还有他最要好的朋友亚瑟，泽飞尔就觉得非常难过！

　　他们四个向他保证说，他们会到大桥附近的河边，并在那里为他送别，和他进行最后的告别。他们果真守候在那个地方。泽飞尔一眼就看到了他们。他挥动着手中的手帕，冲他们大声呼喊道："再见！再见啦！"

泽飞尔到达了猴庄的火车站，看到了特意来接他回家的妈妈，他开心地一头扎进了妈妈的怀抱。

"天哪！我亲爱的孩子！你长大了呀！"泽飞尔的妈妈欣喜地说，然后亲吻着泽飞尔的脸颊。

全家人一一坐进他们自家的汽车里。泽飞尔挨着他的爸爸坐在前排。他的妈妈带着他的妹妹和两个弟弟坐在后面的座位上。

"坐好喽！我们出发啦！踩油门呀！"泽飞尔兴奋地叫起来。

在猴庄，猴子们的房子都坐落在树顶上，他们要用绳梯爬上去，才能进入屋子里。泽飞尔爬得非常快，嗖嗖嗖地一会儿就轻轻松松地爬了上去。不过他自言自语地说："对于我的大象朋友们来说，这是根本不可能的事情！"想到这里他就笑了起来。

　　他们家的房子虽然小，但是很舒适。当妈妈在厨房准备香蕉巧克力汤的时候，泽飞尔和两个弟弟玩起了捉迷藏的游戏。爸爸正忙着把泽飞尔的行李往上搬呢。他的小妹妹在欢快地荡秋千。

晚上，泽飞尔的头几乎一挨着枕头就睡着了。但是，睡到半夜，一只夜莺就吵醒了他。夜莺唱着歌儿："啾唧——啾——啾——啾！滴里！滴里！滴里里！滴里！滴里！滴里里！"

泽飞尔从床上一个骨碌爬起来，兴高采烈地跑到窗户前。"你好呀！老朋友！"

　　现在，这两个亲密的好朋友在一起聊起天来。

　　"你猜怎么着？火车站有一个大包裹，那是寄给你的！"夜莺气喘吁吁地说，"标签上写着'邮寄者：巴巴'。"

　　"哦，那可能是一架钢琴！"泽飞尔回答说，"你还不知道吧，我在音乐科目上得了一等奖！"

　　第二天一大清早，泽飞尔就急急忙忙去车站。啊，这是一个多么大的惊喜呀！巴巴国王送给了他一条真正的划艇。泽飞尔在父亲的帮助下，把划艇推到了水中。

　　他打算先游一会儿泳，然后坐在划艇里钓鱼。这些都是大象们教

会他的。其他的猴子们非常佩服泽飞尔的勇气，因为他们害怕下水。

公主伊莎贝尔扭头对她的父亲哈克将军说："哦！泽飞尔这个家伙可真是勇敢呀！"

  "哦！这是什么？我钓到了什么？"泽飞尔非常惊讶地问自己。
这个时候，那个漂亮的小东西开口说话了。"哦！猴子先生！"她说，
"不要这么用力地握着我。我就要窒息而死了。我求求你了。你听我说！
我是一条小美人鱼，住在大海里。就像你一样，我也有脑袋和手臂；但是，
你看，我还有一条鱼尾巴。我只有在海洋的波浪中才能生活。如果你
把我抓起来，带到森林里去，我肯定很快就会死去。所以，我求求你，
把我留在这里，让我和姐姐们一起在大海中畅游吧！我的名字叫艾兰

诺。或许，有那么一天，你需要我的帮助。如果是这样，你往水中扔三颗鹅卵石，并呼唤我的名字，重复叫三次。不管我在什么地方，我都能听到你在叫我，我就会来到你的身边。我永远不会忘记你的！"

泽飞尔听了美人鱼的话，把她轻轻地从鱼钩上取下来。最后，泽飞尔把美人鱼放回了大海中，不过，他因为失去了美人鱼有些忧伤。

在泽飞尔回家的路上，他看到一些猴子正在街上看报纸，他还听到送报人在吆喝："号外！号外！公主伊莎贝尔离奇失踪！"

"哦！可怜的小家伙！"泽飞尔自言自语地说，"这不可能是真的吧！今天早晨，我出发去钓鱼的时候她还站在沙滩上的呀！"

他听到路旁的行人在说话，下面就是他听到的内容：公主伊莎贝尔正在宫殿的花园里玩耍，突然，一阵绿色的云雾缭绕着席卷而来，将她团团围住，把她和她的朋友们分开。然后，那团绿色的云雾升腾起来，留下一股刺鼻的臭味，就像苹果腐烂的气味一样。从那以后，人们就再也没有看到伊莎贝尔了。

哈克将军格外焦虑，陷入了深深的绝望之中。他将卫兵们召集在一起，并向陆军上校艾瑞斯托伯尔德下达命令。

这位勇敢的上校回答说："将军，我保证，我们一定尽最大的努力，找到您的女儿伊莎贝尔公主！"

　　艾瑞斯托伯尔德上校带着他的士兵们四处寻找公主。他们乘坐着
热气球，驾驶着船只，在天上、在水中、在地上一一搜寻，从树顶到山峰，
甚至搜遍了低矮的灌木丛，虽然他们想尽了各种办法，但是仍然没有
发现公主伊莎贝尔的任何踪迹。

　　哈克将军坐着汽车过来，问询最新的消息。当被问到时，艾瑞斯
托伯尔德上校悲伤地低垂着头。将军立即明白了那是什么意思，于是
怏怏地离开了，他的心情无比沉重。

　　只有泽飞尔没有放弃希望。他悄悄地把一个葫芦瓢和一些食物装进他的背包里。同时，他还随身携带了他最珍爱的两样东西：小提琴和小丑的衣服。然后他就出发，朝着大海走去。幸运的是，退潮后的沙滩上露出砂粒和石子。泽飞尔捡起三颗鹅卵石，将它们扔进海水中，并连着叫了三遍："艾兰诺，我的朋友，泽飞尔在这里等你！艾兰诺，我的朋友，泽飞尔在这里等你！艾兰诺，我的朋友，泽飞尔在这里等你！"

　　就像小美人鱼曾经承诺的那样，她立即出现在了泽飞尔的面前。

　　"公主伊莎贝尔失踪了！你能帮助我找到她吗？"泽飞尔问道。

　　"那有点儿困难，"小美人鱼回答说，"但是因为你的恩情，我会努力尝试一下。你在这儿等着，我去把我的车开来。"

　　几分钟之后，泽飞尔就开心地坐在了一个巨大的贝壳之中，由三条大鱼拉着，在海上航行。它们出发啦！它们飞快地游动着，把泽飞尔和美人鱼飞快地拉向前方。艾兰诺指引着它们游向一个看起来荒无人烟的小岛，然后指着小岛说："那就是我的姑姑克拉斯泰德尔居住的地方。我们到她居住的洞穴里去拜访她，她会给我们一些有价值的建议。"

克拉斯泰德尔听完了他们的叙述后，说道："我的孩子们！留下腐烂苹果气味的那个人,也就是抢走伊莎贝尔的人,肯定是波罗莫克！"

泽飞尔问道："波罗莫克是谁？"

"他是一个怪物，和他的一群朋友住在一个小岛上。他们主要以草类和水果为食，并不是很凶残。但是他们却非常暴躁。"

"为了让自己消遣一下，怪物波罗莫克时不时地会变成一团绿色的云雾，出去旅行一次。如果他遇到了自己喜欢的某个人，就会把他带走，带回他自己的洞穴里。那就是发生在伊莎贝尔身上的事情。他喜怒无常，没有耐心，而且有一个坏习惯——谁惹他生气了，他就会把谁变成石头。"

"小猴子，如果你想去救你的公主，那么一分钟的时间都不能耽搁。艾兰诺可以把你送到那里，然后等着你。把这个袋子拿上吧，到时候或许会派上用场！"

"还有，千万要记住：要想成功地救出公主伊莎贝尔，你必须逗怪物波罗莫克发笑。你一眼就能认出他来，他长着一对尖尖的犄角，有一身黄色的皮肤。赶紧走吧！祝你们好运！"

在海上航行了很长一段时间后，艾兰诺和泽飞尔终于找到了那个
小岛，幸运的是，那群怪物没有看见他们。这个地方看起来荒凉而阴冷。
现在，他们两个默默地向对方告别。泽飞尔把美人鱼的小手紧紧地握
在自己手里。

　　泽飞尔套上了美人鱼的姑姑克拉斯泰德尔送给他的大袋子。泽飞尔连同他携带的一些东西完全被罩在了袋子里面，这使他看上去就像散落在小岛上的岩石一样。泽飞尔小心翼翼地走向山丘的顶部，一边走一边想着他的计划。

当泽飞尔到达山顶的时候，他听到一个粗哑的声音在说话。泽飞尔迅速地取下套在身上的袋子，从岩石间的缝隙里偷偷往里面观察。啊！公主伊莎贝尔在那儿，就在那群怪物之中。

　　怪物波罗莫克咆哮着说："小猴子，我把你抓到这里来，是因为我认为你会让我们捧腹大笑。可是，你在这儿却什么都不做，就只知道哭！你老是这样，我已经受够啦！我要把你变成一块石头！"

　　"波罗莫克先生，还有你们，女士们，先生们，请允许我向你们致意！"勇敢的小猴子泽飞尔从岩石后面突然出现，非常有礼貌地说，"我的职业是一个小丑音乐师。我恳求你们允许我在这儿停留一会儿吧，我会想方设法让你们感到开心的！"

　　伊莎贝尔一下子就认出了泽飞尔，惊讶得连手帕都掉在了地上，她对自己说："啊！他到来得多么及时呀！"

因为泽飞尔，在场的每个人很快都感到格外放松。一种欢快的气氛弥漫在整个小岛上。泽飞尔给它们讲起了故事：一个是关于老鼠和大象鼻子的故事，一个是关于霍普拉拉船长和用通心粉做成的手枪的故事……泽飞尔讲了一个又一个有趣的故事。每当他讲完一个，波罗莫克和其他怪物就高声喊道："再讲一个！再讲一个！再给我们讲一个！"

讲故事讲累了之后，泽飞尔穿上了他带来的小丑服装。哦！带上这套衣服可真是明智之举呀！

"快点啊！"

"哦！他出来了！在那儿呢！"

"现在，我要给你们表演一个小戏法——追赶神奇的帽子！"

刚刚说完这些话，只听"砰"的一声！泽飞尔发出了很大的声音！他倒在了地上，然后迅速地连着翻了好几个筋斗，接着用他的尾巴接住了他的帽子。看到这里，波罗莫克禁不住捧腹大笑起来。

　　"很好！"聪明机灵的泽飞尔心想，"再来一个小小的花招，采取行动的时机很快就会成熟！我的计划真是个好计划呢！到明天，我们就离这里远远的啦！"

　　接着，泽飞尔拿起他的小提琴，演奏起华尔兹和波尔卡舞曲，演奏完一曲接着演奏另一曲。波罗莫克和他的怪物朋友们随着音乐蹦呀跳呀，到处旋转，欢快地跳起舞来。

　　最后，他们全都累坏了，旋转到一起，倒在地上，挤成一堆，很快就睡着了，而且开始发出隆隆的鼾声。泽飞尔赶紧脱下小丑的服装，准备逃跑。

　　"逃跑的时机来啦！"泽飞尔低声对伊莎贝尔说。然后他们撒腿就跑，向着海边冲去。艾兰诺在那里等候他们，正冲他们挥手呢。

他们得救了！隐隐约约地能够看到陆地啦！

在他们回去的路上，他们特意停下来，感谢了美人鱼艾兰诺的姑姑克拉斯泰德尔。一只小鸟儿兴奋地向岛上的猴子们宣布了他们归来的消息。这个消息迅速传开了。

这个时候，波罗莫克和他的怪物朋友们还在继续睡觉呢。

猴子们从四面八方跑过来。一些猴子跑向下面的海滨，还有一些猴子站在高高的悬崖上观看。哈克将军拿出他的望远镜在观望。泽飞尔的家人高兴地流下了热泪。

　　众多猴子们热烈地欢迎泽飞尔和伊莎贝尔安全归来，纷纷向他们俩献上鲜花。他们向美人鱼艾兰诺告别，她带着三条鱼儿回到了大海中的家。

　　哈克将军在全体士兵面前向泽飞尔表示祝贺，他说："我年轻的朋友啊，我哈克将军，也是猴子共和国的主席，为你感到骄傲！现在，我把我深爱的女儿伊莎贝尔许配给你。以后，等你长大了就可以和她结婚。"

　　庆祝典礼结束之后，泽飞尔回家了。他的爸爸、妈妈、妹妹和两个弟弟都热烈地欢迎他。能够再次见到他，他们都非常开心，因此并没有责怪泽飞尔没有告诉他们一声就离开了，并让他们如此担心。他们围着泽飞尔跳舞，欢快地唱起歌儿："恭喜你订婚啦！恭喜你订婚啦！"

　　自从那次令人惊讶的历险之后，整个假期剩下的日子都过得平静而快乐。很快，泽飞尔又要回到莎莉丝特城去上学了。但是他再也不用担心未婚妻的安全了，因为只要他和大象们生活在一起，美人鱼艾兰诺和她的姐姐们就会帮助泽飞尔照看他的未婚妻伊莎贝尔公主！

巴巴和他的孩子们

一天早晨，巴巴对康纳利斯说："我的老朋友！一直以来，你都是我最忠诚的朋友，陪伴我一起度过了许多美好的时光，也跟随我走过了一些糟糕的日子。现在，你听好了哟，我有一个大好消息要告诉你。我的妻子莎莉丝特刚刚告诉我她就要生小宝宝啦！"

然后，巴巴指了指一张小凳子，继续说："这顶新帽子是送给你的。另外，我刚刚给我的臣民们写了一封信。你拿去，把它念给莎莉丝特城的所有居民们听一听。"

康纳利斯向国王巴巴表示祝贺和感谢，然后换上了他正式的制服。康纳利斯站在皇宫的大门口，告诉鼓手把莎莉丝特城的所有居民们召集在一起。

　　康纳利斯缓缓地打开国王巴巴写好的公告，然后戴上眼镜，大声宣读起来。大象们全都聚集在一起，毕恭毕敬地仔细聆听着。

亲爱的、忠诚的臣民们：

当你们听到一声礼炮轰鸣的时候，请不要惊慌。因为那并不意味着又一场战争开始了，而只是意味着一个小宝宝出生了，降生在这个皇宫里，来到你们的国王和王后身边。

通过这一声礼炮的鸣响，你们会在同一时间知道这个特大的喜讯。

祝你们的王后莎莉丝特，未来的妈妈万岁！

巴巴

这就是国王巴巴写的公告，也就是康纳利斯宣读的内容。

　　巴巴想看看书，但是发现很难集

中精神，他的心思总是在其他地方。他想写

点儿什么，但是又一次发现自己走神了。他在想他的妻子和那个很快

就要出生的小宝宝。这个小家伙会长得非常英俊吗？会十分强壮吗？

哦！等待心中期盼的事情是多么漫长，多么难熬啊！

王后莎莉丝特极力劝说巴巴骑上自行车出去四处走走，不要老是想着这件事。巴巴最后同意了。

巴巴奋力地蹬着踏板，骑出去好几英里后，他发现了一个环境优美的地方，于是决定在那里休息一会儿。他坐在草地上，欣赏着四周的乡村风光、莎莉丝特城和圣约翰堡垒。"那里就是鸣放礼炮的地方！"巴巴自言自语地说。

就在这个时候，"轰隆隆"，巴巴听到了鸣放礼炮的声音。巴巴心想："哦！孩子出生了！可是我却不在家里，真是惭愧呀！"他立即蹬上自行车，飞快地踩着踏板，飞也似的向家的方向骑去。

在高高的炮塔上，国王护卫队的炮兵队队长刚刚接到了电话传来的命令，于是立即执行。他一声令下，一枚空炮弹发射了出去，接着打响了第二炮，最后打响了第三炮。

　　大象们成群结队地聚集在海滨广场上，都感到非常奇怪，开始相互询问。国王巴巴在公告里只提到过一声礼炮的鸣响啊，为什么炮手们打响了三次礼炮呢？就连康纳利斯也搞不明白这究竟是怎么回事。

巴巴一路上骑得又快又急，等到达家中时已经累得上气不接下气。他也听到了三声炮响。他匆匆忙忙地径直爬上楼梯，兴高采烈地冲进莎莉丝特的卧房，温柔地拥抱着妻子。

王后莎莉丝特微笑着，无比骄傲地让他看三个可爱的小宝宝。这下就解释了一切！一声炮响庆祝一个孩子的出生。三个孩子当然要有三声炮响！哦！只是当你一心期待一个宝宝出生时，最后却得到了三个宝宝，那该是多么大的惊喜呀！

老妇人的怀里抱着一个宝宝，保姆抱着另外两个宝宝。亚瑟和泽飞尔兴奋得不得了。巴巴特许他们进来看望小宝宝们。他们轻手轻脚地走进来，泽飞尔说："哦！它们这么小啊！"亚瑟一边欣赏着躺在摇篮里的宝宝们一边说："哦！太可爱了！"

莎莉丝特以前只准备了一个摇篮，保姆迅速用大洗衣筐、毛巾和雨伞做好了另一个摇篮。虽然这个摇篮有些简陋，但是两个小宝宝在里面非常温暖，也能得到保护。

现在，三个小宝宝被安顿在花园里，躺在一辆大大的婴儿手推车里睡着了。国王巴巴和王后莎莉丝特接受朋友们的庆贺和祝福。几乎每个人都带来了一份礼物。

农民波蒂弗尔和他的妻子，带来了他们自己果园里种植的水果；母鸡们带来了一些鸡蛋；园丁们送来了许多美丽的鲜花；面包师献上了一块巨大的蛋糕；康纳利斯则带来了三个银质的拨浪鼓。

现在，巴巴和莎莉丝特得为他们的孩子取三个名字了。当然，他们事先已经讨论过这个问题。波马，派特，还是叫彼得？朱利叶斯，约翰，还是叫吉姆？亚历山大？艾米丽？还是叫巴普提斯特？亚历山大这个名字不错，但是如果生的是个女孩怎么办？那就叫朱丽叶，维尔吉尼娅，或者……

"我们应该尽快决定给他们起什么名字，"莎莉丝特对巴巴说，"我希望我们的女儿叫弗洛拉这个名字。"

"我也喜欢这个名字，"巴巴说，"至于两个男孩子，我想我们可以选用波马和亚历山大这两个名字。"

巴巴和莎莉丝特异口同声地重复念了一遍波马、弗洛拉和亚历山大的名字，然后他们大声宣布："太完美啦！就给他们取这些名字吧！"

每个星期，凯普洛斯医生都会把三个小宝宝放在一个大大的天平上，称称他们的体重。

有一天，凯普洛斯医生对王后莎莉丝特说："尊敬的陛下，现在小宝宝们的体重增长得不够，不如以前快。你必须补充他们的食量，每天给他们补喂六瓶奶。另外，你还得在奶里添加一大汤匙的蜂蜜。"

小家伙们很快就习惯了用奶瓶吃奶。亚瑟和泽飞尔特别喜欢看小宝宝们用奶瓶喝奶的样子。波马是三个小宝宝中最贪嘴的一个，长得也最胖。坐在王后莎莉丝特腿上的那个宝宝就是他。当他的奶瓶被吸空的时候，他总是会哇哇地大哭起来。

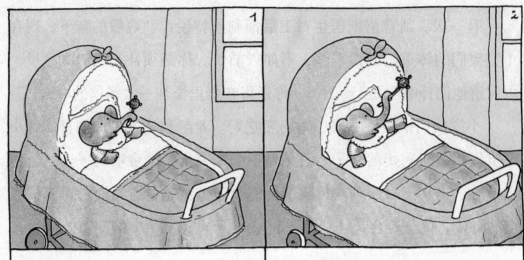

弗洛拉非常乖巧。她躺在摇篮里玩着康纳利斯送给她的拨浪鼓。

她用小小的象鼻子把拨浪鼓抛向空中，然后又接住。这样，拨浪鼓会发出叮叮当当的响声，多么有趣啊！

她还把拨浪鼓放进嘴里，不停地吮吸着。哈哈，多么有趣啊！

突然，不知道她怎么搞的，一下子把拨浪鼓吞了下去。

5

6

她被噎住了，小脸儿憋得发紫，鼻子也不停地颤抖。莎莉丝特连忙冲了过来。

莎莉丝特一把抓住弗洛拉，把她倒提起来摇晃。但是，拨浪鼓仍然没有掉出来。

7

8

幸好，泽飞尔设法把手伸进弗洛拉的嘴里，把拨浪鼓掏了出来。

弗洛拉得救了，但是她因为难受，哭得非常厉害。她的妈妈一个劲儿地努力安慰她。

现在，孩子们开始四处乱跑了，常常在充满阳光的幼儿室里玩耍。巴巴经常进来和他们一起玩耍。今天，他把波马放在他的鼻子顶端，把他上上下下地颠着玩儿，有些像我们玩的"骑竹马"游戏。

　　康纳利斯把一根绳子的两端系在他的两根长牙上，做成了别具一格的秋千。亚瑟轻轻地推着坐在绳子上的亚历山大，让他荡来荡去。弗洛拉很快就能学会像两个哥哥那样走路了，因为她已经能够自己站起来了。

　　保姆给三个宝宝穿好衣服后，就把他们放进一个大大的婴儿车里，带着他们出去散步。他们年纪都还太小，不能走太远的路。

　　有一天，保姆对亚瑟说："天气比我想象的要冷一些，幸好我们现在还没有走远。我想跑着回去拿几件毛衣，以免孩子们感冒。我要不了多长时间就会回来。在我回来之前，你能帮我照顾他们吗？"

　　亚瑟非常开心自己受到了信任，然后无比自豪地推着婴儿车往前走。

　　他把婴儿车向前推动 20 英尺，又向后推动 20 英尺，非常小心地不让婴儿车碰到石头。突然，亚瑟听到士兵们列队行进的口号声。当他转身去看士兵们时，不知不觉放开了婴儿车。那条路在这一段稍稍下斜，是一段下坡，于是，婴儿车开始自动往下滚。

　　波马、弗洛拉、亚历山大认为这样非常好玩儿，都开心地大笑起来，但是，亚瑟却害怕极了，连忙跟在他们后面追赶。坡度越来越陡，婴儿车滚动得越来越快。

　　现在，三个孩子也吓坏了。亚瑟跟在婴儿车后面，以他最快的速度在后面追赶。保姆拿着毛衣回来了，看到眼前的情景，焦急万分，也一起追赶婴儿车。从当时的情形看来，孩子们正处在极大的危险之中。

　　再往前一点，道路上有一个转弯的地方，路的一侧是陡峭的深谷。他们必须在婴儿车滚到转弯的地方之前让它停下来，否则，它就会直接冲到下面的深谷里去，接着……

　　眼看事故就要发生了！就在这时，乌龟玛莎慢悠悠地走到外面散步。她看到了婴儿车正朝这边冲过来，十分清楚当时的情形有多么危险。

　　她连忙迈动她的小短腿儿，急匆匆地往前赶。就在婴儿车即将翻滚过来坠入悬崖的时候，她成功地将自己的身体塞在了车轮底下。婴儿车在全速猛冲的过程中突然受到了阻塞，终于停了下来，险些翻倒。波马和弗洛拉在颠簸和摇晃之中被婴儿车的车篷兜住，这救了他们的性命。但是，可怜的亚历山大却头朝下被甩了出去。保姆害怕得尖叫起来，旁边的小兔子也吓得慌忙跑开了。

松鼠先生和松鼠太太听到了保姆的尖叫。接着，一分钟之后，他们就听到左上方传来树叶沙沙作响的声音，以及树枝断裂的声音。

他们双双抬眼往上看，一眼就看到了一只小象的脑袋。他非常害怕，口齿不太清楚地大声呼喊妈妈："妈妈！亚历山大要摔下去了！妈妈！救救亚历山大呀！"

"小象，稳住！不要放开树枝！我们救你来了！"松鼠夫妇大声说，"让你自己保持好平衡就可以了，然后试着把双脚踩在那根大树枝上。我们就在这里！不要害怕！我们会帮你的！"

他们的计划成功了。松鼠先生继续发出命令：
"紧紧地抓住我的尾巴，摆动你的两只大耳朵，这样能让你保持平衡！留心脚下！跟我走！等你到了我们住的地方，就可以休息啦！"

几分钟之后，亚历山大就安全又稳当地进了松鼠先生的洞穴里。

亚历山大如释重负，长长地舒了一口气。哦！他是多么幸运啊！刚好落在茂密的树枝之间，并且遇到这些乐于助人的朋友！

　　本来他可能会伤得很严重，可现在却安然无恙。亚历山大非常想找到妈妈，并告诉她不用为他担心。但是他怎样才能从树干上下去呢？这个树干非常光滑，而且很高！

　　就在这个时候，一位高大的长颈鹿先生，正好从这里经过。它看到了亚历山大的困境。他说："小象，看这儿！我把头伸到这根树枝的附近，然后你就可以坐在我的两个耳朵之间，紧紧抓住我的两只角。我认识你的爸爸妈妈，我会把你带回到他们身边去。"

亚历山大听后非常高兴，向松鼠先生和松鼠太太告别，并对他们表示感谢。他坐在长颈鹿先生的头上，然后他们一起离开了。

尽管长颈鹿先生走得非常缓慢，不让小象觉得太颠簸，亚历山大还是更喜欢坐在自己的婴儿车里。

一听到保姆送来的消息，国王巴巴和王后莎莉丝特就连忙出发，赶往事故发生的地点。最后，他们和亚历山大团聚在一起，这是多么高兴的事啊！亚瑟从没有像这样开心过！

几个月之后，巴巴心想，全家一起出去野餐，一定会非常有趣。那天天气非常晴朗，全家人都兴高采烈的，一个个情绪高涨。康纳利斯觉得有些热，但还是兴致勃勃地和他们一起去了。过了一会儿，他们感到又累又饿，于是在草地上坐下来，一起享用美味可口的午餐。

　　吃完饭之后，莎莉丝特忙着收拾东西。巴巴到附近的一条小河去钓鱼。康纳利斯躺在一棵大树的荫凉下睡午觉。淘气的亚历山大轻手轻脚地走过去，钻进康纳利斯的礼帽下面，然后迈着小碎步走来走去。波马说："啊哈！这看起来像个样子滑稽的乌龟！"

　　玩儿着玩儿着，他们来到了小河边。亚历山大灵机一动，又想出了另外一个主意。他把康纳利斯的帽子放在水中，开心地说："啊！多棒的小船啊！"说完他一脚迈进帽子里，"哦！它浮起来啦！真是不可思议！太棒啦！"

　　就在这个时候，一股水流冲过来，撞在帽子上，于是帽子就从岸边漂走了。亚历山大依然沉浸在航行的乐趣中，觉得非常好玩。但是波马和弗洛拉却有些担心。

他们怎么才能让帽子回到岸边呢？弗洛拉着急得哭了起来，连忙跑着去叫妈妈。莎莉丝特这时正在纳闷孩子们到底去了什么地方。波马沿着河岸一边跑一边喊："亚历山大！快点回来！善良的小鸭子们，请你们把我的弟弟带回来吧！"

但是鸭子们很快就游走了。突然之间，波马拼命地叫喊起来："鳄鱼！鳄鱼！"

亚历山大向四周看了看。"哦！爸爸！"他低声地呼喊道。

巴巴当时正在安安静静地钓鱼，他以为孩子们在一边玩耍呢。当他听到这声充满绝望的求救呼喊时，立即意识到一定发生了什么严重的事情。巴巴站起身，当他看到恐怖的鳄鱼时，发出了愤怒的吼叫声。

　　要在三秒钟之内做出行动，可是又没有枪！当时的情形看起来似乎毫无希望！巴巴毫不犹豫地抓起船上的锚，猛地把它投掷出去，扔进鳄鱼的嘴巴里。就像钓鱼一样，鳄鱼被锚钩住了，它的尾巴在水面上疯狂地翻转着，拍打着。漩涡把帽子掀翻了，亚历山大被甩进了河里。

　　巴巴赶忙紧跟着亚历山大潜入水中，用它那长长的象鼻子四处搜索。啊！他触到了一样东西！啊哈！那是亚历山大的耳朵！巴巴迅速把他拉出水面，并且想办法让他苏醒过来。至于鳄鱼，他在水里疯狂地翻来滚去，但是既不能摆脱嘴里的锚，也无法挣脱那只小船。

鸟儿们都飞来，围在巴巴和亚历山大的身边。当然啦，他们两个浑身都是湿漉漉的。

巴巴请求道："你们谁能帮帮忙，去给王后莎莉丝特报个平安吗？让她赶紧回到皇宫准备一些干衣服，并为我们准备一些热汤。""还有你们，亲爱的小鸭子，"巴巴接着说，"你们能帮我个忙吗？请潜到水下把我的王冠和康纳利斯的帽子捞上来。它们都沉在了河底。"

回到家中，亚历山大幸福地亲吻了他的妈妈。莎莉丝特给他洗了个澡，仔仔细细地给他擦洗了全身。然后把他放到床上，盖上厚厚的毛毯。

亚瑟、泽飞尔、波马和弗洛拉仍然非常兴奋。高大的火烈鸟把王冠和帽子送了回来。"哦！太感谢你们了！"巴巴说，"帽子有点发潮，而且变形了，不过，康纳利斯会很高兴又把它找回来了，因为这顶帽子是一件古老的纪念品。"

　　现在，大家都睡着了，巴巴和莎莉丝特很快也要上床睡觉。经历了所有这些令人兴奋的事件之后，他们渐渐地平静下来。

　　"养育孩子可真不是一件简单的事情呀！"巴巴感叹道，"但是孩子们多么可爱啊！如果没有他们，我真的不知道该怎么活！"

巴巴和圣诞老人

　　一天，泽飞尔把他的朋友亚瑟、波马、弗洛拉和亚历山大召集在一起，对他们说：

　　"你们听着！听听这个美妙的传说吧。这是我刚刚从别人那里听来的。据说，在人类的国度里，在每年的圣诞节前夜，有一位非常善良的老爷爷会飞遍整个国家。他留着雪白的胡须，穿着一身红色的衣服，后面还有一个尖尖的兜帽。他随身带着许许多多的玩具，并且会把它们送给小朋友们。人们叫他圣诞老人。人们很难看到他，因为他是趁着人们睡觉的时候，从烟囱里爬下来的。第二天早上，孩子们就会知道圣诞老人来过了，因为他们会在床头的袜子里找到一些玩具。为什么我们不给圣诞老人写信，并邀请他也到这里来，到大象王国来看看我们呢？"

　　"让我们欢呼三声吧！这可真是一个好主意啊！"亚历山大说。
亚瑟问："但是我们应该在信中说些什么呢？"波马建议说："我们
应该写信告诉圣诞老人，我们希望他带给我们什么礼物！"弗洛拉补
充说："我们还是先仔仔细细地考虑一下，再写信吧。"

他们都安静下来，开始认认真真地考虑这个问题。

泽飞尔认定自行车就是他想要的礼物；弗洛拉想拥有一个布娃娃；亚历山大想要一个捕蝴蝶的网子；波马渴望一大袋糖果和一只玩具熊；至于亚瑟嘛，他梦想拥有一列玩具火车。

　　每个人决定了自己想要的礼物，接下来，大家一致推选由泽飞尔给圣诞老人写信，因为他写的字最整齐。泽飞尔便专心地完成了这个

任务。亚瑟想起来必须在信封上贴邮票。然后，他们签下了自己的名字，
一起高高兴兴地出去寄信。

　　每天早晨，这五位好朋友都会满怀期待地守候着邮递员的到来。他们一看到邮递员走过来，就会冲出去找他。唉！虽然邮递员每次都仔仔细细地翻查一遍，但就是没有来自圣诞老人的回信。

一天，巴巴碰巧看到了他们，他自言自语地说："这些孩子到底发生什么事啦？他们看起来这么失望！"

　　于是，他把他们叫过来说："孩子们，过来！告诉我到底怎么啦？"
泽飞尔告诉了他这封信的故事。

　　"你们还没有收到回信，是这样吗？"巴巴问，"你们一定忘记
了在信封上贴邮票！"

　　"哦！我们没忘！亚瑟记得这回事！"

"嗯……那么就是圣诞老人还没有时间给你们回信！现在，高兴起来！去玩吧！或许你们给了我一个非常棒的主意！"

巴巴若有所思地踱着步子，走来走去，完全陷入了沉思。"我想知道的是，为什么我自己从没有想过邀请圣诞老人到大象王国里来呢？"

"我能做的最好的事情就是立即出发，找到圣诞老人。如果我亲自去请他，他一定不会拒绝到大象王国里来！"

巴巴下定决心后，连忙回家告诉莎莉丝特自己的决定。莎莉丝特帮助他收拾行李，做好各种准备。她非常想跟他一起去，但是巴巴解释说，他不在家的这段时间，王后必须留在家里管理整个国家。他还

分析说，像圣诞老人这种古怪的人物通常都会有些害羞，很少会让一个以上的陌生人同时接近自己。

经过一段美好的旅行之后，巴巴乘坐火车到达了欧洲。没有人认出他来，因为他特意把王冠留在家里了。

他走进一家很小的老旅馆，那里非常干净，也很安静。旅馆为他提供的那个房间，让他感到非常满意。然后，他脱掉衣服洗了个澡。洗个舒服的热水澡之后，人总是会觉得更有精神。

"是什么发出那种有趣而细小的声音？"巴巴在擦拭自己的身体时，听到一种声音。他感到非常纳闷。巴巴没有动，他环顾了一下四周。突然之间，他看到了三只小老鼠。

其中最胆小的一只老鼠说："你好呀，健壮的先生，我们能否有幸和您一起待很长一段时间呢？"

　　"哦，不行，我只是路过这里。我要寻找圣诞老人！"巴巴回答说。

　　"你在寻找圣诞老人？哦——我的天啊！他就在这里，就在这所房子里。我们和他非常熟。我们带你去他的房间吧！"三只小老鼠异口同声地说。

　　"啊！那真是太棒了！我的运气真是出奇的好啊！请给我一点儿时间，我穿上睡袍，然后就和你们一起去！"巴巴兴奋地大声说。

　　"但是，这些小老鼠究竟要把我引到什么地方呢？"巴巴非常纳闷。在上楼梯的时候他停了一会儿，让自己喘一口气。

　　巴巴在心里想："圣诞老人一定住在高高的顶楼上面。毫无疑问，他喜欢有一个非常好的视野，在他的周围有许多开阔的空间。"

　　就在巴巴在心里发表这些看法的时候，三只小老鼠到达了阁楼。它们在那个角落里到底在干什么呢？它们看起来都非常兴奋！

　　"你们在哪里呢？"巴巴喊道。

　　"上这里来，在阁楼里！"小老鼠们回答，"快点过来！我们把圣诞老人从那棵树的顶上抬下来啦！"

当巴巴和它们走到一起时，三只小老鼠开心地说：

"这就是圣诞老人！整整一年他几乎都安安静静地住在这里，圣诞节那天除外。到了那天，人们会把他取走，把他挂在一棵新的圣诞树的树顶上。圣诞节过后，他又会重新回到角落里的这个地方，我们就又可以来和他一起玩了。"

"但是，这不是我要找的圣诞老人，我要找的是真正的、活着的圣诞老人，而不是一个布偶！"巴巴难过地说。

第二天早晨，巴巴听到有人在敲他的窗户，并看到外面的窗台上面有一些小麻雀。它们对巴巴说："我们知道你正在寻找真正的圣诞老人。我们和他非常熟，现在，我们就带你去见他。"说完它们就高高兴兴地飞走了。

它们一边飞一边给巴巴指路，带着他穿过了河上的一座大桥。

　　"我们就快到了！"它们喊道，"我们通常在这附近看到他，他就睡在那座桥底下。"

　　"哦！那可真奇怪！"巴巴心想。

　　"他在那儿！他在那儿！"所有的小麻雀一起喊道，"他就在那边，在那个刚刚甩出钓鱼线的渔夫旁边。"

巴巴看到这位朋友奇怪的外表，感到有些惊奇，不过，他仍然向他致意，并说："打扰一下，先生，请问您是真正的圣诞老人吗？给所有孩子送去玩具的那位圣诞老人吗？"

"哎呀！不是的！"老人回答说，"我的名字叫拉札罗·凯姆匹奥提。我是一名艺术家的模特儿，我的艺术家朋友们给我起了'圣诞老人'这个绰号。现在，每个人都叫我这个名字。"

巴巴非常失望，若有所思地沿着河岸慢慢地溜达。他在一个书报亭边停了下来，巴巴找到了一本书，其中有圣诞老人的一些照片。

巴巴连忙买下这本书，带回到他的房间里，更加仔细地查阅。不幸的是，其中的正文是用他根本就不懂的一种语言写的。巴巴下楼，对旅馆经理说明了自己遇到的困难。旅馆经理的儿子正在学习的那所学校里有一位教授，旅馆经理非常热心，给了巴巴那位教授的地址。

"加利亚耐兹先生一定能翻译你的书。"他说。

巴巴没有浪费一分钟的时间，很快就到了加利亚耐兹教授的大门口，并按响了门铃。他发现教授正好在家。

但是，浏览了一下那本书之后，加利亚耐兹教授说感到非常遗憾，他也不能解读那本书。他给了巴巴著名教授威廉·琼斯的地址。

一个小时之后，巴巴来到了威廉·琼斯教授的书房。教授非常认真地研究了那本书，沮丧地摇了摇头。最后，他对一直在旁边耐心等候的巴巴说：

"你的这本书非常难读懂，它是用古式的哥特语写成的。书中有许多关于圣诞老人生活的事实记录。据说，圣诞老人住在波希米亚，离一个名叫 PRJMNESWE 的小镇不远。但是，关于这一点，我找不到更多确切的信息。"

    巴巴告别教授后，坐在公园的一张长椅上，翻来覆去地思考这件事。鸟儿们认出了他，飞过去询问他是否找到了圣诞老人。

    "没有，还没有呢！"巴巴回答说，"我只知道他住在离这儿很

远的地方，在一个名叫 PRJMNESWE 的小镇附近。这真的很难找。"

就在这个时候，一只小狗从这里经过，他对巴巴说："对不起，先生，打扰一下。我非常擅长寻找丢失的东西，因为我有高度灵敏的嗅觉。"

　　"只要我嗅一嗅圣诞老人送给那边的小维珍妮娅的布娃娃，我相信我就肯定能帮你找到他。我非常乐意和你一起去，因为我是一只无家可归的小狗。"

听到这些话，巴巴看着那只小狗，说："行！我同意！我会把你带在我身边的。"

然后，他们为小维珍妮娅买了一个漂亮的、新的布娃娃交换她的布娃娃。她非常开心地接受了这种交换，得到了一个新的布娃娃。巴巴让小狗嗅了嗅那只旧的布娃娃，并喂给它一块糖果。

在出发之前，巴巴又回去看望了知识渊博的威廉·琼斯教授。教授把巴巴的书归还给他，并给了他一些额外的建议。圣诞老人似乎住

在一座高山上的森林里，离 PRJMNESWE 小镇大约有 12 英里远。

经历了一段艰苦的征程之后，巴巴终于到达了那个小镇。

天气非常寒冷，纷纷扬扬地下起了大雪。因此，巴巴买了一副滑雪板，租用了一辆雪橇车，让车把他送到了山脚下。

很快，他下了雪橇，陪伴着他的只有忠实的朋友达可（达可是巴巴给那只小狗起的名字）。巴巴开始朝着神秘的大森林的方向攀爬，他的脚上套着滑雪板，背上背着沉重的背包。达可非常兴奋。他嗅嗅这里，闻闻那里，突然静静地站在那里，竖起尾巴，用力地抽动着鼻子。他一定是发现了圣诞老人的气味。

　　突然之间，达可跳了起来："我找到了！我找到了！我们走的路是正确的！"他那响亮的吠叫声在整个森林里回荡。但是，在这个荒无人烟的森林里，是什么在骚动？

　　那是一群高山上的小矮人，他们将自己躲藏在树干后面。达可想靠近一些看看他们，但是他们朝他冲过来，迅速而猛烈地向他扔雪球，硬邦邦的雪球一个接一个砸在达可的头上、眼睛上和身体上。

　　达可几乎窒息了，眼睛也几乎看不见了，尾巴灰溜溜地夹在两腿之间，他决定撤退。他迅速地跑向他的主人，和巴巴会合。

当达可来到巴巴面前时，早就上气不接下气，感觉自己非常愚蠢。

巴巴看到他，立即停了下来，问道："发生了什么事？"达可讲述了自己遇到一群留有胡须的小矮人的历险。

"很好！我们应该离圣诞老人越来越近了，"巴巴回答说，"我非常想见见那些小矮人，带我去找他们吧！"

　　几分钟之后，该轮到巴巴应战小矮人们了。他们也试图吓唬他，朝着巴巴勇敢地冲过来，并向他扔雪球，但是巴巴冷静地深吸一口气，然后朝着他们的方向猛地吹了一口气。小矮人全都跌跌撞撞地倒下去了，一个倒在另一个身上。他们匆匆忙忙地挣扎着，一站起来就连忙逃走，很快就无声无息地消失不见了。

　　巴巴哈哈大笑起来，跟在达可后面继续赶路。现在，达可又发现了那种气味。

　　小矮人们跑去找圣诞老人，他们争先恐后，一哄而上，急促而含糊地告诉他，有一个庞大的动物，用他那长长的鼻子向他们用力吹了一口气，就把他们全都刮倒了，而且还把他们赶跑了。圣诞老人非常专心地倾听着。小矮人们补充说，当他们逃跑时，这个巨大的怪物离他们非常近，而且在一只丑陋的小野狗的带领下，现在正径直走向圣诞老人隐蔽的洞穴。

　　他们说得非常对。巴巴离圣诞老人的洞穴越来越近。但是，突然降临了一场特别猛烈的暴风雪，劈头盖脸地打在他身上。寒风刮得如此猛烈，雪花让他的眼睛和皮肤感到刺痛。他根本就不可能睁开眼睛。巴巴不顾一切地挣扎着。后来，他意识到了如此固执而盲目地急速前进非常危险，于是，他决定挖一个洞，让自己和达可先躲避一会儿。

然后，他用滑雪板、滑雪杖和一些大的雪块草草地搭建了一个帐篷。现在，这两位朋友得到了很好的保护。

"啊哦！这天气可真冷啊！我的鼻子都要冻住了！"巴巴想。达可也又冷又累。

突然，巴巴感觉到他下面的土壤像裂开了一样，他和达可迅速往下掉，最后消失不见了！他们掉进了哪里？

　　还没有意识到这是怎么一回事，他们就从一个烟囱口径直掉了下去，正好落在了圣诞老人的洞穴中。"圣诞老人！"巴巴惊喜地叫了起来，"达可，我们到达目的地啦！"

　　之后，巴巴就因为疲倦、寒冷和激动一下子晕了过去。"快呀！小矮人们！忘记你们之间的不愉快吧！我们必须解开他的衣服，让他暖和起来。"圣诞老人说。

　　大家立即全都忙碌起来。他们脱掉巴巴的衣服，用酒精擦拭了他的全身，并用大大的软刷子刷遍他的全身。小矮人药剂师让他喝了一些白兰地烈酒。最后，巴巴终于醒过来了。他和圣诞老人一起坐在餐桌边，喝了一碗热气腾腾的浓汤。他发自内心地向圣诞老人表示感谢。

　　圣诞老人带着巴巴四处参观的时候，巴巴说明了自己千里迢迢、长途跋涉来到这里，就是为了请他去访问大象王国。

　　希望圣诞老人会像对人类的孩子那样，把玩具分发给大象王国的孩子们。这个请求深深地打动了圣诞老人。

　　这次游览的内容包括：圣诞老人通常居住的大房间；巴巴从洞口掉进去的那个房间，你可以从右上角看到那个洞口；存放玩具的房间；存放布娃娃的房间；存放锡兵的房间；存放玩具枪的房间；装满玩具火车的房间；装满积木的房间；储存填充毛绒动物的房间；还有装满网球拍和网球的房间（所有这些东西都整整齐齐地装在盒子里和袋子里）……然后，他们参观了小矮人的宿舍，电梯工通过滑轮和机械来工作。

但是，圣诞老人告诉巴巴他不能在圣诞夜去拜访大象王国，因为他现在非常累。

他补充说："去年，我像往常一样把玩具分发给全世界的孩子们。在完成这件事的过程中，我遇到了非常大的困难。"

"哦！圣诞老人！我非常理解你！"巴巴说，"但是如果是这种情况的话，你应该好好照顾你自己的身体！"

"为什么不离开你在地下的家，到地球表面上生活一段时间呢？现在你和我一起去我们的国家吧，你可以晒晒太阳。你会得到很好的休息和治疗，为圣诞夜做准备。"

这个建议吸引了圣诞老人，他吩咐小矮人们帮他照看和打理一切。然后，他在巴巴和达可的陪伴下，坐着他的飞行器离开了。

现在，他们来到了大象王国。圣诞老人欣赏着莎莉丝特城郊区的风光。很快，他就被冲过来的大象们团团围住，他们向圣诞老人表示热烈的欢迎。波马、弗洛拉、亚历山大也匆匆忙忙地赶过来。为了能够非常清楚地看到圣诞老人，亚瑟爬到了一座屋子的房顶上，泽飞尔则爬到了一棵树上。

　　当兴奋平静下来之后，王后莎莉丝特向圣诞老人介绍了她的三个孩子、亚瑟，以及泽飞尔。

　　"哦！你们就是给我写信的那几个孩子吧！"圣诞老人说，"我很高兴见到你们。我保证你们会过上一个快乐的圣诞节！"

圣诞老人经常骑在斑马背上，外出散步，巴巴则骑着自行车陪伴他。

根据凯普洛斯医生的建议，圣诞老人每天会进行整整两个小时的日光浴。当他躺在吊床上休息的时候，波马、弗洛拉和亚历山大会来看望他。但他们会小心翼翼地不发出声音，以免打扰他。

有一天，圣诞老人对巴巴说："我亲爱的朋友，非常谢谢你为我做的一切！圣诞节就要到了，我必须离开这里，去为人类的孩子们分发他们期待已久的礼物。但是，我并没有忘记我对小象们做出的承诺。你能猜出这个袋子里装的是什么吗？是一套真正的圣诞老人服装，专门根据你的身材尺寸做的！这是一套神奇的衣服，能够让你在空中飞来飞去！你的袋子里总是会装满玩具。在这里，你在圣诞节前夜可以代替我。我向你保证，我的工作一完成，我就会回来，并且我会给孩子们带来一棵美丽的圣诞树。"

在圣诞节前夜，巴巴遵照圣诞老人的那些吩咐装扮自己。他一穿上圣诞老人的衣服，戴上长长的白胡须，立即变得越来越轻，而且能够轻松地飞起来。

"这真的是太不可思议啦！用这种方法给所有的孩子们分发礼物，真棒啊！"巴巴想。

为了在天亮之前完成他的任务，巴巴尽快行动起来。等到圣诞节的早晨，当孩子们醒来时，看到他们满心期盼的玩具，每家每户该充满了多少欢乐啊！

在皇宫里，王后莎莉丝特透过虚掩的门悄悄地观察孩子们的房间。波马把他的袜子倒空。弗洛拉抱着布娃娃，轻轻地摇晃着。亚历山大在他的床上跳上跳下，兴奋地大声喊道："多么美好的圣诞节啊！多么美好的圣诞节啊！"

　　圣诞老人遵守了他的承诺，果然回来了，并且给他们带来了一棵漂亮的圣诞树。多亏了圣诞老人，这个家庭的庆祝活动获得了极大的成功。

　　亚瑟、泽飞尔、波马、弗洛拉和亚历山大从来没有见过这么漂亮的冷杉树，上面亮闪闪的全都是彩灯。

第二天，圣诞老人又坐着他的飞行器飞走了。他要和他的小臣民们，也就是小矮人们在他的地下宫殿会合。

在大湖的岸上，巴巴、莎莉丝特、亚瑟、泽飞尔和三只小象为他送别。他们难过地挥动着手中的手帕。

幸运的是，圣诞老人承诺说，以后每年他都会回到大象王国看望大家。

附录 45 种大型哺乳动物的彩色图鉴

老 虎

　　和其他动物比起来,老虎在人们的心目中具有举足轻重的地位。到了后来,老虎则成了"保护者"的象征。而老虎在这个星球上的生存状态,也代表了人类在努力协调与其相互矛盾的需求和欲望。

　　一般说来,人们认为老虎和狮子是猫科动物中体型最大的,事实上也是如此,老虎和狮子的体型大小的确差不多。在印度次大陆和俄罗斯都曾经发现过世界上最大的老虎,在那些地方,雄性老虎的体重平均在180～300千克之间。但是在印度尼西亚苏门答腊岛上,雄性老虎的体重平均只在100～150千克之间。

▎天生的猎手
▎体型和官能

　　在猫科动物家族中,动物们大多善于追踪猎物,而且还能把自己隐蔽得很好,最后一下子把猎物抓到。除了它们的体型和皮毛的颜色以外,这些技能和特征就是猫科动物和其他动物之间最大的区别。

　　老虎和其他的大型猫科动物一样,要靠捕猎才能生存下去,而这些猎物往往比老虎本身的块头还要大。老虎的前肢短而粗,有着长长的锋利的爪子,而且这些爪子是可以收缩的;一旦老虎"看上"了一只大型的猎物,这些外在条件就能保证它把猎物捕获。老虎的头骨看上去像缩短了一样,这让它本来就很强大的下颚更增加了力量。它们通常会从猎物的背后袭

击,在脖子上咬上致命的一口。有的时候,它们还会紧紧地咬住猎物的咽喉处,使猎物因窒息而死。

　　然而,完完全全属于老虎独一无二的特征的,还是它们背上黄白相间的皮毛、黑色的

↗一头老虎正迈着中等的步伐向猎物进攻,向我们充分展示了这种顶级肉食动物的力量和杀气。为了寻找猎物或保护领地,老虎经常在一天之内长途奔袭10～20千米。

斑纹——事实上，每只老虎的身上都有它自己特殊的图案，通过这些图案就能分辨出单个的老虎。

如果你去过动物园，就知道白老虎通常是最不常见的。这种老虎可不是靠科技上的白化变出来的，它们都是一只名叫"莫汗"的老虎繁衍出来的后代——"莫汗"是被印度中央邦雷瓦地区的王公捉住的一只雄性孟加拉虎。也有报道说，在印度其他地区曾经出现过全身几乎都是黑色的老虎。然而，不管是全身白色的老虎，还是全身都是黑色的老虎，这样的种类在野生动物界中都是极为罕见的。

尽管老虎的种类出现了皮毛上的变异，但令人惊奇的是，所有的老虎都拥有垂直的斑纹。这些斑纹为它们提供了非常好的伪装，借助这身伪装，老虎就能一直跟踪着猎物，直到距离猎物足够近的时候，再向猎物发动猛烈而致命的攻击，最后成功地捕获猎物。

保持远距离的联系
社会行为

狮子和猎豹的栖息地比较开阔，没有厚密的树林，所以它们在捕猎的时候，不会过度地隐蔽自己；老虎则不同，它们是最善于隐蔽自己和埋伏捕猎的肉食动物。在环境相对狭小而猎物又相对分散的情况下，老虎捕猎就很少合作，所以，老虎的社会体系相对松散。虽然它们相互之间保持着联系，但个体之间的距离却比较遥远。

多项无线电通讯的追踪调查研究表明，在尼泊尔和印度，雌性老虎和雄性老虎都有各自的领地，而且会阻止同性老虎进入。母虎的领地相对比较小，而且与这个地区食物和水的丰富程度以及要抚养的幼虎个数有很大关系。一

知识档案

老虎

目 食肉目
科 猫科

尽管形态学的研究表明虎的亚种之间存在一种渐变群变异的情况，但是，人们仍然分辨出了虎的8个亚种，分别是：（1）孟加拉虎，分布在印度、孟加拉国、不丹、中国、缅甸西部和尼泊尔；（2）印支虎，分布在柬埔寨、中国、老挝、马来西亚、缅甸东部、泰国、越南；（3）苏门答腊虎，分布在印度尼西亚的苏门答腊岛；（4）阿穆尔虎（又称西伯利亚虎，中国称东北虎），分布在俄罗斯、中国、朝鲜（尚未确认）；（5）华南虎，分布在中国；（6）里海虎，曾经在阿富汗、伊朗、中国、俄罗斯、土耳其发现过，但是现在已经绝种；（7）爪哇虎，印尼的爪哇岛曾经有分布，现在已经绝种；（8）巴厘虎，印尼的巴厘岛曾经有分布，现在已经绝种。

分布 印度、东南亚、中国、俄罗斯的远东地区。

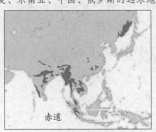

赤道

栖息地 极其广泛，从中亚的芦苇地到东南亚的热带雨林，再到俄罗斯远东地区的温带落叶、针叶林都有老虎的栖息地。

体型 体长：孟加拉雄虎2.7~3.1米，雌虎2.4~2.65米；雄性的体重为180~258千克，雌性为100~160千克。

皮毛 整体上呈橘黄色，在背部和腹部两侧的皮毛上间隔着黑色的条纹，腹部下侧基本上是白色的；雄性老虎的额头上具有显著的"王"字条纹；在东南亚热带雨林和巽他群岛的热带雨林中曾经发现黑色的老虎；阿穆尔虎的颜色比较浅，而且在冬季和夏季的颜色有所不同；在印度中部曾经出现过白色的老虎（有棕色条纹），这可能是亲代中存在某种隐性基因的缘故，但在野外状态下这种白色老虎是比较少见的。

食性 主要捕食大型有蹄类动物，如各种野鹿、野牛、野猪等；有时也捕食比较小的猎物，如猴子、獾类，甚至还会捕捉鱼类为食。

繁殖 雌性老虎在3~4岁的时候性发育成熟，雄性稍微晚点，约在4~5岁的时候；成熟后每年的任何时候都能交配，孕期平均约103天；每胎产崽在1~7只之间，通常是2~3只；幼虎在出生1.5~2年之后开始独立生活。

寿命 在尼泊尔皇家吉特湾国家公园里一头野生老虎曾经活到了15岁，动物园里人工喂养的老虎寿命最长可达26岁。

头雄性老虎总是负责保护几头雌性老虎各自的领地，并且总是在试图扩大领地。一头雄虎的成功与否以及其领地大小，都取决于它的力量和战斗能力。通常，雄虎不承担幼虎的具体抚养责任，它只负责保护好这块领地不受其他雄虎的侵犯就行了。

对老虎来说，在保住自己领地的过程中潜藏着危险，即便打赢了也可能受伤，甚至有失去捕猎能力的可能，最终导致饿死。因此，老虎会留下标记，暗示其他老虎这个地方已经有主人了，以尽量减少无谓的"战争"。其中一种标记就是尿液（但是混合了肛门附近的腺体分泌物），老虎把这种混合液撒在树上、灌木丛里和岩层表面等处；还有一种标记就是粪便和擦痕，老虎把它们留在常走的路上和领地中所有明显的地方。这些标记的作用可能是告诉其他老虎，这个地盘已经有主人了；也可能是传递另外一些信息，如其他老虎可以通过这种气味辨别出这是哪一只老虎留下来的。通常，当一头老虎已经死亡而不能再继续拥有那块地盘的时候，外边的另一头老虎会在短短的几天或几个星期之内占领这块已经没有主人的地盘，并释放出某种气味信号。

老虎在3～5岁的时候性发育成熟，但是建立自己的领地和开始繁殖后代则需要更长的时

↘ 在热带地区，老虎大多数时间都待在河边或者其他水域边上，而且为了降温，常常躺在水里或站在水里。老虎是一个熟练的游泳者，它能毫不费力地游泳通过七八千米宽的大河。

间。母虎在一年之中的任何时候都可能生育幼崽，甚至在冬天也有老虎交配生崽。母虎到了发情期，会频繁地发出吼叫，而且加快某种气味标记释放的频率，以这种方式来告诉雄虎它要交配。交配期通常会持续2～4天。母虎平均怀孕103天后就会生产，通常每胎产2～3只幼崽。幼崽刚生出来的时候不能睁开眼睛，需要精心的照料。至少在出生后第1个月的时间里，虎崽需要吃母虎的奶才能存活，而且要待在虎穴里保证安全。遇到某种危险的情况时，母虎会用嘴轻轻地叼着虎崽在两个巢穴之间转移。

虎崽长到一两个月大的时候，母虎就开始带着它们离开巢穴过野外生活，但当它们遇到追杀的时候，也会逃回原来的巢穴。当虎崽6个月大时，母虎就开始教给它们如何捕猎、如何进行隐蔽、如何杀死猎物等各项本领。雄虎一般是不参与抚养虎崽的，但是偶尔也会参加进来，甚至让母虎和虎崽们分享它捕到的猎物。当一头雄虎占领了一头母虎的地盘后，它就会杀死这头母虎原来所生的幼崽（也就是"杀婴行为"），然后迫使这头母虎的发情期提前到来，跟它交配，从而尽快地生出自己的后代。

虎崽一般至少要跟着母虎生活15个月的时间，然后才会逐步开始独立生活。这个时候，尽管幼虎的身体还没有完全发育成熟，但是，要么主动地离开母虎，否则只能被母虎赶走，因为母虎通常已经开始准备生育下一胎幼崽了。

狮　子

几千年以来，凭借强壮和凶猛，狮子赢得了"兽中之王"的美誉。在古代的埃及、亚述、印度和中国，狮子的形象不断地出现在艺术作品中。

一直以来，狮子强大有力的形象诱惑着各个国家的猎人。有时，他们为了猎取一头非洲雄狮而不惜花费巨额资金。由于一些武装捕猎者能在短短的几天内射杀几十头狮子，导致这种动物的数量急剧减少。幸运的是，现在对狮子的武装捕猎已经被禁止，大多数游客也更愿意通过更文明的方式，如仅仅观看和拍照，来表达他们对这种动物的喜爱和迷恋之情。

兽中之王
体型与官能

和其他猫科动物一样，狮子也有一副柔韧、强壮、胸部厚实的身体。它们有短而坚硬的头骨和下颚，这可以使它们很容易地捕食猎物。它们的舌头上长有很多坚硬的、向里弯曲的突起物，这非常有利于它们进食和梳理皮毛。它们寻觅猎物主要靠视觉和听觉。也许是因为雄狮之间要争夺配偶的缘故，和大多数猫科动物一样，成年雄狮要比成年母狮重30%~50%，外形上也更大一些。无论是什么样的原因（可能是生物进化）造成了狮子的二态性，总之，在与其他狮子一起进食的时候，雄狮总是可以凭借它们强壮的身体独占猎物，并且雄狮捕获的猎物要比母狮捕捉到的大很多。

尽管狮子在捕猎上享有"合作"的美名，但这种"合作"只是在猎物比较少的恶劣环境下或者猎物比较大又比较危险的情况下才会发生。另外，当一只狮子单独捕猎的成功几率小于10%的时候，为了使捕猎成功，狮子们也会合作。在集体捕猎的时候，狮子会散开，有些包围猎物，有些则切断猎物逃跑的退路。

但是在绝大多数情况下，一群狮子中只有一只或者两只真正在捕猎，其他的狮子只是在安全

↗一头雄狮正咬住一匹斑马的咽喉部位，试图让其窒息而死。狮子是为数极少的有规律捕食的食肉目动物，它们通常只捕食体重超过250千克而且健康的成年猎物，而对于幼小的、太老的或者患病的猎物则不屑一顾。它们有时也杀死其他一些食肉目动物，如豹子，但却很少把它们吃掉。

的地方观望。当猎物很容易捕获的时候（单独捕猎的成功几率大于或等于20%），它们就采取这种"不合作"的方式。尽管它们都很想和同伴分享猎物，但是由于捕猎太容易成功了，同伴并不需要它们的配合，所以其他狮子只是在一边观望而已。

狮子在奔跑的时候，速度能够达到每小时58千米，但它们要捕捉的猎物的速度却能够达到80千米/小时，因此，它们需要悄悄地接近猎物，隐藏在距猎物15米的范围内，然后再突然冲出，抓住或拍击猎物的侧身。狮子捕猎的时候根本不考虑风向，甚至在逆风的时候成功率会更高一些。需要指出的是，狮子捕猎的成功率平均只有25%。它们先把大型猎物击倒，然后再咬紧猎物口鼻部或脖子，使其窒息而死。

对于捕猎，雄狮处于支配地位，母狮主要负责照料幼崽和尚未发育成熟的小狮子。在分享猎物的时候，狮子们经常发生争斗。为了保护自己应得的那一份，狮子会用牙齿紧紧咬住猎物的尸体，同时用爪子击打同伴的面部，甚至在争夺食物的时候会互相咬住对方的耳朵。通常，捕猎成功的狮子由于太专注于咬住猎物不放，以至于在它进食前，其他狮子已经把它捕到的猎物的大部分给吃掉了。成年母狮每天需要吃肉5～8千克，成年雄狮则需要7～10千克。但是狮子的进食量极不规律，一头成年雄狮有时一天会吃掉多达43千克的食物，这种情况甚至会一连持续三四天。

在出生后的两年时间内，小雄狮会陆续长出鬃毛。通过鬃毛的生长情况，我们能看出小雄狮身体的生长发育水平，但是直到四五岁的时候，小雄狮的鬃毛才能长到成年雄狮的应有水平。一般来说，到9～10岁的时候，雄狮鬃毛的颜色会变得很深。

大型捕猎者
食性

狮子捕食最多的猎物是那些体重50～500千克的有蹄类动物，但是我们知道，它们还吃一些啮齿类动物、野兔、小鸟、爬行动物等，有的时候，狮子也会捕食大型哺乳动物的幼

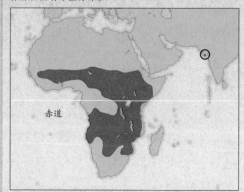

知识档案

狮子

目 食肉目
科 猫科
有5个亚种 安哥拉狮、亚洲狮、马赛狮、塞内加尔狮、德兰士瓦狮。

分布 撒哈拉以南到南非；印度古吉拉特邦的吉尔国家森林公园有零星分布。

赤道

栖息地 比较广，从东非的热带或亚热带稀树大草原到位于非洲南部的喀拉哈里沙漠。

体型 雄狮体长1.7～2.5米，母狮体长1.6～1.9米；雄狮肩高1.2米，母狮肩高1.1米；雄狮和母狮的尾长都在60～100厘米之间；雄狮体重150～240千克，母狮体重122～182千克。

皮毛 颜色从浅茶色到深茶色；腹部和四肢内侧颜色较浅；耳朵外侧呈黑色。

食性 主要捕食有蹄类哺乳动物，如瞪羚、斑马、羚羊、长颈鹿、野猪，还有大型哺乳动物的幼崽，如幼象、幼犀牛，有时也会捕食一些小的啮齿动物、野兔、小鸟、爬行动物等。

繁殖 小母狮大约需要36～38个月性发育成熟；母狮的怀孕期是100～119天，每胎产2～4只幼崽；幼狮出生两年半后会完全独立生活。

寿命 野生狮子18年，人工圈养的则能够活25年。

崽，如幼象、幼犀牛等。尽管在白天的时候，它们可以埋伏在水边，利用天气干旱猎物需要喝水的有利时机进行捕猎，但它们主要是在晚上进行捕猎。母狮捕捉最多的是小到中型的猎物，如疣猪、瞪羚、跳羚、黑尾牛羚以及斑马等；雄狮则喜欢捕捉一些体型大的、跑得比较慢的猎物，如水牛、长颈鹿等。

狮子的栖息地经常和其他肉食动物的栖息地重合，如豹子、野狗、斑鬣狗等——它们也都捕食大致相同的猎物。所有5种豹属动物捕食的猎物的体重一般都不小于100千克，如疣猪、瞪羚等，但是只有狮子捕捉大于250千克的猎物，如水牛、大羚羊和长颈鹿等。体型比较大而且喜欢在夜间行动的鬣狗在捕食方面是狮子强有力的竞争者，两者都喜欢捕食羚羊和斑马，但是狮子却一贯地喜欢偷吃鬣狗的猎物，而且雄狮尤其喜欢吃腐烂的猎物。狮子不仅喜欢"抢劫"豹子和野狗的猎物，而且有时还会直接吃掉豹子和野狗。这一情况经常发生在狭小的领地内，如果豹子和野狗数量很少的话，狮子就会向它们发起攻击进而吃掉它们。

社会性的猫科动物
社会行为

在所有猫科动物中，狮子是最具有社会行为的，狮群就是一个小型的社会。最典型的狮群一般有3～10头成年母狮，一些需要母狮照料的幼狮，以及2～3头成年雄狮。人们曾经观测到，有些狮群甚至能达到18头成年母狮、10头成年雄狮的规模。与狼群或猴群不同，狮群的社会秩序很混乱。每头狮子并不是和狮群中的同伴一直保持联系，相反，每头狮子都可能独自活动几天甚至几个星期，而不与其他同伴联系；或者在比较大的狮群中，有几头会组织一个更小的次级群体，它们就生活在这样的次级群体里。

狮群中的母狮通常与其雌性亲属保持密切的联系，与狮群中的雄狮则联系很少，只是在小群体或相对隔离的群体中，母狮才会和雄狮联系。雄狮们之间可能有联系，也可能没有联系。如果一头雄狮发育成熟，在没有和其他雄狮联系之前，就会在独行期间去寻找另一头独立的狮子，组成一对。然后通过一些偶遇，找到第三个同伴。按这个方式进行下去，再吸收新的成员，组成一个狮群。由于在一个地区，大部分的狮子年龄相仿，故将要组成的新群体中会有9～10个是"兄弟"或是"表亲"，只有3～4个没有血缘关系。在一个更大的群体中，年龄的差异会更大，这就更有利于接纳更多的母狮，能比小的群体养育更多的后代。

在一个狮群的持续期间，会有一些幼崽被繁育出来，但是每个狮群中的亲子关系都是复杂多样的。居于主导地位的是雄狮，它们之间的关系比较微妙。由于母狮通常会同时达到发情期，因此，在一个小团体中，雄狮之间获得与母狮交配的机会是相等的。然而，在比较大的群体中，这种平衡会被打破，许多雄狮不能获得交配的机会，它们只能寄希望于"侄子和侄女"间接地保留自己的遗传基因。

尽管血缘关系是狮群存在的基础，但是具有讽刺意味的是，没有直接血缘关系的雄狮之间的合作却是所有哺乳动物中最成功的。在一个狮群中，相互配合的两头雄狮（虽然并没有血缘关系）都能够从合作中获得直接收益，而且相互关系非常融洽。小组合作期间没有血缘关系的雄狮互相支持，其配合并不逊于"亲兄弟"之间的合作。

作为合作捕猎团队的一部分，母狮们正在悄悄地接近猎物，试图包围并切断其退路。由于与牛羚相比，母狮在速度上并不占有优势，所以它们只能在发起最后的进攻之前尽量地接近猎物。

小母狮在长到30～38个月之后，性发育成熟。这之后，任何时候都能够交配。发情期一般持续2～4天，而且每隔2～3周就有一个发情期。母狮的怀孕期只有110天的时间，对于这种庞大的哺乳动物来说，这个时间应该算是非常短的了，因此新生的幼崽一般非常小，重量只有成年狮子的1%。每胎的幼崽数在1～6只之间，平均2～3只。野生母狮的最长寿命是18岁，但是需要指出的是，它们在15岁的时候就会停止生育。

如果来自同一个群体中的母狮生育幼狮的时间间隔很短，它们就会把自己的幼崽放在一起共同抚养，甚至会给对方的幼狮喂奶。当然了，母狮认得自己的幼崽，并会把大部分乳汁喂给自己的幼崽。幼狮出生3个月后开始吃肉食，但是仍然需要母狮再喂养3个月。幼狮的死亡率很高，特别是在严酷的年景，在长到1岁之前会有高达80%的幼狮死亡。但是在比较好的年景中，幼狮的死亡率会降到10%。幼狮长到18个月大的时候，就会表现出独立性，而这个时候母狮正在准备生育下一胎。当小狮子2岁的时候，第2胎才出生。当然，如果第1胎的幼狮全部死亡，母狮就会迅速地再次交配生育。

雄狮和母狮都会保护它们的领地。当遇到另外一群狮子侵入的时候，狮子会保持长时间的合作，它们一般通过倾听叫声来接近同性入侵者。雄狮在外围保护自己的群体，而母狮则保护领地的核心区域并与外来群体内的母狮进行战斗。雄狮通过吼叫、撒尿做标记和巡逻来维护领地，同时让母狮留在狮群的中间。从另一方面来说，母狮比雄狮更有警惕性。当陌生者出现在领地的时候，母狮会更多地作出反应，而不仅仅是巡逻。快发育成熟的时候，年轻的雌狮变得更加愿意行动，会帮助自己的母亲来驱逐入侵的母狮；与它们相反，青春期的雄狮却对入侵的母狮漠不关心。

尽管在保卫领地方面，母狮们更善于合作，但是在捕猎或是在喂养自己的幼崽的时候，这种合作的策略就会出现变化。当两个不同的狮群相遇的时候，有些母狮总是在前面带头，而另一些总是跟在后面"压阵"。当一个狮群达到某个数量的时候，或是在最需要的时候，某些母狮会表现得很活跃，它们是"临时的朋友"；当一个狮群中狮子的数量大大超过其对手的时候，某些母狮是最善于合作的，它们是"全天候的朋友"。

一般来说，当两个狮群相遇时，合作与否和狮子的数量有很大的关系，狮子数目多的那个群体能够压制那个比较小的群体。如果自己群体中的母狮的数量比对手多至少2个，那么这个群体中的母狮就比较乐意合作。另一方面，对雄狮们来说，除非自己群体中的数量至少超出对方1～3个，否则它们是不会合作一起去接近入侵者的。

一旦见到某个领地的主人，入侵者通常会立刻撤出。但是拥有这块领地的狮子却会对入侵者主动发起攻击，有机会的话，还会杀死入侵者中的一头狮子。可能大多数的狮子都会在群体间的血腥厮杀之中死亡，不管是单打独斗，还是"群殴"。在大多数旨在杀死对方的撕咬中，狮子们都会直接咬向对方的后脑或脊椎。

如果狮群中狮子的数量和食物的丰富程度不同，那么狮群领地的大小就会有所不同。一般来说，狮群的领地大概在20～500平方千米之间。一个狮群的领地可能与它们相邻的狮群的领地有部分重合，但是，双方都会尽量避免进入对方的领地核心。

一群母狮和一群幼狮正在近距离地观察一头正在休息的犀牛。

猎　豹

猎豹的奔跑速度非常快，它们的整个身体结构简直就是为了快速奔跑而特别设计的。它们有轻巧的体格、纤细的腿、窄而深的胸膛、小巧精致而且呈流线型的头部，这些"装备"能使它们的奔跑速度达到95千米/小时。因此，猎豹是陆地上奔跑速度最快的动物。

你能非常容易地区分开猎豹和其他猫科动物，这是因为它有着与众不同的特征，如灵活而修长的体格、小巧的头部、位置靠上的眼睛和小而扁平的耳朵。猎豹经常捕捉的猎物是瞪羚（特别是汤氏瞪羚）、黑斑羚、出生不久的黑尾牛羚以及其他体重在40千克以上的有蹄类动物。一只独立生活的成年雄猎豹捕猎一次就可以吃好几天，而一只带着几只小猎豹的母猎豹则几乎每天都要捕猎一次，否则食物就会不够吃。猎豹捕食的时候，先是隐蔽地接近猎物，然后在离猎物约30米的地方突然启动，迅速奔向猎物，这种迅速出击约有一半次数以成功地捕获猎物而结束。

平均起来，猎豹每次奔跑持续约20～60秒，长度约170米。猎豹每次奔跑的距离不超过500米，如果与猎物的初始距离太远的话，它就很难捕到猎物了，这也是猎豹经常捕猎失败的原因之一。一般说来，野生猎豹每天要吃大约2千克的肉食。

母猎豹单独照料幼崽
社会行为

在分娩之前，母猎豹要选择一处地方作

为产崽的巢穴，一个突出地面的岩洞或一片生长着高草的沼泽地，都可能被选择用来作为巢穴。猎豹每胎会产下1～6只幼崽，每只的体重约250～300克。母猎豹都是在巢穴里给幼崽喂奶，当它出外捕猎的时候就把幼崽单独留在巢

一只猎豹正在一棵树上做嗅觉标记。一般来说，据有领地的雄猎豹常在它领地范围内的显著地点撒尿做标记，以阻止其他雄猎豹前来侵犯；没有领地、到处游荡的雄猎豹是很少做这一类标记的。雌猎豹也做气味强烈的标记，其目的是吸引雄猎豹前来交配。一旦雄猎豹发现了这种标记，就会顺着这些标记很快地找到雌猎豹。

穴里，而雄猎豹是不负责照料小猎豹的。幼崽在前8个星期的时间里都是和母猎豹待在一起的；从第9周开始，小猎豹开始试着吃固体食物；到它们三四个月大的时候，就会断奶，但是仍然要和母猎豹待在一起；在14～18个月大的时候，它们就会离开母猎豹。

小猎豹们在一起互相玩耍打闹，并且在一起练习捕猎的技巧，它们练习的"道具"是母猎豹捕捉回来的仍然还活着的猎物。当然，如果这个时候它们单独捕猎，仍然会显得水平非常"业余"。出于安全保障的原因，同胞小猎豹发育到"青春期"之后，仍然要在一起再待上6个月。然后，"姐妹们"都会分离，各自过着自己独立的生活，而"兄弟们"则有可能一生都待在一起。成年母猎豹除了喂养小猎豹的时候和小豹待在一起之外，其余时间都是单独生活，而成年雄猎豹可能单独生活，也可能两到三只组成一个小的团体共同生活。

↘一群年龄稍微大一点的年轻猎豹正在围捕一头逃跑的小黑斑羚。对于成年猎豹来说，要想取得捕猎的成功，必须发挥埋伏和突然加速奔跑的双重优势。尽管猎豹是陆地上跑得最快的动物，但是猎豹的耐力却非常有限，每次追逐奔跑还不到500米就不行了，在多数情况下，它们坚持不了30秒。因此，猎豹的捕猎大概有一半会以失败告终。

来自狮子的威胁
保护现状及生存环境

从基因多样性上来说，猎豹的基因多样性水平很低，这说明现代猎豹的祖先在0.6万～2万年前可能是一个比较小的群体，这种遗传基因的单一形态可能会导致幼豹的大量死亡。因为一旦一种病毒找到了某种遗传隐性等位基因的弱点，并且攻克了一只幼豹的免疫系统，该病毒就会通过一些途径传染给其他的小猎豹，而小猎豹的基因序列差不多一样，这样就会攻破一个群体中所有小猎豹的免疫系统，从而导致小猎豹的大量死亡。一项初步研究结果表明，在北美猎豹繁育中心的保护区里，由于猎豹群比较封闭，缺乏与外面猎豹的联系，导致猎豹缺乏遗传基因的多样性，进而导致猎豹群疾病爆发，猎豹生育和捕猎出现困难。这就要求人们想出某种办法来使保护区里的猎豹走出困境。

但是，在完全野生状态下的猎豹与在保护区里的猎豹并不相同，它们的繁殖速度很快。野生母猎豹平均每18个月就生一窝幼崽；如果幼崽过早死亡的话，母猎豹就会很快地再生一窝，根本用不了18个月。在完全野生状态下生长的猎豹群很少爆发疾病，迄今为止还没有猎

↗猎豹的爪子坚硬僵直，不能完全缩回去，这就能起到"跑鞋"的作用，有助于它们在追捕猎物的过程中疾速转弯、抓住猎物。

豹群大规模暴发疾病的报道。另外，野生的成年猎豹能够成功地克服交配和抚育幼豹的困难。因此，猎豹在保护区内出现的种种困难在野生状态下可能并不会那么严重，因此并不能证明遗传基因与生育困难有明确的关联。之所以在保护区内出现困难，大概是猎豹对新环境的适应能力不太好。由于人口扩张对猎豹栖息地产生了很大的影响，其他大型猫科动物也对猎豹的生存环境产生了巨大的影响和改变，而猎豹对于这些改变没有很好地适应。

对于大型的食肉目动物来说，猎豹幼崽的死亡率实在是很高。现在，人们发现这种高死亡率在很大程度上是由于其他更为大型的肉食动物控制的结果。例如，在坦桑尼亚的塞伦盖蒂平原，狮子经常跑到猎豹的窝里把小猎豹杀死，致使这一地区95％的小猎豹在没有长大独立生活之前就死了。在非洲所有的猎豹保护区里，狮子密度高的地方猎豹的密度就低，这表明在物种之间存在着某种程度的生存竞争。

因此，从食物链上说，猎豹处在食肉目动物的中级，它的种群受到了更大型肉食动物的控制。对于猎豹的保护，仅仅在生态系统中去除其他顶级肉食动物是不行的，因为这样会产生新的生态系统变化。许多专为保护猎豹的国家公园和保护区里已经没有了狮子和斑鬣狗等猎豹的天敌，但是，猎豹的数量仍然没有恢复到安全的水平，其中一个主要的原因就是人类活动的影响，所以还必须把人类的牧场和农田从保护区里撤出来。

知识档案

猎豹

目 食肉目

科 猫科

有两个亚种，即非洲猎豹和亚洲猎豹。另外，曾经有人称南非的某些猎豹为"王猎豹"，并把它定为一个亚种，但现在证明这是不正确的，那些猎豹只是发生了某种基因突变，并不是一个真正的亚种。这种"王猎豹"浑身布满了小斑点，皮毛上有条纹。

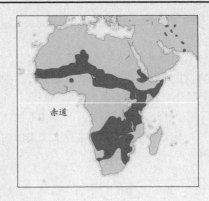

赤道

分布 非洲、中东。

栖息地 稀树大草原、较干旱地区的森林。

体型 体长112~135厘米，尾长66~84厘米，体重39~65千克。雄性比雌性在各方面都大15％。

皮毛 大部分是茶色的，有黑色的小圆点，面部有两条明显的"泪痕"从眼角垂向嘴边；出生不到3个月的幼猎豹皮毛上略带黑色，而且颈部和背部有一层烟灰色的鬃毛。总体上说，每只猎豹身上的斑点都各不相同。

食性 在非洲，主要捕食中等体型的羚羊，包括汤氏瞪羚、瓦氏赤羚、黑斑羚，有的时候也捕食野兔和新生的小羚羊。

繁殖 母猎豹在24个月大的时候就能生育，一年中有多次发情期，每隔12天就有一次；雄猎豹在3岁的时候才能交配。

寿命 野生猎豹最大12岁，而人工圈养的可达17岁。

雪　豹

　　雪豹是一种美丽而濒危的猫科动物。因为它们的活动路线较为固定，易捕获，加之豹骨与豹皮价格昂贵，人类不断地捕杀雪豹，使雪豹的数量急剧下降。人类的活动给它们带来了巨大的生存压力，没有人确切知道野外现存多少只雪豹，估计种群数量仅有几千只。

　　雪豹因终年生活在雪线附近而得名，又名草豹、艾叶豹。雪豹周身长着细软厚密的白毛，上面分布着许多不规则的黑色圆环，外形似虎，尾巴甚至比身子还长，冬夏体毛密度及毛色差别不大。雪豹被誉为世界上最美丽的猫科动物。

耐得住强大温差
体型和官能

　　雪豹的生活环境非常特殊，其身体结构使它非常适于山地生活。雪豹有非常深厚而宽阔的胸腔、短小的前肢和长长的尾巴（大约有1米长，有助于身体的平衡）。为了对付严寒的天气，雪豹有一个扩大了的鼻腔，这使得吸入的空气在里面暖热之后才被送入身体里。它还

有一层厚厚的细软绒毛，有12厘米厚，有利于保暖。当它们穿越茫茫的戈壁沙漠的时候，能够耐得住悬殊的温差，夏天高达40℃，冬天低到-40℃的气温都能适应。

　　岩羊和巨角塔尔羊在这一地区分布最广，是雪豹常捕食的猎物。雪豹最常捕食的就是有蹄类动物，从各类体型比较小的有蹄类（如野山羊、鹿）到人类喂养的各种家畜，如还没有长大的牦牛、绵羊、马等；块头大的猎物甚至超过雪豹体重的3倍。在夏季，雪豹的主要猎物是土拨鼠和各类野兔。雪豹在捕猎的时候，先是隐藏在一处岩石的后面，然后悄悄地接近猎物，一般尽量会在距离猎物30～40米之内才发动最后的进攻，迅速地奔向猎物并将其捕获。

　　雪豹领地范围的弹性很大。在栖息地环境比较好、猎物很多的地方，每只雪豹的领地就小，约20～40平方千米；在猎物很少的地方，如蒙古国，雪豹的领地就很大，可扩展到1000平方千米，因为它需要有更大的范围来搜寻猎物。由于雄性雪豹和雌性雪豹的领地在很大程度上是重合的，所以，它们之间会有某

知识档案

雪豹

目 食肉目

科 猫科

豹属。

分布 不成片地分布在亚洲中部的高山地区，从喜马拉雅山地区到蒙古国的西部和南部地区再到俄罗斯南部某些地区。总共12个国家有雪豹分布，但是总数的

赤道

赤道

60％分布在中国。主要栖息在俄罗斯和蒙古戈壁沙漠海拔900～1800米（最高可达5500米）之间的西伯利亚一带没有树木的草原高山区、蒙古大草原、灌木丛和开阔的松树林里，但是这一地区森林覆盖率高的高山区却没有雪豹。现存的雪豹估计在4500～7500只之间，分布密度高的地区每100平方千米超过10只，密度低的地区每100平方千米不到0.5只。

体型 体长可达130厘米；尾长80～100厘米；肩高60厘米；雄性体重45～55千克，雌性35～40千克。

皮毛 身上的毛又长又厚，烟灰色中略带黄色；皮毛上布满深灰色的圆型图案和黑色斑点；尾巴上有又长又厚且重的毛；耳朵上有黑色鳞状的斑点。在冬天，雪豹身体的颜色比较浅。

寿命 人工圈养的雪豹最长可活到24岁。

种暂时的隔离带，以使其保持某种程度上的独立；只有在雌性雪豹到了发情期的时候，这种隔离带才会取消。

独立生活
社会行为

雪豹在大多数时间里独立生活，只有在交配季节（每年的1～3月）或母雪豹哺育小雪豹的时候才在一起。在交配时节，它们会发出拖得很长的哀号声，常常被人们误认为是雪人（传说中一种多毛的类人动物）的哭声。它们会在经常走的小路上留下各种标记，如擦痕、粪便、具有强烈气味的分泌物等等，以表明它们的性别和生育情况。

春天或初夏，在一处完全隐蔽的岩石洞穴中，母雪豹会产下幼崽，一般每胎产1～4只幼崽。刚生下来的时候，小雪豹不能睁开眼睛，而且皮毛上的斑点几乎完全是黑色的。出生7～9天以后，小雪豹才能睁开眼睛；3个月大的时候，小雪豹才能独立走动；人们猜测小雪豹在18～22个月大的时候，才会离开母雪豹单独生活。母雪豹每次的生育间隔是两年。

现在，雪豹的数量下降很快，在它们活动的许多地区，已经极其稀少了，一个主要的原因就是人类对它们的捕猎。为了得到雪豹皮、雪豹骨和雪豹身体的某些部位，许多人对它们进行了疯狂的捕猎。虽然现在有120来处雪豹保护区，但是许多人认为，大多数保护区的面积都太小了，因为每块保护区只能养活少数几只雪豹。

雪豹的毛皮要比其他美洲豹的毛皮更厚、更白，这有利于与它们的居住环境——雪山相适应。

狼

在北欧文明的许多神话里，狼经常被作为神明供奉在寺庙中，而且狼在所有被供奉的动物中是最多的。《伊索寓言》中屡次提到狼的狡黠。在诸多的罗马神话中有一则神话说，罗马城的缔造者罗穆卢斯和瑞摩斯两兄弟就是由狼养大的。现在，有些地方的人们正在想办法重新引进狼，因为狼在他们那个地方已经消失多年了，而有些地方的人们正在努力地把狼永远地驱逐开。

几千年来，狼一直在和人类争夺猎物，而且经常咬死人类喂养的家畜。有意思的是，被人类驯化的狼，也就是家犬，却成为了人类最忠实的朋友。令人奇怪的是，人类和这种最大的犬科动物的关系有些自相矛盾的地方。许多故事讲到，狼经常在世界上的各个地方攻击人类，而牧人们却非常需要一种强壮、警觉的驯化的狼来保护他们的家畜，赶走那些危险的动物。狼群能够咬死大批没有家犬保护的家畜。常常有报道说，欧洲和北美的牧羊人一个晚上就会损失几十只羊，而且这些坏事都是狼干的。

家犬的"表亲"
体型和官能

以前狼遍布在世界各个地方，但现在却被限制在了比较小的范围内。现在有狼的地方主要包括：东欧大块的森林地区、地中海周边山区的个别地方、中东的山区和半荒漠化地区、北美地区、俄罗斯和中国的荒野之地。现在人们发现，俄罗斯境内狼的数量最多，据估计有4万~6万只。加拿大声称其境内大约有4万只野

狼，美国的阿拉斯加大概有6000只。

在所有的犬科动物中，狼的种类相对来说还算是比较多。由于狼有很强的适应能力，各个地方的气候环境又有所不同，因此导致了狼有

↗人们常说"狼喜欢在夜里对着月亮嗥叫"，但事实上，它们这样嗥叫只是为了向其他狼传递信息，表明自己的存在。一般来说，狼发出嗥叫的目的是为了警告附近的狼群，避免互相对的狼群碰面，以减少冲突。而单个生活的狼是很少嗥叫的，因为这样的嗥叫会引来其他狼群的攻击，是非常危险的。

狼
目 食肉目
科 犬科
犬属，共有9种，其中有2种是狼（灰狼和红狼），现在狼有32个亚种。

分布 北美大陆，亚欧大陆。

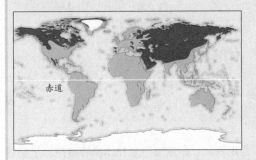

赤道

灰狼
分布在北美大陆、欧洲、亚洲和中东地区，栖息地主要有森林、苔原、沙漠、平原和山区。灰狼亚种主要包

括：欧洲和俄罗斯狼，栖息在欧亚大陆的森林地带，体型中等，毛较短且呈深黑色；西伯利亚平原狼，栖息在中亚平原的稀树地带和沙漠地区，体型较小，毛较短较粗糙，呈灰赭色；苔原狼，有欧洲苔原狼和北美苔原狼两种，体型都比较大，毛较长且呈浅色；东部森林狼，曾经是北美大陆分布最广的亚种，但现在只栖息在人口密度比较低的地区，体型较小，体毛通常呈灰色；大平原狼或称布法罗狼，体毛从白色到黑色都有，过去常常随着大群的野牛在北美大平原上迁徙，现在已经绝种了。**体型**：灰狼体长100~150厘米，尾长31~51厘米，肩高66~100厘米，体重12~75千克，公狼大体上比母狼在各个方面都会大一些。**皮毛**：通常是灰色到茶黄色不等，但是北美的苔原狼有白色、红色、棕色和黑色几种颜色；一般来说，灰狼腹部下侧的体毛颜色会比较浅一些。**繁殖**：怀孕期为61~63天。**寿命**：一般寿命在8~16岁之间，人工圈养的能活到20岁。

红狼
主要分布在美国的东南部地区，栖息在靠近海岸的平原和森林中。**体型**：体重15~30千克。**皮毛**：体毛呈肉桂色或茶色，有灰色和黑色的亮点。**繁殖**：与灰狼相同。**寿命**：也与灰狼相同。

很多亚种。最典型的成年狼体重约38千克，肩高70厘米，这就是德国一种大型的牧羊犬（可以说犬是狼的一个亚种）。栖息在沙漠和半沙漠地区的狼体型最小，栖息在森林中的狼体型为中等，而生活在北极地区的狼的体型最大。

狼的皮毛颜色有很多种，白色、灰色、黑色都有。当然最多的还是灰色，而且会带着黑色的斑点。栖息在沙漠和北极地区的狼的皮毛颜色最浅，北美和俄罗斯的狼常常是棕色或黑色，欧洲地区黑色的狼则极少。是什么导致了狼有这么多的毛色，人们现在还不是很清楚。

共同分享大型猎物
食性

狼捕食的猎物范围非常广，而且大部分猎物的体型都比狼自身要大。它们的主要猎物是大型的有蹄类动物，如驼鹿、麋鹿、鹿、绵羊、山羊、北美驯鹿、麝牛和美洲野牛属的两种野牛等。尽管狼有足够的能力杀死成年且健康的大型猎物，但是专家们在野外进行的多项调查显示，它们杀死的猎物中有60%以上是幼小、病弱或年老的动物。由于狼有很高的警觉性，善于观察形势，所以，人们很难直接观察到它们的捕食行为，专家调查到的结果中显示的狼捕食老弱病残猎物的比例可能比实际要低。实际上，身体健壮的猎物往往能逃脱狼群的追捕，甚至有时还能在与狼群的战斗中占得上风。如驼鹿、美洲野牛、麋鹿和其他鹿偶尔会占据比较高的有利地形，甚至会杀死追捕它们的狼。

有时，狼会捕捉一些小型的哺乳动物作为食物的补充，如野鼠、河狸和野兔等。在某个季节，如果可能的话，狼还会以鱼类、浆果甚至腐肉作为食物。在加拿大北极地区栖息的狼夏季会以小型哺乳动物和鸟类为食，因为这时它们的主要猎物美洲野牛会迁往南方。每到夏天，北极地区的狼群就会解体，除了一些个体与处在生育期的一对头狼保持松散的联系之外，其他的个体都会离开。当野外的食物很少时，狼甚至也会跑到人类居住区的附近，在垃圾堆里捡一些腐肉和人类扔掉的其他东西来

狼用肢体语言和面部表情来向同类传递信息。图上标号为"1"的是一只红狼，它的这个姿态表示自己地位低下，正向地位高的狼致敬问候；标号为"2"的是一只阿拉伯狼，它的这个姿势表示它正在发出威胁的信号，要进行防御；标号为"3"的是一只墨西哥狼，它的这个姿势表示要开始主动进攻。下面一排是狼的面部表情，a图是带侵略性的防御表情，b图是极强的防御表情，c图是极强的进攻表情，d图是玩耍时候的表情，e图表示顺从，f图表示友善。

吃。在欧洲的罗马尼亚和意大利的一些城镇近郊，就会时不时地跑来一些野狼，"打扫"人类丢弃的腐肉。

群体生活
社会行为

　　尽管狼的行为存在着某种程度的差异，但是也表现出了高度的相似性，它们都通过视觉、听觉和嗅觉来保持联系。与家犬一样，当狼翘起尾巴，竖起耳朵，就表示它正在保持高度的警觉，而且准备好了要发起进攻。狼的面部表情，特别是嘴唇的位置以及是否露出牙齿，是最显著的交流信号。如果狼翘起嘴唇，露出牙齿，就表示它们在互相联系。狼发出的声音包括以下几种：长而尖的叫声、短促而尖厉的吠声、刺耳短促的咆哮声和长长的嚎叫声。这些声音能传到8千米远的地方，狼能通过这些叫声来保持联系。当年轻的小狼单独行动的时候，它们会压低自己的嚎叫声，使得这种声音更像是一只成年狼发出的，这样可以减少一些危险。狼的尿液和其他排泄物会散发出气味，而且可以表明这只狼在狼群中的地位身份和它的生育情况，也可以表明这块领地的占有情况。狼的尾巴上靠近臀部的地方有一个腺体，可以发散出一些化学物质，这种化学物质也是狼进行联系的手段。

　　通过对捕获的狼进行的研究表明，狼的智商相当高，集体生活的程度也非常高。尽管存在着一些单独生活的狼，但是大部分的狼都生活在狼群里。狼群基本上是一个扩大了的"家庭"，通常有5～12名成员，具体的成员个数由食物的丰富程度决定。在加拿大西北部的栖息地里，有时候一个狼群的成员个数很多，特别是在捕食大型的北美野牛的时候，参加进来的成员个数能达到20～30名。

　　一个狼群通常包含这么几种成员：占主导地位的一对狼"夫妻"、几个狼崽、前两年出生的年轻小狼，以及其他一些有血缘关系的狼。很显然，这个狼群的核心就是那对狼"夫妻"，它们常常负责交配和生育后代，一般每年都会生育一窝幼崽。尽管小母狼在出生10个月之后就能怀孕生崽，但是大部分的狼都会在出生22个月之后才交配生育。

　　狼群的社会等级结构非常严格。通常，母狼和公狼有各自的等级体系，每只母狼或公狼都知道自己在各自体系中确切的地位，但是由于生育关系的不同，狼群中的交配关系比较复杂。母狼等级体系中有一只地位最高的母狼，公狼等级体系中也有一只地位最高的公狼，地位最高的母狼或公狼充当这个狼群的最高首领。动物行为学家指出，狼群中这个最高首领的责任包括：维持狼群的等级次序，决定捕猎的地点方位，等等。需要指出，狼群的等级次序并不是一成不变的，狼之间存在着激烈的竞争，尤其是在每年冬季狼交配怀孕的季节里，竞争会更加激烈，最后会导致狼群权力结构的"重新洗牌"。

两个狼群相遇的时候，极有可能爆发一场"战争"。一场战争的典型场景之一就是：一只将要死的狼倒在战场上，发出最后的吼叫，然后死去，战争也以这种残酷的场景结束。但是这种破坏力极大的相遇非常少，为了尽量减少这种相遇，狼群常常严格限制自己的活动范围，在一个相对"排他性"的领地内活动。领地范围一般为65～300平方千米，不过领地最外面宽1千米左右的地区是和相邻的狼群或单独行动的狼共同拥有的。狼很少到这种领地外围地区，因为到这个外围地带就难免要碰上敌对的狼群，这是相当危险的，要尽量少去。

为了进一步减少"战争"爆发的危险，狼常常在领地上制作出许多气味标记。在狼群活动的路上，为首的狼会向一些物体或在明显的地方撒尿做出气味标记，平均每3分钟就撒一次尿。领地四周的气味标记密度通常是领地内部的两倍，这是因为领地的四周常常有陌生的狼做下的标记，为了使自己的标记超过陌生者的标记，它们会加快在领地四周做标记的频率。这些领地四周高密度的标记，不管是自己做的还是陌生者做的，都有助于一个狼群认出自己领地的范围和四周的边界，这样就会减少进入危险地带的机会，从而减少狼群之间发生残酷战争的几率。

当然，只有气味标记还不能完全避免两个狼群无意的相遇。当两个狼群同时在领地共同的边界上巡逻的时候，它们之间的相遇就很有可能了。在这种情况下，狼群可能要发出嗥叫声，以示警告，但这却是一个非常危险的策略。因为嗥叫的时候就难免被对方听出音量的强弱，进而判断出嗥叫的狼群成员的个数以及狼群实力的大小。如果对方的成员多于嗥叫一方狼群的数量，而且对方具有侵略性的话，仍然会招致一场"战争"。因此，只有在极少数的情况下，狼群才会发出嗥叫声，而且在嗥叫的时候，每个成员都要一齐发声，尽量不让对方听出来自己的实力。对方狼群如果觉得有足够的实力抗衡，或者正在防

↗图中的这只狼是一只母狼，它正在用鼻子爱抚它的幼崽。当小狼崽断奶之后，它就开始吃固体食物，往往先是吃从母狼嘴里回吐出来的东西，狼群中其他狼也可能会喂给小狼崽这样的食物。对于刚断奶的小狼来说，吃这种已经过充分咀嚼的食物，比那些"未经加工"的生肉更容易消化。

卫自己的资源（比如一只刚杀死的新鲜猎物）而且不准备放弃的话，就会对正在嗥叫的狼群也发出嗥叫进行回应。

最后的野狼
保护现状及生存环境

野生的狼需要野外的生存环境。如果一个狼群生活在猎物非常丰富的地区，如美国的黄石国家公园，只需要一块占地约150～300平方千米的"排他性"领地就行；如果一个狼群生活在北极地区而且以美洲野牛为主要猎物，则需要一块占地4万平方千米，甚至更大的领地才行。为了维持生存，一个狼群领地内的猎物至少要达到每100平方千米有40头马鹿或相当于40头马鹿的食物。但在我们人类主宰的这个地球上，这些狼群的要求越来越难以得到满足。

要想使保护狼群的努力获得成功，必须满足两个条件：一是当地人都必须认识到保护狼群的重要意义，当地社会要普遍接受保护狼群的观念；二是必须切实保护当地的生态系统，满足狼群的生存需要。在世界上的大多数地区，土地所有者和当地政府以及动物保护组织必须心怀善意地联合起来，共同采取保护狼群的措施，确保狼群的生存需要。但是，具有讽刺意味的是，曾经被人们认为对人类的生存构成威胁的狼群正在成为检验人们善良和诚意的试金石，正在检验我们能在多大程度上愿意"与狼共舞"，以及如何"与狼共舞"。毕竟，狼也是大自然中的一员。

狐　狸

在《伊索寓言》里，狡猾的狐狸捉弄了鹳鸟；在法国中世纪的《列那狐的故事》中，狐狸则被描述成一个英雄，常常能够战胜强大的敌人；在英国童话作家比阿特丽克斯·波特写给小朋友们的故事中，也常常出现狐狸的形象，狡猾、诡计多端的狐狸常常捉弄那只泥鸭子杰迈玛。不同的文化中有许多不同的狐狸形象，而且这些形象出现在广为大众阅读的故事里。这至少可以说明：狐狸的分布范围很广，而且狐狸还有各种各样的行为方式。

狐属是犬科中包含物种最多的一个属，有12种狐狸，而且也是犬科中分布范围最广的一个属。另外，狐属中的赤狐是分布范围最广的一种，而且赤狐在所有的犬科动物中是适应能力最强的，这一点已经被人们证实。赤狐与灰狼是所有陆生哺乳动物（当然人类除外）中自然分布最广泛的。

▎捕食范围广，捕猎技巧精湛
体型和官能

在犬科动物中，狐狸的体型算是小的。它有长而尖的口鼻部，小而扁的头部，大大的耳朵，长毛且蓬松的尾巴。所有种类的狐狸都是杂食者，食物的种类很广。狐狸捕食的技巧很多，从偷偷地接近猎物到突然跳起来抓住猎物等技巧都会用到。

不同种类的狐狸的捕食方法很相似，因此，为争夺食物，各种狐狸之间存在着激烈的竞争，这必然要影响到它们在地理上的分布。人们以前曾经认为，北极狐和赤狐能够忍受的

这是南美狐属的几种狐狸。标号为"1"的是小耳狐，标号为"2"的是山狐，标号为"3"的是阿根廷狐，标号为"4"的是河狐，标号为"5"的是食蟹狐。

北方地区的赤狐有3种不同的颜色样式，图上就是一群赤狐在吃一只已经死了的猎物。标号为"1"的两只赤狐有火焰般鲜艳的红色体毛，这是生活在高纬度地区赤狐的典型体色；标号为"2"的赤狐其毛色带黑色；标号为"3"的是一只颜色比较模糊的赤狐，属杂色样式。3种不同的颜色样式可能是由两种不同的颜色基因控制的。

最低温度存在着明显的不同，所以它们分布在不同的地区。另外，赤狐的体重是北极狐的两倍，相对来说需要更多的食物，而越往北极猎物越少，根本满足不了赤狐的食物需要；北极狐则不同，能量需求相对来说要少很多。以上是人们以前的看法，现在人们则认为，在那些本来能够养活这两种动物的地方，由于赤狐的体型比较大，能够迫使北极狐离开这些地方，从而限制了北极狐分布的最南界限。

南美多种狐狸种类之间的直接竞争也会影响到它们的地域分布和体型。在南美智利的中部和南部地区，山狐和阿根廷狐的主要猎物相同，都是啮齿动物、鸟类、蛇类等，而且这些食物相对来说比较丰富，然而这两种狐狸在所有的栖息地内，体型很不相同。山狐的平均体长从低纬度地区（南纬34°）的70厘米逐渐加长为高纬度地区（南纬54°）的90厘米，所在地的纬度越高，体长越长；阿根廷狐则从低纬度地区（南纬34°）的68厘米逐渐缩短为高纬度地区（南纬54°）的42厘米，所在地的纬度越高，体长越短。在南纬34°附近，两者的体型相似，而山狐的栖息地是海拔比较高的安第斯山脉，阿根廷狐的栖息地海拔比较低，所以两者的竞争程度比较低。再往南，当地的海拔逐渐下降，这导致了两者之间存在着明显的竞争关系。因此体型比较小的阿根廷狐倾向于捕捉体型小的猎物，而山狐则捕捉体型比较大的猎物，这有助于降低两者之间的竞争程度。

耳廓狐的体重只有1~1.5千克，栖息在撒哈拉沙漠的深处，它是体型最小的狐狸。当气温低于20℃的时候，耳廓狐就要冷得发颤了，它们会蜷缩成一团，巧妙地把大尾巴像袍子一样盖在自己的鼻子和爪

知识档案

狐狸

目 食肉目
科 犬科

总共有23种狐狸，分属4个属。灰狐属，包括灰狐和加州岛狐；大耳狐属，包括大耳狐；狐属，包括赤狐、草原狐、北极狐等；南美狐属，包括阿根廷狐、食蟹狐等。

分布 南北美洲、欧洲、亚洲、非洲。

赤道

栖息地 栖息地的种类很多，从北美苔原冻土地带到城镇中心区都有狐狸的栖身之地。

体型 各种狐狸的体型不等，最大的小耳狐，体长可达100厘米，重9千克。最小的耳廓狐，体长24厘米，仅重1千克。

皮毛 大部分是灰色或赤棕色，北极狐在冬天是白色或蓝灰色。

食性 食物的种类非常广泛，包括小型哺乳动物、啮齿动物、小鸟、甲虫和蚯蚓等无脊椎动物及鱼类，甚至还可能包括各种水果等。

繁殖 怀孕期最短的是耳廓狐，时间为51天；最长的是赤狐，时间为60~63天；其余种类狐狸的怀孕期都在这两者之间。在正常情况下，每胎产1~6只幼崽。

寿命 野外最长9岁，人工圈养可达13岁。

子上来保温。但同样令人吃惊的是，当气温超过35℃的时候，它们就会热得喘不过气来；当气温达到38℃的时候，它们就要张开大嘴全力地呼吸。当耳廓狐热得直喘气的时候，呼吸次数会从平时的23次/分钟迅速地提升，甚至达到690次/分钟。当耳廓狐热得喘气的时候，它们还会把舌头卷起来，不让一滴宝贵的唾液丢掉，因为这个时候，水分对于它们来说实在是太重要了。耳廓狐呈蝴蝶状的大耳朵占到了整个身体表面积的1/5，当气温剧增的时候，耳廓狐耳朵里和爪子里的血管就会膨胀、变粗，从而有助于加快散热。耳廓狐的正常体温是38.2℃，当外界气温高于这个温度的时候，它们就会使自己的体温上升到40.9℃，这样就会减少排汗量，保持住更多的水分。耳廓狐也会通过降低新陈代谢率来节约身体的能量，新陈代谢率会降低到正常水平的67％。同样，心跳频率也会降低到正常水平的60％。

↗ 这是一只草原狐。19世纪，随着人口向北美大草原的西部地区迅速扩张，许多种野生动物成了牺牲品，草原狐就是其中的一种。由于农业的开发，草原狐的栖息地不断缩小；为了保护家畜，人们要对付一些大型的食肉动物，用有毒的诱饵就是手段之一，但是草原狐也会吃到这些诱饵；另外，人们都希望得到狐皮制品，这样一来，草原狐也常常成为捕猎的目标。这几个因素使得草原狐的数量急剧下降，其中在加拿大西部地区已经完全消失。20世纪八九十年代，加拿大西部地区曾经多次从美国北部引进那些幸存下来的草原狐。

精明的捕食者
食性

　　大耳狐的食物主要为白蚁，受所在地区

追踪达氏狐的渊源

　　从1831年开始，查尔斯·达尔文乘坐贝克尔号勘探船进行环球考察。在这期间，他搜集到了一个狐狸的标本，随后以他自己的名字命名了这种狐狸。在他的考察日记中，他写道："这是一只狐狸，是这个岛上一种非常特殊的物种，非常稀有，以前我们都不知道还有这个物种的存在。"

　　尽管达尔文发现的狐狸是一个特有的物种，但是在分类学上，人们长期以来却对这个物种如何划分存在很大的争议。从外观上来看，达氏狐体色为深棕色，头部呈红褐色，四肢相对比较短。从形态学上来说，达氏狐与阿根廷狐没有什么很大的不同。从在相对隔绝的奇洛埃岛上发现了这种狐狸这一事实出发，似乎可以证实这是一个相对独立的亚种的说法。但是在20世纪60年代，人们在位于美洲大陆的智利纳韦尔布塔国家公园内又发现了这种狐狸，而且这个地方在奇洛埃岛以北600千米处，这样一来，上述说法就有问题了。

　　对达氏狐分类地位的最终明确的结论还有待于对DNA的分析结果。在进化过程中，线粒体DNA会发生微妙的变化，没有发生过物种杂交的个体（也就是纯种的个体）会出现遗传染色体分子的单倍性现象，这会增加个体之间的不同，最终把一个物种从其他物种中区分出来。

　　在对达氏狐几个个体进行了检测之后，可以肯定的是，线粒体DNA基因组某个片断的排列顺序非常独特，与其他的狐狸都不一样。这同样可以说明，达氏狐与阿根廷狐、山狐可能有一个共同的祖先（因为DNA的大部分片断还是相同的），只是在几十万年前各自独立分化出来。在最后一个冰川期（距今大约1.1万年），南美的大部分地区覆盖着浓密的森林，达氏狐就栖息在南美大陆的森林中。但是冰川期过后，气温开始上升，同时人类也在这个地区活跃起来，这样达氏狐的栖息地范围迅速缩小，达氏狐的数量也开始急剧下降。

　　自从认识到达氏狐所处的困境后，人们就开始努力来保护它们。人们正在努力地保护这种动物，以试图把它从灭绝的边缘上拉回来。

↗两只年轻的北极狐在玩耍打闹。北极狐通常有两种皮毛样式，一种是白色的，另一种是蓝色的，在夏季和冬季会变换不同的毛色。图上的两只便披着一身白色的冬季皮毛。

的限制，与其他狐狸的食物很不相同。除大耳狐以外，其余各种狐狸的食物范围都很广。北极狐的食物包括海鸟、松鸡类、海边无脊椎动物、水果、浆果，有时也会等到退潮的时候，去海边捡拾搁浅的新鲜贝类、鱼类等。赤狐的食物种类同样也非常多，包括小型的有蹄类动物、各种野兔、啮齿动物、鸟类，还有甲虫、蚱蜢、蚯蚓等无脊椎动物。人们还曾见过赤狐抓鱼的情景：它们悄悄地趟过比较浅的沼泽地，抓住一些困在浅水里的鱼。在某个季节，赤狐还会捡一些蔷薇科植物的果实来吃，如黑莓果、苹果、犬玫瑰果等，这些食物甚至会占到那个季节总食物量的90%。

所有狐属的动物都会抓啮齿动物来吃。它们会突然从地上跳起来，然后猛扑下去，用前掌摁住啮齿动物。这种跳向空中然后再落下来的动作，某些老鼠也常常使用。老鼠会直着蹦向空中，以逃脱捕食它们的追踪者的掌控，因此，可以将狐狸的这个捕食动作称为"鼠跳"。赤狐有的时候也会抓蚯蚓当作食物。在炎热潮湿的夜晚，赤狐穿梭在草原上，慢慢地走动着，仔细地倾听蚯蚓在草地上弄出来的沙沙声，顺着声音找到蚯蚓的洞口。蚯蚓一般正要离开它们的洞口到地面活动，它们的尾部还牢牢地抓住洞口边上的土壤。这个时候赤狐一般不会强行把蚯蚓拉出来，因为这样会拉断它们，会损失一部分食物。赤狐会轻轻地拉紧，然后停止一段时间，等着蚯蚓动弹，最后才会完全拉出蚯蚓，把它吃掉。

人们曾经研究过几种分布在不同地区的狐狸，发现这几种狐狸的食物都是"就地取材"，当地有什么可以吃的，它们就吃什么。但是，还有一些狐狸比较"挑食"，例如赤狐，如果有几种可供它们选择的食物，它们比较爱吃亚科的一些鼠类——如棉鼠，而不喜欢吃鼠科的一些鼠类——如姬鼠。当然了，作为真正的"机会主义者"，它们会贮藏食物，即使是那些它们不喜欢吃的食物也会储备起来，以备不时之需。狐狸有很好的记性，能很快地找到以前贮藏食物的地点。

复杂的社会关系
社会行为

狐狸每年生育一胎，在正常情况下每胎会生1~6只幼崽。随着栖息地的不同，赤狐每胎产下的幼崽数也不甚相同，一般在4~8只之间，但人们曾经发现有一只母赤狐一胎生育了12只小赤狐。母狐一般有6个奶头。赤狐的怀孕期为60~63天，耳廓狐则为51天。通常母狐会把幼崽生在洞穴里，这个洞穴可能是母狐自己挖的，也可能是利用别的动物的合适的洞穴，但母狐也可能把幼崽生在岩缝或树洞里，或者仅仅生在高草丛中。人们一般认为狐狸是一雌一雄成对地生活在一起，并共同哺育子女的，但现在专家发现，印度狐和一些赤狐在养育幼崽的时候，会组成群体，群体中的其他狐狸也会帮忙照料幼崽。另外一些北极狐、赤狐和食蟹狐在养育幼崽的时候，会有一些其他的狐狸来帮忙。不同地区的母赤狐生育下一代的比例

大耳狐——一种猎食昆虫的狐

从耳朵与身体的比例来看，耳廓狐的耳朵可以说是最大的。除了耳廓狐以外，大耳狐的耳朵就可以算是大的了。大耳狐的牙齿结构和食物结构比较特别，这使它成为非洲比较特殊的一个物种。尽管大耳狐常常出现在大群有蹄类动物（如斑马、黑尾牛羚、水牛等）的周围，但是它们并没有能力亲自捕捉到这些猎物，只能等着其他大型食肉动物吃剩下之后，它们才能品尝到这些大型有蹄类动物的味道。

大耳狐的牙齿相对比较小，但却比别的犬科动物多4～8颗白齿。在其下巴上有一大块

突出的台阶状的肌肉，可以加快咀嚼的速度。大耳狐的食物包括水果、蝎子，偶尔会捕捉一些小型哺乳动物和鸟类，但是食物总量的80%是各种昆虫，吃的最多的昆虫是圣甲虫和白蚁，特别是一种叫作切割白蚁的白蚁。

大耳狐要生育后代的时候，通常都是自己挖洞做窝，然后把幼崽生在窝里。大耳狐通常都是雌雄成对地生育幼崽，然后一起抚养幼狐，但有的时候也会组成一个小团体来共同抚养幼狐，这时就会有别的大耳狐来帮忙。这个小团体偶尔也会由两对大耳狐"夫妻"组成，这两对中的两只母狐可能差不多同时生育小狐，然后它们共同抚养"两家"的孩子。大耳狐的怀孕期为60天，每胎一般产崽2～5只。小狐狸在出生约4个月后身体就能长到成年狐的水平，因此，在它们离开父母独立生活之前，一个大耳狐群的成员个数往往会比较多。

当两个大耳狐群相遇，有的时候比较平静，两个狐群基本上能保持和平；有的时候则表现得比较"嚣张"，会发生激烈的冲突。

有很大差别，有的地区只有30%的母赤狐生育后代，而有的地区几乎所有的母赤狐都会生育后代。

狐狸以前曾经被人们描述为单独捕猎

的食肉动物，因为狐狸的猎物体型比较小，如果几只狐狸联合起来一同捕猎，不但会阻碍捕猎顺利进行，也不能从合作中获得多少收益。从这个方面来说，狐狸的社会行为应

这是8种不同的狐狸，我们虚构出它们正在后边追踪一只鸟，并在最后捉住了这只鸟儿。图上从左到右的排列分别代表了这8种狐狸在地理分布上从东到西的顺序。标号为"1"的是灰狐，标号为"2"的是草原狐，标号为"3"的是南非狐，标号为"4"的是耳廓狐，标号为"5"的是吕佩尔狐，标号为"6"的是阿富汗狐，标号为"7"的是印度狐，标号为"8"的是沙狐。

1　　　　　2　　　　　3　　　　　4

该比较简单，不会出现像其他犬科动物（比如狼）那样群体一块捕猎的场景。但是，随着现代研究技术及现代无线电追踪技术、先进的夜视仪器等的运用，专家越来越清楚地发现，狐狸的社会关系也是比较复杂的。在某些地区，狐狸会一雌一雄成对地生活在一起；在另一些地区，狐狸则可能成群地生活在一起。一个狐狸群通常包含一只成年雄狐和几只雌狐。到目前为止，人们发现的最大的北极狐群有3只成年狐狸，最大的赤狐群体有6只成年狐。到现在并没有证据显示一只雌狐会成功地迁入到另一个群体中，因此，在一个狐狸群中的所有雌性成员可能都具有血缘关系，而在一个狐狸群中，几乎所有的雄性后代都会离开。一只狐狸从出生地迁徙到另外的栖息地，它出走的距离在不同的地区是很不相同的，最远的能达200千米。平均起来，雄性狐狸出走的距离比雌性要长很多。

尽管每个晚上，狐狸可能都要在领地的路上来回走动好几次，或巡视，或觅食，但在一个狐狸群里，每只狐狸所走过的地段很不相同，居于首领地位的狐狸要独占最好的地段。赤狐群的领地大小也有着很大的不同，最小的只有0.1平方千米，最大的则超过20平方千米；北极狐的领地大小则在8.6～60平方千米之间。领地大小与狐狸群的大小没有直接关系。

狐狸在巡视领地的时候，常常会在明显的地方，比如草原上的某处高草丛，留下一些标记，这些标记一般是粪便和尿液。这些带有气味的标记散布在狐狸群的整个领地上，而且在一些经常去的地方，标记会更多。狐狸群的首领用尿液做的标记比次一级的狐狸做的要多，而且每只狐狸都能在众多标记中明确地区分出"自己人"做的标记。狐狸的肛门两侧有一对肛门囊腺，能够自动地释放出某种分泌液，这些分泌液能随着粪便排泄出来，并涂在粪便上。狐狸尾巴的根部也有一个皮肤腺体，这个腺体长2厘米，并且有硬直的体毛覆盖着，看起来就像尾巴上有一个黑斑。所有的狐狸都有一个这样的腺体，但对于这个腺体的功能，人们到现在还不是非常清楚。在狐狸的足趾之间也有一些腺体。不论雄性还是雌性的狐狸在做尿液标记的时候，都会跷起腿来。

狐狸群领地的大小不一而足，大小取决于可得到的食物的丰富程度以及狐狸死亡率的高低，而狐狸的死亡率则主要是由人的活动及狂犬病爆发与否等情况决定的。对某个地区的赤狐来说，如果人们把它们当作猎物的打猎活动比较频繁，那么这个地方赤狐的死亡率就会很高，很少有赤狐能活到3岁以上。到目前为止，人们所知的活得最长的野生狐狸是一个狐狸群中的"女首领"，它活到了9岁。这只雌狐所在的群体栖息于英格兰的牛津郡，有4个成员，占据的领地为0.4平方千米。到现在为止，人们了解的人工圈养的狐狸最长能活到13岁。

与其他犬科动物相同，狐狸也靠叫声和气味标记以及体态信号来传递信息以进行沟通，例如，当敌人接近的时候，或者在繁殖季节，北极狐就用叫喊来进行联系。赤狐的叫声包括威胁性的狂嚎和一种共鸣性的嚎叫声，其中共鸣性的嚎叫声是年轻的赤狐在冬季里发出的，但是在交配的季节里这种声音更常出现。赤狐的叫声还包括尖利刺耳的嚎叫以及轻柔的低语声（这种声音主要发生在雌狐与狐崽之间）等。

5　　　　　　6　　　　　　7　　　　　　8

棕　熊

棕熊是人们公认的最能代表熊科动物的熊。现在 3 个大洲（欧洲、亚洲和北美洲）都有棕熊的身影，可以确定，棕熊是地球上分布最广泛的熊科动物。

现在棕熊基本上生活在北方，其生存地主要在俄罗斯、加拿大、美国阿拉斯加的一些地区。但是以前棕熊的栖息地范围更大，在19世纪中期北美洲南部的广大地区都有棕熊的身影，直到20世纪60年代，墨西哥中部地区还有棕熊；中世纪时期，欧洲大陆和地中海地区及英伦群岛到处都有棕熊的栖息地，但现在这些地区都没有棕熊了。现在，由于过度猎杀、栖息地减少、公路建设以及把现存的棕熊分隔在一些互不相连的地点等原因，棕熊的分布更加分散。历史上，由于棕熊的多样分化和广泛分布，使得现存的棕熊有232个种群及亚种（已经灭绝的棕熊有39个种群及亚种），这其中包括现在生活在北美的灰熊（由于尾尖处为银灰色而得名，现在被许多人认为是一个独立的种）。

一种不挑食的动物
体型和官能

棕熊的分布地很大程度上与美洲黑熊或亚洲黑熊的分布地重合，但是棕熊不仅仅栖息在森林中，而黑熊则基本上都栖息在森林中。棕熊能栖息在海拔5000米以上的高山地区，亚洲黑熊和美洲黑熊则很少出现在海拔这么高的

地方。棕熊与黑熊一样，其食物中有一大部分是小个的浆果和坚果，但由于棕熊的肩膀能够弓起，熊掌也强壮有力，所以它能更方便地挖到潜藏在地下的小型哺乳动物、昆虫以及植物的根茎。棕熊的咬肌很有力，能更便捷地咬断

↗一只灰熊（棕熊的一个亚种）正在撕咬一只地松鼠，地松鼠是灰熊常捕的猎物之一。

棕熊

目 食肉目

科 熊科

有的时候把棕熊分为几个相对独立的亚种，包括北美灰熊、科迪亚克熊（又叫阿拉斯加棕熊，分布在美国阿拉斯加州外海的科迪亚克岛、阿福格纳克岛、舒亚克岛等岛屿上）、指名亚种和欧亚棕熊。

分布 北美的西北部，欧亚大陆上从斯堪的纳维亚地区到俄罗斯再到日本，另外零星分布于南欧、西欧、中东、中国、蒙古。

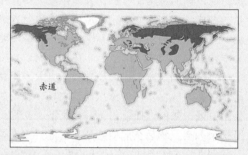

赤道

栖息地 森林、亚高山带的灌木丛、开阔的高山苔原、沙漠和半沙漠。

体型 体长1.5~2.8米；肩高0.9~1.5米；雄性体重135~545千克，在美国科迪亚克岛和阿拉斯加海岸附近以及俄罗斯堪察加半岛偶尔能发现重达725千克的雄性棕熊；雌性体重80~250千克，极少数能达到340千克；不管是雌性还是雄性棕熊在不同的季节和不同的地区体重变化极大，在秋季做窝生育之前体重最大，在食物丰盛尤其是鱼类和其他肉类食物丰盛的地区体重也比较大。

皮毛 体色一般为棕色，也有比较白的颜色，尾尖处为银灰色；北美内陆地区的棕熊为灰色；东亚地区的接近黑色。

食性 吃植物的根部、块茎以及草类、水果、松子、昆虫、鱼类、啮齿类动物、有蹄类动物（包括家畜）。

繁殖 每年的5~7月份交配，之后受精卵发育成胚泡，然后延迟一段时间，直到11月份开始着床进一步发育，之后再过6~8周幼崽出生。每胎产崽1~4只，平均2~3只。整个怀孕期6.5~8.5个月。

寿命 野外的平均为25岁，曾经有记录显示能活到36岁，人工圈养的能达到43岁。

一些食物的纤维，吃到更多的植物性食物。棕熊排泄的地点很分散，这有助于植物的生长。在某些地区，棕熊的主要食物为昆虫或大马哈鱼，或大型有蹄类动物的尸体；它们甚至由于吃掉许多有蹄类动物的幼崽而能控制这些动物在某个地区的分布密度。棕熊的行为比较有侵略性，往往会对其他熊类造成威胁。

从定居到游荡
棕熊的分布

　　除俄罗斯外，亚洲的棕熊很零散地分布在喜马拉雅山区和青藏高原以及中东地区某些国家的山区里，在中国和蒙古国的戈壁沙漠地带也有少量的棕熊。在很多地方，棕熊和黑熊的栖息地都相互重合，不过棕熊会尽量与黑熊避开，或者二者在一天中于不同时段出现在共同的领地上。在许多岛上，则没有发现二者栖息地相重合的情况，尽管阿拉斯加外海的一些岛屿上有棕熊或黑熊，但是同一座岛上很少有二者共同存在的情形。在体型上，棕熊比黑熊要大，因此，栖息地也比黑熊大。在大陆上，每头雄性棕熊的栖息地平均为200~2000平方千米，雌性棕熊平均为100~1000平方千米；每头雄性黑熊的栖息地平均为20~500平方千米，雌性黑熊为8~80平方千米。尽管有些岛上有棕熊，但是如果一个岛的面积过小的话是无法养活一头棕熊的，所以小岛上没有棕熊。

冬眠的策略
习性

　　与所有北方地区的熊一样，棕熊也有一个显著的行为特性，那就是冬眠。所有熊类的最早的祖先都是犬科动物，进化成熊后，由于食物上更多地依赖于水果，因此它们就必须面对一个非常严重的问题，那就是冬季里食物会很缺乏。解决这个问题的一个办法就是像某些啮齿类动物和蝙蝠一样在冬天里睡大觉，也就是进行冬眠。冬眠的动物在冬季里体温会大幅降低，甚至常常会接近冰点，以此来大幅降低能量的消耗。进行冬眠的一些小型哺乳动物在冬眠期会定时地醒来，这个时候体温会上升，然后吃掉喝掉一些以前贮存的食物和水，以补充能量，并排泄废物。与这些小型哺乳动物相反，一些常食果实的北方地区的肉食动物，如浣熊和臭鼬，在冬天到来之前体毛会变多变厚，体内会贮存很多脂肪变得很胖，因此可以在相对隔离的洞穴中度过严酷的冬季，而且身体还能保持相对正常的温度。冬眠于洞穴里的棕熊，体温会稍微下降一些，从38℃下降到34℃，心跳和呼吸次数也会有一定程度的下降，而且在冬季熊还会表现出一些其他的独特特征。综合这些因素，熊完全可以被称作一种真正的冬眠动物。

熊是唯一一种可以在半年甚至更长的时间里不吃、不喝、不排尿、不排粪的哺乳动物，冬季里维持必要体内活动的能量来自于体内存储的脂肪。冬眠开始的时候，储存的脂肪越多，冬天消耗的体内肌肉组织就会越少，也就是说对肌体的损害也越小。体内的尿液在冬眠期间能循环利用，可以推动血液和氨基酸的循环。尽管熊冬眠的时候一动不动，但是其骨骼功能并不会退化。这些特征能充分保证熊在冬眠时期内不至于死亡。真正饿死的情形是有的，不过更多地发生在春季，因为那时熊的新陈代谢功能恢复，如果不能得到充足的食物，确实会发生饿死的事情。

与人类竞争生存
保护现状及生存环境

棕熊与人类的关系绵长、密切而又充满不快，但是棕熊从来没有被人类驯化过。尽管熊是一种比较温顺的动物，常常主动避免与人接触，但是北美的灰熊却得到了一个"极富侵略又很残忍的食肉者"的恶名。在19世纪，牧场主、农场主和筑路工人大量进入北美大平原和落基山脉地区，灰熊的栖息地被牧场、农场和公路占据，灰熊因而攻击了一些家畜，并得到了这个恶名。随后灰熊便遭到了厄运，被人类大量猎杀。在刚刚过去的几十年里，约有5万头灰熊遭到了大规模的"屠杀"。

最近发生的灰熊咬伤或咬死人的事件是孤立发生的，但是由于人类加快利用野外之地来开发旅游业或当作娱乐消遣之地，过度地介入灰熊的栖息地，可能还会导致灰熊伤人事件的发生。

◥两头年轻的棕熊在争斗。这看起来好像有生命危险，但实际上它们只是在模拟战斗，并不是"玩真的"，它们正是通过这样的游戏来学习战斗的技巧。在以后的生活中，雄性棕熊常常为了争夺领地爆发战争，这可是真正的战争，会使其在战斗中严重受伤，甚至丧命。

北极熊

北极熊是目前生活在世界上的体型最大的熊类。它们有一种非常特殊的能力，即在食物丰盛的季节能吞食大量的食物，迅速地在体内存储大量的脂肪；当食物缺乏的时候，它们就靠这些脂肪渡过难关。它们体内的新陈代谢也是独一无二的，当食物比较匮乏的时候，新陈代谢率能从一个正常的状态迅速地降下来，就像冬眠那样，而且一年当中有好几次，而其他动物只能一年冬眠一次。

在晚更新世，棕熊的一支进化成了北极熊。现在已知的最早的北极熊化石是在伦敦的邱园发现的，至少有10万年的历史了。北极熊的臼齿和前臼齿比起其他熊类来说要尖锐得多，这可以说明为什么北极熊迅速从食草转向了食肉。尽管从外表上来看，北极熊一点都不像棕熊，但实际上两者之间有很近的亲缘关系。

更能适应严酷的环境
体型和官能

北极熊生活在环北极由冰川覆盖的岛上或者是漂浮的冰川上。现在北极熊有20个种群，种群之间很少发生交配的情况，每个种群包含的北极熊数量很不相同，小的只有几百头，大的有几千头。据估计，现存的北极熊数量约2.2万～2.7万头。北极熊更喜欢栖息在靠近大陆海岸的"冰岛"（这是些比较大的漂浮的冰川，夏季会消融）上，因为这些地方环斑海豹的分布比较密集，北极熊最喜欢捕食这种动物了。在一些食物比较匮乏、比较厚且几年都不会消融的北冰洋中心区的"冰岛"上，偶尔也会有北极熊。在冬季，北极熊向南到达的地区多有变化，可以扩展到比较靠南的白令海、拉布拉多海、巴伦支海上季节性的"冰岛"上，这些"冰岛"会在夏季完全消融不见；也可以到达哈德孙湾、巴芬岛地区，在那里的海滨区度过几个月。这个时候它们不吃不喝，靠以前存储在体内的脂肪维持生命，然后到秋季海水结冰时，才会返回更北的地方。由于随着季节的变化，北极熊会迁来迁去，所以其栖息地范围很不相同，小的仅有几百平方千米，大的可达30万平方千米。

北极熊用脚掌着地行走，它们每只掌上有5个趾，趾上有爪，这些爪不能缩回。北极熊的两只前掌很大，像船桨一样适宜游泳，但是趾间并没有相连的蹼。北极熊在水里游泳的时候，两条后腿只起到控制方向的作用，并不用力划。它们的身体非常强壮结实，但是缺少肩弓，这与棕熊是不同的。从脖颈长度与身体长度的比例来说，北极熊在所有熊类里是最大的，也就是说北极熊的脖子相对要长些。它们的耳朵比较小，体毛是白色的，但是毛下面的皮却是黑色的。

北极熊的主要食物是环斑海豹，还有体

北极熊体内有一层厚厚的脂肪，体外有一层厚厚的皮毛，这非常有助于它们对付北极地区严寒的冬季。它们身体上没有厚毛覆盖的地方只有熊掌上的肉垫和鼻尖，而鼻尖在雪白的皮毛映衬下呈现黑色。北极熊的耳朵很小，这也是为了适应北极严寒的气候。

型比较小的髯海豹。当海豹露出水面换气的时候，北极熊就趁机抓住它们。即使海豹在厚达3米的冰雪层以下的水里，北极熊也能确切地找到它们。北极熊的嗅觉太灵敏了，可以闻到几乎1000米以内的所有气味，这在哺乳动物中几乎是最棒的了。只要机会合适，它们还会捕食海象、白鲸、一角鲸、水禽、海鸟等。北极熊一年当中进食最多的季节是4月下旬到7月中旬，这个时候刚断奶的小环斑海豹非常多，而且没有防范北极熊的经验，北极熊正可以大量地捕食它们。这个时候的小环斑海豹体重的50%都是脂肪，所以，北极熊在这个时期能在体内储存大量的脂肪。

当北极熊进入不吃不喝的类冬眠期的时候，它们体内的生物化学反应就能合成蛋白质和水的化合物，体内还能循环利用新陈代谢产生的"废物"，这样，北极熊能维持最低的生命活动。在哈德孙湾，那些季节性的冰川在每年的7月中旬至11月中旬完全融化。在这前后，怀孕的雌性北极熊能长达8个月不进食，而且后期还要喂养新生的幼崽。在这个时期，其他年龄段没怀孕的雌性北极熊以及所有的雄性北极熊都要临时找一个洞穴，在洞穴里待几个星期，以保存能量，度过特别寒冷的时期。

北极冰面上的独行者
社会行为

北极熊在大多数时间里是独自行动的，当然在交配季节会进行配对，养育幼崽的时候还会组成一个"家庭"。在每年的夏秋季节冰块完全消融的时候，十几头甚至更多的雄性北极熊会在海岸线附近某个理想的地点挤在一起，

进行类似冬眠的"夏眠"，从而形成一个临时性的小团体。在这个时候，雄性北极熊体内的睾丸激素分泌水平比较低，因而不会为争夺雌性北极熊而产生竞争，而且这个时期食物很少见，也不用为之争夺，因此，一些雄性北极熊能够待在一起，共同"夏眠"。

由于幼崽出生后，雌性北极熊要一直照料它们两年半，因此，雌性北极熊每3年才交配一次。为了喂养幼崽，雌性之间的竞争非常激烈，这也是雌性体重比雄性小一倍的原因之一。雌性不能自动排卵，必须进行刺激，因此，在交配季节里，雌性要在几天内交配多次，才能被刺激排卵并进而受孕。在交配季节里，雌雄两性要维持配对关系1~2个星期，才能保证交配怀孕的成功。对于雌性来说，如果第1个交配对象被取代，它们就会和另外一头雄性继续交配，因此，在一个交配季节里，雌性北极熊可能不只与一头雄性北极熊交配。

知识档案

北极熊
目 食肉目
科 熊科

分布 环北极地区。

赤道

栖息地 北冰洋附近的海面冰川、水体、海岛和北冰洋沿岸地区。

体型 雄性体长为200~250厘米，雌性体长为180~200厘米；雄性体重为400~600千克，雌性体重为200~350千克，有些偶尔能达到500千克甚至更高。

皮毛 通常为白色，特别是在夏季，由于身体上海豹油的氧化而有黄斑。

食性 食物主要为环斑海豹，也常捕食体重比较轻的髯海豹、琴海豹、冠海豹，以及海象、白鲸、一角鲸、小型哺乳动物、迁徙性的水禽、海鸟等。

繁殖 怀孕期（包括延迟着床期）约8个月，一般每胎产崽2只。

寿命 雌性一般25岁左右，有的可以达到30多岁；雄性一般20岁稍多一点儿，偶尔也能达到将近30岁。

大熊猫

自从法国的博物学家皮尔·大卫于 1869 年在中国西南部四川省的偏远地区首次发现大熊猫以来，这种动物就在世界范围内成为人们关注的一个焦点。人们喜欢大熊猫，不仅仅是因为大熊猫独一无二的黑白相间的皮毛，而且因为大熊猫极度稀少。由于大熊猫在野外面临着严重的灭绝危险，所以，它们也成为国际野生动物保护组织的一个象征、一种标志物，如世界自然基金会就把大熊猫作为它的标志物。

大熊猫尽管是人们努力保护的重点动物之一，被赋予了受保护动物的地位，但是有些人为了得到大熊猫皮，仍然会盗猎大熊猫，因此，它们仍然面临着盗猎的威胁。盗猎大熊猫以前曾经被判处死罪，现在仍然是一种重罪，可以被判罚长达14年的监禁，但即使这样，仍然没有杜绝人类对大熊猫的盗猎。另外，当地猎人为了捕猎其他动物，如麝香鹿、羚牛等，常常设下陷阱，而大熊猫有的时候也会误入其中而被杀死。

吃竹子的熊
体型和官能

对于大熊猫在分类学上的位置，过去一个世纪以来，人们一直无法确定，对大熊猫做出的分类甚至自相矛盾。直到最近，通过对大熊猫遗传基因的研究，才知道它们是在进化过程的早期从熊科分出的一个分支。由于与其他熊分离的时间很长，大熊猫成了一种很有特色的熊。它们冬季不用冬眠；腕关节的一部分进化成了一种类似于人的大拇指的"伪拇指"，可以用来抓住竹枝；其幼崽出生的时候特别小，体重只有100~200克，大约仅为其母体体重的0.001%。

大熊猫也是独一无二的吃竹子的熊类，因此，当地人有时把它们称为"竹熊"，但是如果可以吃到肉的话，它们偶尔也会吃。竹子能够提供大熊猫生存的足量营养，但是由于消化率过低，所以需要吃大量的竹子。野生的大熊猫每天平均花费14个小时用来吃竹子，每天消耗的竹子总量达12~38千克，可达它们体重的40%。

在中国陕西的秦岭山区，人们曾经发现少数大熊猫的体色为棕白相间，这与通常的黑白相间是不同的。作为一个物种，尽管现在大熊猫的总量已经大大减少，而且分布也呈碎片化状态，但人们还是发现自然分布的大熊猫的基因是比较多样的。

交配并未成为繁殖的障碍
社会行为

在许多动物园里，圈养的大熊猫很难生育繁殖后代，这是一个事实，由此使很多人产生了一种错误的观念，认为所有的大熊猫在生殖

竹子几乎是大熊猫全部的食物来源，新生的竹叶和嫩芽营养丰富而且纤维素含量最低，非常有利于消化。但是每隔30～100年，不同种类的竹子就要开花并进而死亡，对于以前的大熊猫来说，由于它们有很大的栖息地，一种竹子开花死亡之后，可以转移到另外的地方，吃另外一种竹子。现在由于栖息地大量减少，大熊猫没有了足够的选择，一片竹子开花死亡之后，由于没有其他的地方可以转移，因而就要面临饿死的危险。

上都遇到了麻烦。实际上，野外的大熊猫根本没有生殖上的困难。

不管是单独生活的还是"带孩子"的大熊猫，都很少聚集在一起。每一只成年的大熊猫都有一块边界明确的领地，雄性的一般为30平方千米，雌性的为4～10平方千米；雄性的领地一般全部或部分包含几只雌性的领地。交配季节为每年的3～5月份，在交配季节里，雌雄大熊猫聚集在一起，但是聚集的时间很短，只有2～4天。在雌性的发情期内，雄性之间为了获得与雌性的交配权，会爆发激烈的争斗。一个取得主导地位的雄性大熊猫往往获得交配的优先权，但这并不是说其他雄性就没有机会了，那些占据次一级地位的雄性大熊猫有时也有交配的机会。

大熊猫的怀孕期大约为5个月，但是包括了1～3个月的胚泡延迟着床期。雌性大熊猫从4岁开始生育，至少到20岁才结束生育，一般每隔2～3年生育一胎。大熊猫幼崽在发育很不完善的阶段就出生了，因此，出生的时候体型非常小，眼睛不能睁开，不能活动，显得很无助。雌性大熊猫在产崽前往往选择一个树洞或是一

个山洞，以作为产崽并抚养幼崽的"基地"。大熊猫产崽后要在洞里待1个月以上，仔细地照料它的幼崽，用它的大掌保护幼崽。

大熊猫幼崽一般在出生大约一年的时候才断奶，但是会一直跟随着母亲，直到雌性大熊猫再一次怀孕的时候才离开。独立生活之后，年轻的大熊猫会确立自己的领地，有的时候一些个体会与其母的领地重合；但是大多数的年轻大熊猫，特别是雌性年轻大熊猫会远远地离开出生地，到很远的地方建立自己的领地。

研究人员长期在中国秦岭的调查表明，在大熊猫的栖息地不再受到破坏并且对大熊猫的盗猎活动受到严格控制的情况下，野外大熊猫的数量会有缓慢的增长，或至少能够保持稳定。

知识档案

大熊猫

目 食肉目
科 熊科，但是有的时候被划分为浣熊科
大熊猫属的唯一物种。

分布 中国中部和西部的四川、陕西、甘肃等省。

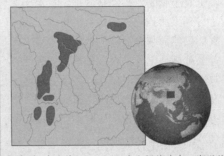

栖息地 在海拔1500～3400米之间的凉爽、潮湿的竹林中。

体型 肩高70～80厘米；站直的时候身长可达约170厘米；体重100～150千克，雄性比雌性大10％。

皮毛 耳朵、眼圈、口鼻部、前腿、后腿和肩部为黑色，其他地方为白色。

食性 主要以竹子为食，但是野生的大熊猫还吃植物的鳞茎、草类，偶尔还吃昆虫、啮齿类动物。

繁殖 怀孕期为125～150天。

寿命 野生的大熊猫通常不会超过20岁，人工圈养的可以超过30岁。

海狗与海狮

在一片铺满了沙子的海滩上,一头体型庞大、长满鬃毛的雄性海豹露出了它黑色的头颅,张开嘴大声地吼叫,这一幕充满了神秘色彩。在它的周围聚集了 80 只雌性海豹,都是它的"妻妾";在离它们不远的地方是另一群,也有一头体魄健壮的雄性充当"登陆指挥官"。这就是有耳海豹,现在世界上共有 14 种,全部都是群居性的、在一块儿抚养幼崽的鳍足动物。

现在幸存下来的有耳海豹包括两大类:海狗(又称"皮毛海豹")和海狮,同属海狮科,它们与真海豹不同,主要是用前鳍在水中推动身体前进。通常来说,大多数海狮的体型大于海狗,口鼻部也比较宽,而海狗的口鼻部较为尖细。然而两者最为明显的不同之处在于,海狗的下层绒毛很浓密,而海狮的则比较稀疏。海狗可以分成比较明显的两个属——北海狗属与南海狗属,然而南北两属之间的亲缘关系比南海狗与海狮的关系还远,因此,尽管大多数科学家把海狮科分为海狗亚科和海狮亚科两个亚科,但由于这个原因这种分类还没有被最终确定。

巨大的雌雄体型差异
体型和官能

尽管有耳海豹在水里的时候,后鳍肢极不灵活,没有什么用处,但是在地面上的时候,后鳍肢却保留了运动的功能,而且相对也比较灵活。马戏团里的海狮能被训练上梯子,比这更厉害的是,雄海狗在布满岩石的海滩上"奔跑"的时候鲜有对手,在凸凹不平的地面上,

海狗甚至比人"跑"得还要快。

有耳海豹比真海豹在外表和行为上更为一

这是一只雄性新西兰海狗,它正在全力放开喉咙大吼。在交配季节里,许多只海狗会集中在一处,每只雄性都要尽量占据一小片领地,并防止其他雄性对手进入。大群海狗集中在繁殖地内,雄性之间会为小片领地进行激烈的竞争,而且,为了保护领地,雄性甚至忍受饥饿不去觅食最长达70天。

有耳海豹类

目 鳍足目

科 海狮科

现存共7属14种，包括：南海狗属，有8种；北海狗属，只有1种；南美海狮；斯氏海狮；加州海狮；新西兰海狮；澳洲海狮。

分布 北太平洋沿岸，从日本到墨西哥；加拉帕戈斯群岛；南美洲西海岸，从秘鲁北部绕过南美最南端的合恩角到南大西洋东海岸巴西南部；澳大利亚南海岸；新西兰南岛海岸；环南极洲沿海群岛海域。

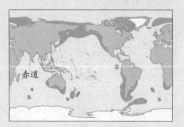

赤道

栖息地 通常在海岸附近离岸的岩石、小岛上以及海滩上，偶尔栖息在河口附近或淡水河内。

体型 头尾长最短的为加岛海狗，大约1.2米，最长的为斯氏海狮，2.8米，其他的在两者之间；体重最小的大约30千克，出现在加岛海狗里，最大的为556千克，出现在斯氏海狮内；在同一种内，雄性常常比雌性重。

皮毛 下层绒毛与真海豹明显不同，海狗的下层绒毛很浓密，海狮的则比较稀疏。

食性 大多数有耳海豹捕食的物种很多，有鱼类、磷虾、龙虾等无脊椎动物，偶尔还有恒温动物（主要是企鹅），海狮有时还捕食海狗的幼崽。

繁殖 怀孕期为11~12个月，其中包括3~4个月的延迟着床期（澳洲海狮怀孕期为18个月，有5~6个月的延迟着床期）；哺乳期一般为4个月到3年。

寿命 大约20岁。

致。所有种类的有耳海豹在体型上都是雄性比雌性大，甚至北海狗的雄性体重能达雌性的5倍。这种雌雄的巨大差异在哺乳动物中只有一种真海豹能和它差不多，那就是南象海豹——雄性体重是雌性的4倍。一只在繁殖季节获得成功的雄海狗，往往能占有多只雌海狗，这种生育策略可以称之为"一雄多雌制"。

大多数有耳海豹捕食的种类比较单一，而大多数真海豹的捕食种类却很繁多；有耳海豹中没有种群生活在淡水中，而真海豹中却有几种可以生活在淡水中，如贝加尔环斑海豹和环斑海豹、港海豹的几个亚种。

在进化过程中，现在已知最早的海狮科动物就是皮氏美洲海狮，这种动物的化石在美国加利福尼亚外海的几处地点已经被发现，出现的时期大约是在1200万~1300万年前。这种动物体型比较小，只有1.5米长，大约是现代加岛海狗的一半，而现代加岛海狗又是现存的体型最小的海狗。远古的皮氏美洲海狮的牙齿较为统一，眼窝的骨头比较多，这两点也是现代海狮科动物的显著特征。

大约在800万年前，北太平洋海域出现的海狮科动物体型已经变得比较大，雌雄之间在体型上也明显不同，雄性比雌性大。除此之外，鳍肢的骨头和每颗切齿都保留了"双根"与颌骨相连，这些特征在雌雄两性上稍有不同，而且现代海狮也有这些特征。大约在600万年前，北海狗从海狮科主干上分化出来，之后不久就向南进入到了南半球。现在还没有证据表明曾经有任何一种海狮科动物跟着其他早期的鳍足目动物从中美水道进入北大西洋。

从600万年前到200万或300万年前的这一段时间里，海狮科动物的"主干"上几乎没有出现什么分化，那时的海狮科主干物种与现代的南海狗物种几乎相同。但是在200万年前，它们体型增大的趋势突然加快，切齿也发展成"单根"，种属出现分化。在最近的300万年内，现存5个属的海狮从海狗亚科的主干上分化出来。

现存的14种有耳海豹在北太平洋沿岸都能找到，从日本沿岸到墨西哥沿岸，从南美厄瓜多尔的加拉帕戈斯群岛向南到南美西海岸，从秘鲁北部太平洋沿岸绕过南美最南端的合恩角到巴西南大西洋沿岸，在澳大利亚的南海岸和新西兰的南岛，以及环南极洲的岛群等，都能找到有耳海豹。这些海域的海水比较凉爽而不是冰冷，但是北海狗、斯氏海狮，特别是南极海狗都出现在接近冰点的海域里。所有的有耳海豹都不在冰面上而是在海边陆地上生育幼崽。

海洋猎食者
食性

有耳海豹常常聚集在有上升洋流的海域里，那里的海水把海底的营养物质带到了表层海水中，养育了各种各样的海洋上层及海底生物，包括鱼类和无脊椎动物类，这给有耳海豹提供了丰盛的、易捕捉的食物。它们有的时候也到海底捕捉食物，如龙虾和章鱼等。澳洲海狗曾经被海面以下120米的捕鱼拖网或捕鱼箱无意捕捉到，但是一般情况下，有耳海豹只在浅海中捕食，而真海豹则在深海中觅食。

有的时候，有耳海豹会转而捕捉恒温动物。在麦夸里岛海域，新西兰海狗会捕捉体型很大的企鹅；有些南海狗而且常常是未成年的雄性南海狗也会捕捉这种大鸟，斯氏海狮偶尔会捕捉年幼的小北海狗。人们也曾经观察到南美海狮对南美海狗进行攻击，而且这些攻击的动机看起来未成年的与成年的不同：未成年的雄性南美海狮会捕捉母海狗并与之交配，而成年雄海狮捕捉海狗只是作为食物，用来填饱肚子。

南极海狗是少数的专门化捕食者之一，基本上只捕食南极磷虾。

到底有耳海豹每天消耗的食物量有多少，目前人们还无法计算。当然，不同种类的有耳海豹消耗的食物量是不同的，而且，体型比较小的有耳海豹消耗的食物量占自身体重的比例要大于体型比较大的有耳海豹。

↗ 与真海豹相比，有耳海豹的后鳍肢比较不适于游泳，与陆生哺乳动物的后肢更为接近，但在陆地上行进的时候相对更容易，因为后鳍肢能够支撑住其体重。

既群集又竞争
社会行为

有耳海豹大都是一些社会性的动物，往往倾向于群居，尤其是在繁殖季节，大群中的个体数量更多。栖息在白令海域普里比洛夫群岛的北海狗在繁殖季节登岸的高峰期，聚集起的数量十分庞大，可以说那个时节会有世界上最庞大的哺乳动物群。我们在上文曾经提到过，有耳海豹在繁殖季节实行"一雄多雌"制，一只雄性有耳海豹可以占有很多只雌性，其他一些种类的鳍足目动物也实行这一制度，尤其是象海豹（一种真海豹）。为何有耳海豹和真海豹在生育行为上如此相似？许多科学家认为这跟它们的基本生活方式相同有关，如都在水面以上产崽，都在海洋里觅食等。

由于鳍足目动物在陆地上的行动能力有限，所以，它们在选择生育地点上会尽量避开陆地上的掠食者，充分利用某些特殊的地点，以便获得生育上的成功。这些地点相对来说必须是偏僻、空旷的，其他动物很少进入，而且有利于将要分娩的雌性聚集在一起。雄性相对来说占领的空间要大些，因为它们之间会发生激烈的竞争。这种雌性密集而雄性比较分散的方式意味着某些雄性会被排除在雌性之外，很难获得交配机会，而雌性则更倾向于聚集在较为成功的雄性周围，与之交配。

这种交配行为表明体型更大的雄性占有明显的优势，有两个原因可以说明这一点。第一，雄性必须有强大的力量保护自己的领地，必须展示出让人印象深刻的特征，才能对其他雄性产生威慑，赢得雌性的"欢心"，这样，其体型必须足够大才行。第二，一只获得成功的雄性必须在与尽可能多的雌性交配完之前不去水下觅食，因为它们一旦离开其领地就会被其他雄性占去，雌性就可能被夺走。而且，为了占有尽可能多的雌性，需要更长的"禁食期"，因而它们必须事先在体内储存更多的脂肪，以维持"禁食期"体内能量的需要（体型大的动物每单位体重所需要的能量比体型小的动物少）。因此，体型更大的雄性有耳海豹更容易获得成功，比体型较小的会有更多的后代。

这是几种具有代表性的海狮和海狗。所有种类的海狮和海狗在体型等方面都表现出了雌雄二态性，与雌性比起来，雄性的体型更大，一般来说皮毛颜色也更深。另外，海狮的口鼻部比海狗的宽，但是下层绒毛比海狗的要稀疏。海狗往往由于毛发太多太厚而导致在陆地上时体温过高。标号为"1"的是一只雄性加州海狮；标号为"2"的是一只雌性斯氏海狮；标号为"3"的是一只雌性南美海狮；标号为"4"的是一只雄性新西兰海狮，标号为"5"的是一只雌性南美海狗；标号为"6"的是一只雄性北海狗。

　　经过一系列进化，鳍足目动物在海滩上形成了"生机勃勃"的繁育情景。一只只雄性有耳海豹在各自领地的边界上走来走去，频繁地向其"邻居"炫耀"武力"。当两只雄性相遇的时候，大多数情况下只是示威炫耀，但肢体上的冲突也并不鲜见，尤其是新来者试图在海滩上建立领地的时候。雄性有耳海豹的皮毛特别厚实坚韧，而且有厚厚的鬃毛，因此爆发战争的时候，可以减少受伤。尽管如此，严重的伤害还是时常发生，由于受伤而导致死亡的情况也不是没有，而且许多刚出生的幼崽还会在这些冲突中无辜地被踩踏而死。由于雄性有耳海豹在繁殖季节精神高度紧张，会在其领地内频频发生激烈的冲突，而且很长时间内无法进食，因此很少有雄性能在两三个连续的繁殖季节成功地占有领地并取得支配地位。

在繁殖地的海滩上，高亢的咆哮声和低沉的咕哝声此起彼伏、不绝于耳，其实，有耳海豹们发出的不同的声音代表着不同的意思。成年雄性南美海狮至少会发出4种声音：短促尖利的叫喊声、高亢的咆哮声是在建立领地的过程中或在战斗中发出的，表示攻击或者撤退；低吼声是在遇见雌性时发出的；呼呼声是在竞争性的相遇后发出的。雌性也会发出叫声，例如刚分娩或是幼崽离自己比较远时就会发出喊声。幼崽回应母亲或是饥饿或是寻找母亲的时候，也会发出某种声音。有些种类的声音特别复杂，每只发出的都不相同，例如每只海狮的

↗在加拉帕戈斯群岛的海岸上，一位加州海狮"妈妈"正在用力嗅刚出生的海狮"宝宝"。在接下来的几周内，气味会在母子之间扮演一个非常重要的角色，海狮"妈妈"主要靠气味在一大群小海狮中辨认出自己的"宝宝"。小海狮一生下来就会游泳，也能够在地面上走大约30分钟。

嗓音就各有特色。

不管是有耳海豹还是真海豹，每年的活动时间安排都是固定的，南极海狗就是一个典型的例子。在南极地区的5~10月份（冬季），成年南极海狗在海洋里活动，人们几乎不了解这段时间它们的具体生活是怎样的。从10月下旬开始，处于生殖期的雄海狗会逐渐上岸建立它们的领地，这个时候，雄海狗之间几乎没有什么冲突，因为海滩上的空间很充足，不必争抢。但是之后不久，海滩开始变得越来越拥挤，领地冲突随之就会增多。约2~3个星期后，第1批雌性海狗怀着上一年交配时形成的胎儿逐渐登陆海滩，汇集于此地。在12月份头一个星期结束之前，会有50%的幼崽降生，在接下来的3个星期里，累计有90%的幼崽降生。雌海狗一般在分娩的前2天才登陆，分娩后的前6天里，雌海狗会与自己的幼崽待在一起，每隔一段时间就会给幼崽喂奶一次。分娩8天后，雌海狗又会进入发情期，这个时候，雄海狗是最忙碌的，因为它们既要为保护自己的领地而与邻居战斗，又要努力争取更多的雌海狗进入自己的领地。尽管雄海狗不会主动把雌海狗弄到自己的领地，但是会尽最大的努力防止已经进入自己领地的雌海狗离开。当进入一只雄海狗领地的多只雌海狗同时到达发情期的时候，由于这只雄海狗无法应付，这群雌海狗就会变得"坐卧不安"，想办法离开去寻找其他雄海狗。这个时候，该领地的雄海狗就会与雌海狗发生矛盾，雄海狗会在雌海狗逃跑的中途拦截它们。平静下来之后它们会开始交配，交配后不久，雌海狗便离开海滩，去海中觅食。

南极海狗的哺乳期大约为117天，在此期间，雌海狗来来回回往返于海洋与海滩之间，在海中吃饱后，上岸给幼崽喂奶。平均起来，雌海狗大约总共上岸喂奶17次，在这117天内，海中觅食的总时间是上岸喂奶总时间的两倍。当雌海狗们离开海滩去海中觅食的时候，那些暂时无"人"照料的幼崽会在繁殖海滩上找个地方集中在一起。当雌海狗从海中觅食返回后，就会用各自独特的叫声呼唤幼崽，它自己的幼崽听见后也用叫声作为回应。每只雌海狗

↗一大群南美海狮在交配季节聚集在秘鲁海岸的繁殖地内。尽管有的时候一只雄海狮领地内会有多达18只的雌海狮，但平均来说不会超过3只。

都能在一堆幼崽中认出自己的幼崽，它会去嗅自己的幼崽，以进行最后的确认。一旦确定这就是自己的幼崽，雌海狗就把它单独带到一个安全的地方（通常是海滩岩石顶部一处杂草丛生的地方），然后给它哺乳。

有意思的是，南极海狗的幼崽总是在海里断奶，因为这样雌海狗就省去了最后一次登陆的麻烦。幼崽是成群地由雌海狗带到海里去的，因此幼崽的断奶时间几乎是同时的。这样，出生比较晚的幼崽，其哺乳期就较短，断奶时的体重也比出生较早的幼崽小。也许雌海狗们把它们的幼崽同时带到海里是一种反猎杀的手段，因为一些海豹常常捕食海狗的幼崽，当成群的海狗幼崽在一起时，每只都能减小被捕食的几率。

这种比较突然地结束哺乳期的行为不仅仅发生在南极海狗身上，北海狗也有这种倾向，它们冬天时常常会突然地、彻底地离开繁殖地而迁走。其他大多数种类的有耳海豹会继续给它们的幼崽喂奶，直到下一胎幼崽出生。也就是说，大约在1年内，雌性有耳海豹会往返于海洋和海滩之间，忙碌于觅食和喂奶。实际上，有些种类会把它们的幼崽喂养到1岁以上甚至

2岁，例如斯氏海狮的北方种群会把它们的幼崽喂养到2岁，加岛海狗则把幼崽喂养到2~3岁，这表明那些1岁或2岁的年长幼崽会和它们的"弟弟或妹妹"待在一起。在这种情况下，如果"哥哥或姐姐"是1岁的话，那些刚出生的"弟弟或妹妹"几乎全部在出生后头一个月里死去；如果"哥哥或姐姐"是2岁的话，那些刚出生的"弟弟或妹妹"的死亡率会降到50%。这说明头一胎和第2胎的"兄弟姐妹"之间存在严重的竞争。

澳洲海狮从交配到分娩有18个月长，科学家根据对96只游弋在澳大利亚南部海域的澳洲海狮的研究，发现它们的受精卵在子宫里会停止发育3.5~5个月。之后，由于某种荷尔蒙的刺激，胚泡会被激活并着床，然后再怀孕14个月，最后才分娩。这是有记录的所有鳍足目动物中胚泡着床后继续发育时间最长的。

根据线粒体DNA分析，栖息在加利福尼亚湾里的加州海狮不常常与太平洋沿岸的加州海狮种群交配，这说明那些雌性加州海狮记得自己的出生地，每到交配季节都会返回到出生的海滩上交配。

海 象

如果说过去的水手常常把海牛当作传说中的美人鱼，那么如果一个人第一次碰上一头海象的话，他只能猜测这到底是个什么海怪了。海象在陆地上的时候显得格外笨拙，但一到海里，则会非常敏捷有力。海象有一对闪亮发光的长牙，并有非常浓密的髭须。它们能发出变化多样的叫声，从低沉的咕哝声到纤细的吼叫声都有。总之，这是一种让人印象深刻的动物，第一眼看见它们的时候，就会留下难以磨灭的印象。

生活在北极附近的土著人长期以来都把海象当作一种神圣的动物，对之顶礼膜拜，因为他们在海象身上看到了很多人类的特性。比如，海象也是一种高度社会性的动物，过着群居生活；生长发育期也很缓慢，从出生到有自己的下一代需要度过很长的时期；也会强烈地保护它们的幼崽，能够用声音来互相交流，寿命也很长。总之，很多地方都像人类，因此，它们吸引了人类持续的关注。

长着长牙的"海狮"
体型和官能

很早以前，人们常常把海象描绘成像猪一样，部分原因是它们体态臃肿，有时候一头海象还会爬到另一头身上，并且身上的毛发稀疏，躯体呈圆形，远远看起来确实像猪。海象其实与海狮最像，海象头部比较方，还有两枚长长的牙齿。雄海象喉部还有两个可以充气的气囊，这种气囊有两个功能，一是在繁殖季节可以发出特殊的声音，帮助雄海象"求爱"，二是有助于雄海象在海面上漂浮着休息。

要测量海象这种生活在偏远地区的庞然大物的体重还真是一个难题，也几乎没有可靠的数据来说明海象体重的增长情况。另外，不同季节、不同年龄、不同生育地位和不同栖息地，海象的体重也不同，这能反映出一个海象种群的数量和获得猎物的能力。由于缺少直接的数据，对海象总体的体重状况只能根据其身长，有的时候结合体围来进行估测。根据这种方法，整体上雌海象的体重应该在640～720千克之间，雄海象的体重应该在900～1115千克之间。

当海象在陆地或冰面上行走的时候，总是用4个鳍肢支撑身体并挪动前进。后鳍肢的鳍掌后端叠在臀部下面，以支撑身体，趾向外向前翻；前鳍肢的鳍掌也用来支撑身体，趾向外向后翻。海象能够最大限度地展开自己的鳍肢，鳍肢也很灵活，能抓到自己身体的大部分部位。在水里的时候，海象几乎只靠后鳍肢推动前进，前鳍肢就像船舵一样，只起到控制方向的作用。

海象的另外一个显著特征是皮肤非常厚，

海象

目 鳍足目

科 海象科

现存只有1属1种，有2个或3个亚种：指名亚种（或称大西洋亚种），分布于从加拿大中部的北冰洋海域到喀拉海和巴伦支海；太平洋亚种，分布于白令海和楚科奇海；有的时候把生活在拉普捷夫海的海象作为一个单独的亚种——拉普捷夫亚种。

分布 北冰洋几个边缘海，从加拿大的北冰洋中部海域到格陵兰岛海域再到整个亚欧大陆的北部海域和阿拉斯加西部海域。

栖息地 主要在开阔水域，以及覆盖冰层的大陆架上。

体型 雄性头尾长3.1～3.2米，雌性平均2.7米，不过不同分布地的海象头尾长度有些不同。最短的是哈

德孙湾里的海象，雄性平均2.9米，雌性平均2.5米；最长的是加拿大福克斯湾里的海象，雌性平均2.8米。

在体重上，雄性795～1210千克，雌性565～830千克。海象的一对长牙长度各地也不相同，最长的是太平洋中的海象，成年雄性的平均约55厘米，成年雌性的40厘米。

皮毛 皮肤为肉桂棕色到浅茶色，胸部和腹部上的颜色更深；未成年的海象皮肤颜色深于成年海象。鳍肢表面光洁无毛，未成年海象的鳍肢是黑色的，并且随着年龄的增长，逐渐变为棕色乃至灰色；成年雄海象颈部和肩部有稀疏的毛发。

食性 主要捕食软体动物，偶尔也捕食海豹和海鸟。

繁殖 怀孕期15～16个月；每胎只产1崽。

寿命 40岁或更长。

一般厚达2～4厘米，而且还常常在身体的关节部位形成一些褶皱并向内弯曲。这种厚皮肤有助于保护它们，使其不至于在其他海象长牙的攻击下受伤，也能避免在尖利的冰面或粗糙的岩石上滑动时受伤。除了鳍肢之外，成年雄性皮肤的其他部位都覆盖着粗糙的毛发，这些毛发大约有1厘米长，而雌性和年幼的雄性身体表面却是柔软的绒毛。成年雄性的脖颈和肩部皮肤上有许多节状物，像小肉瘤一样。这些节状物可使皮肤的厚度增大到5厘米，能够提供更好的保护作用，这也是雄海象与雌海象的一个明

这是一头雄性太平洋海象，它正在慢慢地滑向水中。可以看出，它的头部和颈部有厚而坚韧的皮肤褶皱，这是它们的一个最明显的特征。尤其是年龄比较大的雄海象，头部和颈部的皮肤可以厚达5厘米，能为它们提供有力的保护，以免受伤。

显区分标志。但是皮肤褶皱容易滋生吸血寄生虫，从而导致它们易怒，并且常常需要摩擦、抓挠皮肤。

海象现存的最近的"亲戚"是海狗，它们都是由长得像熊的海熊兽进化而来的，这种海熊兽大约2000万年前出现在北太平洋海域。早期的海象从外表看起来与现代的海狮有些相似，并在大约500万～1000万年前繁盛起来，遍布于太平洋，且有好几种。早期海象的一些种类是吃鱼的，而另外一些则转向吃软体动物和海底的其他动物，并且逐渐在外表和行为方式上有了改变。可能这种主要食物的转变改变了它们在水里的行进方式，一对牙齿也逐渐变得长起来。

在大约500万～800万年前，一些长着长牙并在海底捕食的海象通过曾经存在的中美洲水道，由北太平洋进入到了北大西洋。而对于那些仍然在北太平洋活动的海象，许多科学家认为它们的命运相当不好，可能灭绝了。长期以来，科学界普遍存在一种观点，即认为大约100万年前，一些在北大西洋生活的海象通过北冰洋又重新回到了北太平洋。不过最近在日本发现的海象对这一观点提出了质疑，因为该发现表明，海象至少在更新世中期已在太平洋西

岸出现，而且这些海象是现代海象太平洋亚种的祖先。也就是说，太平洋海域的海象并未灭绝，而且还发展出了现代亚种。第二种观点一致认为，现代海象在基因上存在两个不同的亚种，但人们对这两个亚种的起源还不太清楚。

不仅在浅海里生活
分布方式

很长时间以来，人们一直认为海象只是在浅海里生活，但是最新的人造卫星数据表明，海象至少能下潜180米。尽管这个下潜深度与其他一些海洋哺乳动物比起来仍然有些浅，但是比以前人们认为的其最大下潜深度不过80～100米仍然是一个不小的进步。海象的大多数下潜活动不会超过180米，主要原因是它们的猎物下潜深度有限，它们不用下潜那么深，但是只要有必要，它们能够而且实际上会下潜到这个深度。

以前曾经有报道说，太平洋的海象超越它们正常的分布范围，向东最远到达了加拿大中部的海域；而大西洋海象也偶尔出现在荷兰海岸、英伦诸岛海岸，甚至出现在了法国和西班牙海岸。最近人们又看到海象出现在了加拿大的圣劳伦斯湾，这个地区是海象的最北分布区域之外的地区，也是它们的"故居"，它们再次进入这个海域也许是回到"故居"栖身的第一步尝试。

海洋中的专门捕食者
食性

现代海象主要以双壳类软体动物为食，如生活在北方海洋大陆架上的蛤蜊、鸟蛤和贻贝等。海象还在海底捕食大约40种其他的无脊椎动物，包括各种虾、蟹、海蜗牛、多毛类动物、三维象甲虫类、章鱼、海参、被囊动物等，也捕食少数几种鱼，有些海象还像食腐动物和食肉动物一样，吃海豹或其他大型海洋动物的死尸。

海象主要靠触觉来确定猎物的位置，因为它们觅食的区域是比较深的海底，冬天的时候完全是黑的，一丝光线也透不进来，其他时间光线也极弱，其他感觉器官基本派不上用场。

在北冰洋的斯瓦尔巴群岛上，一头雄海象正展示其触须。触须对海象来说很重要，尤其在觅食过程中更是扮演了一个重要的角色。在黑暗的海底，海象就是用这些敏感的触须来确定软体动物等海底猎物的。

它们口鼻部前端的触觉极为灵敏，那里的皮肤和大约450根粗糙的触须极度敏感，能区分出极细小的物体。

海象口鼻部的上边缘覆盖着一层坚硬的角质化的皮肤，能够用来挖掘藏在海底泥土中的小蛤蜊和其他无脊椎动物。海象口中经常含着许多水，以便向这些深藏在海底洞穴中的小动物喷射，帮助挖掘。

以前人们常常认为海象是用那对长牙来挖掘藏在海底中的贝壳类动物，现在看起来这个观点是不正确的。海象的长牙主要用来互相沟通，就像鹿的角和羊的角一样，是一种具有社会交流功能的器官。长牙虽不用来挖掘，但是海象在海底搜寻猎物前进时，却能起到把周围泥沙推开的作用。

对幼崽细心照料
社会行为

只有少数雌海象能在4岁就开始生育第一胎，有一些最晚在10岁才能生育第一胎，平均6～7岁第一次生育。对雄海象来说，它们的生长发育更慢一些，大多数约在15岁时身体才完全发育成熟，之后才能取得完全的"社会地位"或是在群体中掌握主导权。交配季节，雄海象之间存在着激烈的竞争，只有那些体型足够大、长牙足够长的雄海象才能在竞争中取得胜利。

交配是在最寒冷的冬天进行，可能在水里交配。人们对海象的繁殖行为了解得还很少，现在关于这方面的知识是从观察中得来的。在所有观察的统计中发现，太平洋海象大多在冰面上交配，而大西洋海象多数在冰间湖（由海冰围成的一块永不结冰的开阔水域）里交配。这种习性的不同可能是不同亚种之间的差异吧。

在太平洋海象中，成年雌海象和幼海象共同聚集在传统的繁殖地内，组成一个个相对比较小的群体，共同游动和觅食。它们在海中来来回回地觅食，累了会登陆到冰面上休息，这个时候，可能有几小群的海象在冰面上相遇而混合在一起。一般来说，由雌海象和幼海象组成的小群里还会混有1头或数头成年雄海象，它们会一直待在水里而不上冰面。成年雄海象会持续不断地发出声音，其中包括一系列重复的滴答声、击打碰撞声、类似钟声的吼叫声以及在水下发出的一系列比较短的劈啪声或在海面上发出的口哨声。它们不断地弄出声音，是为了吸引雌性伴侣或驱赶潜在的竞争者。类似钟声的叫声是雄海象喉部的气囊像共鸣器一样不断鼓胀而发出的，其目的只用来吸引异性，而其他大多数声音是通过其他的不同部位发出的。

大西洋海象由于在冰间湖内进行繁殖活动，其游动性比太平洋海象低一些。由于一处冰间湖内可得食物有限，所以此间海象的数量也受到了限制。雄海象也像太平洋的同类一样，发出类似的声音来吸引异性，不过它们还用这些声音与竞争者保持沟通，以稳固自己的主导地位及保护属于自己的雌性群体。这种"一雄多雌制"并保护属于自己的雌性群体的行为与报道过的太平洋海象不同，太平洋海象虽然也是实行"一雄多雌制"，但是雄性并不保护自己的众多"妻子"。这种繁殖体系上的差异可能是因雄性太平洋海象竞争激烈从而降低了地位稳定性的结果。

不管是哪里的海象，它们每胎只产1只幼崽，在交配后第二年的春天分娩，通常是5月份。海象的怀孕期很长，意味着大多数雌海象每2年才能产下1胎，也意味着上一胎小海象和下一胎小海象之间的年龄差异比较大。正因为如此，海象成了所有鳍足目动物中生育率最低的物种。海象产下双胞胎的情况是极少见的。

小海象一生下来，头尾长就能达到大约1.1米，体重也能达到50～65千克。它们全身覆盖着一层又短又软的毛，鳍肢呈浅灰色，触须很长而且为白色，眼睛看不见东西。头6个月只吃母乳，之后开始吃一些固体性食物。

出生1年后，小海象的体重能达到刚生下来时的大约3倍。在下一年里，小海象还要和母海象待在一起，这个时候，它们的海底捕食本领会逐渐增长，表现出更多的独立性。在2～3岁之间，小海象就可以完全离开母海象了；有的时候，一只母海象会同时带着新出生的小海象

↗在北哈得孙湾平静的海水里，两头海象半潜在一块浮冰上，正享受宁静的时光。尽管哈得孙湾里的海象可能是体型最小的，但是雄性的平均体重仍然达到了令人吃惊的800千克。

和它的一个年龄比较大的"兄长"一起生活。

断奶之后，小海象仍然和成年雌海象待在一起，并结伴在海里巡游觅食。再过2～4年之后，雄性小海象就会离开，在冬季里组建它们自己的小群体，或是在夏季加入其他雄海象的较大群体。所有的海象种群中都存在不同程度的季节性雌雄隔离现象，但是雌雄隔离最显著的莫过于栖息在白令海至楚科奇海海域的海象。在白令海至楚科奇海海域，大多数成年雄性海象在春天会聚集在自己与雌性隔离的登陆地上，并在白令海内觅食；同时，成年雌性海象和大多数的未成年海象则向北在楚科奇海内觅食。它们的这种隔离会一直持续到夏天过后。秋天，雌海象开始向南迁徙，雄海象也迎着它们向北迁徙，在白令海峡相遇后，会结伴到白令海的繁殖地，并共同度过冬天，而未成年的雄海象则在繁殖地之外的其他地区成堆的大块浮冰上度过冬天。

在加拿大的福克斯湾是不存在上述雌雄隔离状况的，那里最常见的是雌雄混合的群体；而在加拿大更高纬度的北极区，混合型的和隔离型的海象群体都存在。年龄上的隔离和性别上的隔离主要受到食物供应量的影响，这种分隔也有利于减少成年雄性和"青年"雄性在繁殖季节的冲突；但为什么有些群体分隔得更明显，人们还不太清楚。

在北极地区受到的迫害
保护现状及生存环境

对于生活在北美、俄罗斯和格陵兰岛上极北区的土著人来说，海象现在仍然对其有重要意义，是他们的主要食物来源，也是其他生活资料的来源，就像几千年来一样。在欧洲、亚洲和北美洲的较南地区，最能引起人们兴趣的是海象洁白的"象牙"，它们是除了真正的象牙之外，在大小和质地上最好的了。

在18、19、20这三个世纪里，为了获取海象"象牙"、海象皮和海象油，来自欧洲和北美的商业捕猎活动造成了整个北极区海象种群的极度下降，导致它们几乎绝迹。北大西洋海象是第一个遭到几乎灭绝命运的海象亚种，数

↗在阿拉斯加外海岛屿的一处小海湾里，一群海象正在享受温暖的阳光。在阳光的照射下，雄海象的皮肤变成了粉红色。海象通常喜欢待在浮冰上休息，但如果找不到合适的浮冰，它们也会退而求其次，找一处偏远的不易被打扰的海滩休息。

量下降到了极点；栖息于加拿大东部海域的海象在19世纪几乎被灭绝，斯瓦尔巴群岛海域的海象也遭到了同样的命运；大西洋其他海域的多数海象种群的数量也出现下降。

海象是多种疾病病毒的携带者和多种寄生虫的宿主。海象身上的病毒包括猫卡利西病毒和与麻疹病毒相似的海豹瘟热病毒。科学家已经确认了几种海象常感染的病菌，这些病菌容易由长牙、眼睛和鳍肢的外伤感染。这些病菌感染对其有什么具体的影响现在还不太清楚，但是被感染的海象体质常常会变得很差，精神呆滞甚至死亡。布鲁斯氏杆菌也是科学家已知的海象易感染的一类病菌，该病菌常常造成哺乳动物生殖能力的下降。海象身上最常见的体表寄生虫是一种吸虱类虱子，而体内的寄生虫则有多种线虫和寄生棘头虫。

除了人类的原因之外，其他灾难造成的海象的自然性死亡也时常发生。人们曾经观测到几宗海象大量死亡的事件，如有几次在太平洋海象蜂拥到一处栖息地的过程中，许多头海象被其他海象踩踏而死；还有因坠落、浮冰陷阱等以及同类间的争斗而导致的受伤甚至死亡。除了人类，其他食肉动物如虎鲸和北极熊的捕食也是海象死亡的原因之一。

真海豹

　　一只真海豹拖着自己笨重的身躯缓缓地穿过冰面，然后敏捷地跃入海中，这是我们时常能在电视中看到的画面。尽管真海豹在陆地上缺乏灵活性，但它们在海中却身手矫健，游刃有余，能在海中下潜 600 米，而且能待上 1 个小时。

　　尽管海豹科的真海豹在身体上具备了极为精巧的下潜能力，但是它们仍然保留了其陆生祖先中的部分生活习性（其祖先是2500万年前的陆生哺乳动物），它们还要在陆地上或冰面上生产并养育幼崽，陆地生活仍是其生命中不能分割的一部分。

▍为潜水而生的身体
体型和官能

　　与有耳海豹不同，真海豹游泳主要是靠强而有力的后鳍肢推动。它们的后鳍肢与骨盆相连，因此"胯部"就降到了踝关节的水平，尾巴也显得不突出了。它们的脚掌又长又宽，趾间有蹼相连，在水中划水的时候非常有用，但是在陆地上的时候却变得毫无用处。它们的前鳍肢与有耳海豹也不相同，在水下前进的时候不能提供强劲的动力，较为短小，只能起到船舵控制方向的作用，有时能帮助爬上陆地或是冰面。北方的真海豹还在脊椎上发展出了更为有力的一排肌肉，而南极的真海豹前鳍肢则更长更灵活。

　　真海豹的呼吸系统和循环系统能够满足它们的两个目的：在水下待比较长的时间和下潜

很深的深度。威德尔海豹就是一个卓越的下潜者，最高记录是能够下潜600米，但与象海豹比起来就相形见绌了。下潜时间最长的纪录是由一只南象海豹创造的，达到了120分钟，而最深的下潜纪录是由一只北象海豹创造的，达到了1500米。

　　还有许多更深层次的改变使得真海豹能够具有上述下潜的优势，包括影响视力的某些改变。视力是它们在水下确定猎物位置和抓住猎

↗尽管海豹的生理条件允许它们长时间下潜，但是长时间待在海里是要付出身体上的代价的，因此下潜之后它们需要一个比较长的恢复期，甚至恢复期比下潜的时间还要长。图中是一只琴海豹，它正从冰窟里爬上来准备休息。

物的一个重要依靠，而鳍足目动物的瞳孔能够根据觅食环境中光线亮度的变化而自动调整。例如北象海豹捕食时下潜比较深，周围光线很弱，因此它们的瞳孔就变大；港海豹主要在浅海里觅食，它们的瞳孔则比较小。

从解剖学上，可以把现存的18种真海豹（海豹科）分成2个亚科，每个亚科都可以进一步分成3个不同的族。僧海豹亚科，又统称南方海豹，分成的3个不同的族为：僧海豹族，包括热带的夏威夷僧海豹和地中海僧海豹（另外一种加勒比僧海豹被宣布于1996年灭绝）；象海豹族，包括北象海豹和南象海豹；南极海豹族，包括食蟹海豹、豹海豹、罗斯海豹和威德尔海豹。海豹亚科，又统称北方海豹，分成的3个不同的族为：髯海豹族，只有一种即髯海豹；冠海豹族，也只有一种即冠海豹；海豹族，包括8种，即贝加尔环斑海豹、里海环斑海豹、灰海豹、港海豹、琴海豹、环斑海豹、斑海豹和环斑海豹。

尽管现在北半球和南半球高纬度地区冰冷的海水中有大量的真海豹生活着，但它们很可能只起源于温暖的海中，而现在的僧海豹仍然在这种温暖的海洋里生活。在北方海豹（海豹亚科）中，港海豹跑到很南的下加利福尼亚半岛上繁殖，灰海豹既在陆地上也在冰面上繁殖，其余的北方海豹都在冰面上繁殖。在南方海豹（僧海豹亚科）中，北象海豹和南象海豹各自分别在美国加州和墨西哥太平洋沿岸繁殖，也会在部分亚南极地区繁殖。南极海豹族的4种海豹都在冰面上繁殖，偶尔也在南极大陆南纬50～60度的陆地上繁殖（实际上该处陆地也覆盖着厚厚的冰层）。

真海豹种和种之间、同种的雌雄两性之间，在体型大小上都有比较大的不同。某些种群的环斑海豹体重只有大约45千克，而发育成熟的南象海豹体重可能是其5倍。真海豹的多数种类中，同种的雌性和雄性体型差不多，但是在僧海豹亚科中，尤其是僧海豹、豹海豹和威德尔海豹，雌性比雄性要大，而海豹亚科中的灰海豹、冠海豹以及僧海豹亚科中的象海豹雄性比雌性要大很多。这些体型比较大的雄性还拥有坚固的呈弓形的头骨以及比较突出的鼻子，可以进行恫吓性的展示。雌雄体重差异最大的是南象海豹，雄性体重可能是雌性的7倍还要多。

海洋中多种动物的天敌
食性

大多数真海豹吃的食物是一些相对比较小和比较软的动物，因此，陆生食肉动物的适宜切开和磨碎食物的前臼齿和臼齿在海豹口中就变成了一排同一的牙齿，通常也只有5枚。

这是一只威德尔海豹，它正在威德尔海里灵活地游动。这种真海豹几乎是分布最靠南的哺乳动物，它们常常在南极洲海岸的固定冰上休息。它们在水下的视力极好，可以借此来捕捉它们最喜爱的猎物——鳕鱼，也可以利用它们很好的视力在冰层散射状的裂缝中间寻找呼吸孔。

真海豹

目 鳍足目
科 海豹科
现存共13属18种。

分布 一般在南北极、亚南北极和温带海洋中，但是僧海豹则分布在地中海和夏威夷等亚热带和热带海域。

赤道

栖息地 海岸线上的固定冰、大块浮冰 及离岸很近的礁石和小岛、海滩和岩石小海湾。

体型 头尾长最短的是环斑海豹，为1.3米，最长的是雄性南象海豹，为4.2米，其他的在两者之间。体重最轻的也是环斑海豹，为68千克，最重的是雄性南象海豹，为2200千克，其他的在两者之间。

外形 身体呈流线型；与有耳海豹不同，缺少下层绒毛；有些种类的皮肤上有不同颜色的斑点或条纹。

食性 主要捕食鱼类、甲壳类动物和头足纲动物；豹海豹还捕食企鹅和其他种类的海豹。

繁殖 怀孕期为10~11个月，其中包括2~4个月的延迟着床期；哺乳期4天至2.5个月不等。

寿命 大约25岁；野生海豹的寿命最长记录是环斑海豹的43岁和灰海豹的46岁。

但即使栖息在同一处的几种真海豹，它们主要捕食的动物也是明显不同的。在鄂霍次克海和白令海，环斑海豹在固定冰或大块浮冰上繁殖，主要捕食小型鱼类和浮游类甲壳动物。而栖息在同一海域的斑海豹和环海豹则在比较小块的冰上繁殖，分别捕食浅海鱼类、深海鱼类和乌贼。髯海豹在这两片海域都有分布，但其捕食的主要物种在所有真海豹中是独一无二的，基本上只捕食在海底生活的软体动物和虾类，因此其牙齿在它们很小的时候就基本上磨没了。

在南极陆地边缘的固定冰下，威德尔海豹主要捕食鱼类；在大块浮冰下，罗斯海豹主要以捕食深海乌贼为生；豹海豹的食物中很大部分是其他种海豹和企鹅；食蟹海豹则通过拉紧有多个齿尖的牙齿而捕食磷虾为生。

各具特色的繁殖策略
社会行为

自从20世纪中期，科学家发现真海豹牙齿层次能反映它们的年龄大小这个秘密以来，科学家对它们基本的生活特征才有了比较深的了解，基本上弄清了它们的生长发育状况、繁殖特征以及成活率等等。雌性和雄性性成熟的年龄差异出人意料，体型比较小的种类，如环斑海豹和里海环斑海豹的性成熟年龄比较晚；体型比较大的南极海豹族和体型巨大的象海豹，其性成熟年龄却比较早。性早熟也许对一些种类如港海豹和环斑海豹是有害的，因为它们分散在复杂的近岸环境中，那里陆地上的（或冰面上的）掠食动物对它们的生存构成了威胁，它们必须从周围环境中学习成功繁殖后代的"技术"，而过早成熟使得它们还没有完全学习到这些技术就开始生育，必然对成功地养育下一代造成不利。尽管雌雄两性的灰海豹和象海豹也是性成熟得很早，但是雄性成熟之后还要过一些年头才进行交配，这样繁殖的后代其成活率就加大了。

虽然贝加尔环斑海豹、环斑海豹、琴海豹、港海豹和象海豹的雌性之间有许多不同之处，但它们在人类过度捕猎造成数量减少的形势下，性成熟期都提前了。这种提前可能还与食物的增多有关，食物的增多也会导致小海豹生长发育的加快，从而提前进入成熟期。例如，雌性食蟹海豹平均生育第一胎的年龄有明显的减小，从1945年的4岁多减小到1965年的不到3岁。这很可能与同期人类对食磷虾的体型庞大的鲸类过度捕猎从而导致磷虾数量剧增有关，这样，主要捕食磷虾的食蟹海豹就获得了更为丰富的食物。

港海豹是所有鳍足目动物中地理分布范围最广的几种之一，从波罗的海穿过大西洋和太平洋到日本南部海域都有其踪影，个别甚至能游到好几百千米外的地方觅食。而且人们认为它们好像能记住出发地，每年都能返回同样的地方进行繁殖。通过对24个小区域的海豹线粒体DNA的研究分析，证实了这种看法。大西洋和太平洋里，甚至这两个大洋的两岸共4处的港海豹都有一些比较显著的不同之处，这4个种群的港海豹在地理上相距很远，外表形态上很不相同，并且在基因类型上也不相同。不但是相距比较远的种群在基因类型上不同，即使是相距很近的小种群在基因类型上也不同，比如苏格兰海岸和英格兰东海岸之间，或者波罗的海的东海岸与西海岸之间的港海豹小种群在基因类型上就不同。

在真海豹中，繁殖季节的确定可能是由雌性决定的，它们会选择最合适的时间，以利于幼崽的出生或者幼崽的长大。雄性常常在这个时间之前或之后的很长时间里都有交配能力，也就是说，雄性的时间不成问题。偶尔会有幼崽的出生与正常繁殖季节差了6个月的情况发生，这可能是年轻的母海豹还没有调整好自己的生育期的缘故。同一种类中大多数雌性基本上在同一时间生育，但是纬度较高地区雌性的生育时间比其他地区的稍晚一些。灰海豹在生育时间和生育地点的选择上，不同分布地很不相同；处于北美西海岸的港海豹也是如此，生育时间可能相差4个月，或许是游离到了相对不是生育季节地区的缘故。

在大块冰面上繁殖的海豹的平均哺乳期为1～2个星期，环斑海豹和贝加尔环斑海豹在固定冰上的"雪洞"里养育幼崽，其哺乳期可以达到12个星期。哺乳期长短的不同可能与养育幼崽地

⬈冠海豹不是只有一种"冠"，而是有两种不同类型的"冠"：一种是从一个鼻孔通到另一个鼻孔而能胀大的红色的气囊，另一种是在鼻腔内能够充气胀大的纯黑色的气囊。

点的相对稳定性和幼崽受保护的力度不同有关。威德尔海豹也在海边的固定冰上生育幼崽，港海豹和僧海豹则在陆地上生育幼崽，它们的哺乳期都是5～6个星期；象海豹和灰海豹的哺乳期为3～4个星期，这可能与雄性争抢交配权的干扰有关。在哺乳期间，大多数种类的幼崽体重平均增长2.5～3.5倍，而有8～10周哺乳期的贝加尔环斑海豹，其幼崽体重能增长5.5倍。

雌海豹体内储存的脂肪会通过富含脂质的乳汁而转移到幼崽身上。琴海豹刚开始哺乳的时候，乳汁的脂肪含量大约占到23%，等到哺乳期最后阶段的时候，乳汁的脂肪含量能上升到40%以上，这一过程中主要是乳汁中水分的含量持续下降。雌海豹在哺乳期间是不进食的，减少乳汁中水的含量对维持自身体内水分的平衡具有重要作用，因此，乳汁的含水量需不断下降。

尽管处于哺乳期的雌性在生理上需要摄入营养物质，但是许多种哺乳动物，包括真海豹类、熊类和须鲸类的雌性在哺乳期间都很少进食甚至完全不进食。其中的一个原因是它们的体型都很庞大，相对于分泌出的乳汁来说，可以在体内储存更大量的脂肪和蛋白质来应付。不过如果哺乳动物在哺乳期间不进食，与哺乳期前相比体重可能下降40%。几种海豹乳汁的分泌总的来说能使体内的脂肪减少1/3，体内的蛋白质减少15%，会严重影响母海豹的体能。平均来说，南象海豹的母海豹们在产后和哺乳期间体重能下降35%，整个养育幼崽期体重能下降40%，体能的消耗水平很大部分是由母海豹产前储存的能量决定的。刚开始哺乳的时候，乳汁中含有70%的水分，但到第20天的时候乳汁中则含有半数脂质（实际上能达到52%），而水分的比例下降到33%。北象海豹幼崽体重增加迅速，在出生后哺乳的前4个星期，它们的平均体重能从刚出生时候的42千克增加到127千克。在漫长的哺乳期（同时也是禁食期）内，母海豹们只得降低自己的新陈代谢率，以尽可能地保存体能。

某些种类在某些繁殖地内，雄海豹常常打扰母海豹，也会影响繁殖季节的长短。例如，

雄灰海豹常常打扰分娩较晚的母海豹，比起在分娩高峰期生产的母海豹来说，这些分娩较晚的母海豹哺乳期约缩短22％，它们的幼崽也比体型相近但是在高峰期分娩的母海豹的幼崽轻16％。幼崽哺乳期的缩短会导致成活几率的下降，因此，雄海豹的打扰和"折磨"会在同期的繁殖活动中产生比较大的影响。

在一些海豹中偶尔还存在一种"收养关系"，如北象海豹的一些雄性幼崽有的时候会利用母海豹的"容忍度"，从没有血缘关系的母海豹那里"偷喝"乳汁，因此，它们的体型也额外大一些。在南象海豹中，繁殖地的海滩比较大，母海豹隔离得比较分散，母海豹之间的敌意较少，母海豹与幼崽的失散情况较少发生，上述"收养关系"也较少发生。不过，体型较小也比较年轻的母海豹比起那些年龄较大体型也较大的母海豹来说，与自己幼崽失散的情况会更多。

科学家曾经观察了35对母子失散的港海豹，发现有68％的"失散"是在同一天发生的，而那一天恰有风暴"光顾"过此地，这说明天气状况是造成失散的主要原因。但是海豹幼崽具有令人吃惊的认家本领，如果被大风吹到了海里，它们也常常能够找回到自己的出生地。科学家曾经做过试验，他们抓住75只北象海豹的幼崽，并把它们放到离出生地100千米远的海里，发现有75％的幼崽成功地返回到了自己的家园，许多还是通过直线路径，以平均每天39千米的速度游回去的。在陆地上繁殖的几种海豹，如灰海豹，尽管常常发生母子失散的情况，但是也常常能够重新团聚。母海豹通过幼崽的叫声能辨认出自己的孩子，从而实现母子团聚。

象海豹和灰海豹在陆地上进行交配，而其他海豹则在水中进行交配。有证据表明，所有种类的真海豹都是在幼崽断奶之后甚至是在幼崽即将断奶的时候进行交配的，因此，它们的怀孕期都会持续10～11个月。但在如此长的怀孕期中，受精卵实际的发育期只有6.5～8个月，其他的时间都是延迟着床期。这种延迟着床期使得雄性必须在雌性尽母亲的义务而被限制在某个地方时进行激烈的竞争。同时，通过调整

一只灰海豹正在海里捕鱼。这种海豹的猎物还包括某些无脊椎动物，如蟹类等，成年雄性灰海豹还捕食生活在海底的鱼类。由于这种海豹常捕食大马哈鱼和鳕鱼，所以有时会遭到渔民十分严厉的捕杀。

胎儿的发育进度，也可以使得雌性在营养和生理上准备得更充分。

虽然有报道说，某些雄性真海豹在一年里只有1个固定的伴侣，但是实际上所有种类的雄性只要有机会，都会尽可能地与多个雌性进行交配。当繁殖季节来临，很多只海豹聚集在共同的繁殖地内的时候，占有优势的雄性会在繁殖地内来回巡视，并试图接近某一群特定的雌性——雄性象海豹就是如此；或者固守某一特定的区域，在那里等待要交配的雌性前来，并且那个地方将要交配的雌性可能很多——灰海豹就是如此。等待交配的雌性海豹有时会大声嚎叫，以激起雄性之间的竞争，这可能是它们对原先的配偶不满意，以此引起更强壮有力的雄性的关注，从而取代原来的配偶。尽管在种类之间和同种之内，交配行为存在很大的差异，但实际上都是只有很小一部分性成熟的雄性能够成功地获得交配权。在极端的情况下，例如在南象海豹繁殖地的海滩上，一只成功的雄性可能与超过100只的雌性交配，这意味着有很多只雄性没有获得交配权。

雄性海豹在繁殖方面具有极大的差异，甚至取得成功的雄性能在下一年再次吸引母海豹。如果一只母海豹的身体条件比较差，可能对它生出的雄性幼崽很不利，因为它们长大后可能与其他雄性相比体型比较小，因此几乎很难有与雌性交配的机会。于是，体型比较小的母海豹可能会提前终止妊娠，并重新分配自己的体能，以在下一个繁殖季节生出体型比较大

这是一只豹海豹，它向我们展示了它高度发达的犬齿；它们复杂的切齿则能够用来过滤磷虾。另外它们的头部特别长。

的幼崽并养活它们。雌性南象海豹必须在生育第一胎前长到足够大——至少达到300千克，否则就不会参与生育；即使体型比较小的雌性（例如小于380千克）生育了幼崽，也很少生下雄性幼崽，这可能是因为雄性幼崽在出生时比雌性幼崽重14%，使得体型比较小的母海豹要付出格外大的代价，从而对以后的生育不利。在调查中发现，在灰海豹中，雄性幼崽能获得与雌性幼崽同样多的母爱，尽管两者在体型上存在明显差异。

有人猜测或确定，某些种类的真海豹在繁殖的时候，把领地建在水下，并在水中进行交配。雄性威德尔海豹就是这样，它们会向同性展示自己的侵略好斗性，并努力保护自己的领地，其领地通常是在雌性聚集的大块浮冰之间的水下。雄性环斑海豹可能独占冰面上1千米范围的呼吸孔，不准其他的雄性进入，但是准许雌性进入。雄性港海豹在繁殖期间会在特殊地点的水下"唱歌"，这些特殊地点常常是吸引繁殖期的雌性光顾的水域。通过观察发现，这些在水下进行交配的海豹身上常常有咬伤，说明它们经常进行水下保卫领地的战斗。虽然食蟹海豹、灰海豹、冠海豹和斑海豹群体内会组成一个个类似家庭的组织，这些"家庭组织"由一只母海豹和其幼崽以及一只雄海豹组成，但是这些雄性不会仅仅在一旁等着雌性进入发情期，进而进行交配，而是会积极寻找其他交配对象。虽然组成"家庭组织"的这只雄海豹

会保卫这只母海豹，但是一旦交配之后，雄性就会迅速离开，去寻找其他的交配对象。

成年的北象海豹一年当中会在宽阔的北太平洋中迁徙两次，总共在海洋中度过8个月的时光，游过很长的距离。科学家运用新的追踪技术发现，成群的北象海豹或者单独的个体会在繁殖期过后和换毛期过后，两次返回相同的觅食区，这是科学家第一次记录到一年中两次迁徙的动物。在这两次迁徙的过程中，北象海豹连续不停地在250～550米的水下潜游。在两次来回迁徙的250天中，雄性至少要游2.1万千米；雌性游得慢一些，需要300天，但也要游至少1.8万千米。这种超长距离的每年都要进行的迁徙，是迄今为止人类记录到的哺乳动物中唯一的例子。北象海豹一年两次的迁徙，需要它们一年登陆两次，一次为了繁殖，一次为了换毛。也就是说，北象海豹主要有3个活动区，一个是繁殖地，一个是换毛地，一个是觅食区，并且这3个地区相距遥远。它们一年当中要去繁殖地一次、换毛地一次，因此需要两次返回觅食区，也需要两次登陆。为什么它们换毛的时候非要远渡重洋到美国加州外海的海峡群岛进行，而不是就近在觅食区的海岛或大陆海滩上进行，迄今还是一个谜。

北象海豹在海上迁徙要持续如此长的时间，在水中睡觉就是必须的。当它们在水下睡觉的时候，可以长达25分钟不用上升到海面来呼吸换气；当它们要上升到海面呼吸的时候，也不用完全清醒。

除了繁殖季节之外，科学家对其他时期的多数真海豹的社会行为研究甚少。每一种真海豹在其他时节活动的时候，可能基本上是独自行动，因为食物资源很少或者休息地很小，但是它们也可能有真正的社会沟通方式。例如在加拿大魁北克省海域活动的港海豹，当它们聚集起一大群的时候，就能减少每只海豹面临的危险，这说明它们能互相沟通，以减少危险。还有人认为，当琴海豹聚成一群迁徙的时候，每个成员都可以提高"航海技术"。另外，已经断奶的小食蟹海豹也会聚在一起，以减少豹海豹对每个个体的威胁。

海 豚

从古希腊神话中救了游吟诗人阿里翁，到1993年好莱坞电影《威鲸闯天关》中那条同样非常著名的英雄虎鲸，海豚类总是引起人类极大的关注。海豚类的智慧和发达的社会组织被认为和灵长类动物相似，甚至可以和人类媲美。另外，它们的温顺友善也深受人类的喜爱。

近年来，以人类为中心的观点需要有所转变，例如，我们对海豚的学习能力、社交技能及它们在海中的生活了解得越多，就越会惊叹于不同的种群或种类之间为适应当地环境条件而产生的巨大的行为和社会结构差异。

▌敏捷而聪慧
▌体型和官能

海豚科是在大约1000万年前的中新世晚期进化形成的一个相对现代的族群，它们是所有鲸类中种类最丰富和具有最大多样性的族群。

多数海豚属于小到中型动物，具有发育良好的喙和一个向后弯曲的居于身体背部正中的镰刀状背鳍。它们的头顶上方有一个新月形的呼吸孔，呼吸孔前面是凹陷的。在双颌上有彼此分离且功能不同的牙齿（牙齿的数量为10~224颗不等，大多数为100~200颗）。多数海豚都有一个额隆，但也有些种类如土库海豚的额隆并不明显，而在驼背海豚属中额隆则完全消失。花纹海豚和2种领航鲸的额隆向前突出，形成一个不明显的喙。在虎鲸和伪虎鲸中，额隆是渐缩的，形成一个很钝的喙。虎鲸还具有圆形的桨形鳍状肢，而领航鲸和伪虎鲸

具有狭长的鳍状肢。

不同种类之间的身体颜色图案具有巨大的差异，这可以通过几种方法进行分类。一种分类方法可以分成3种类型：统一色彩图案型（图案色彩单一或分布均匀）、补缀色彩图案型

↘宽吻海豚主要生活在热带和亚热带水域中。图中的宽吻海豚明显地展示了它们这个种类所独有的特征，即短喙。宽吻海豚通常在下颌的末端有一块白色的斑块。

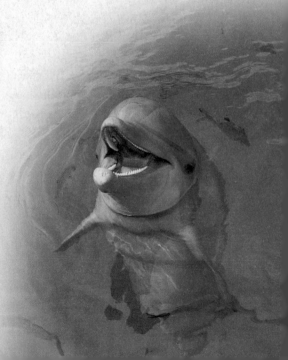

知识档案

海豚

目 鲸目

科 海豚科

该科共有17个属,至少36个种类,包括:普通海豚或鞍背海豚(海豚属,3个种类);飞旋海豚、斑点原海豚和条纹原海豚(原海豚属,5个种类);短吻海豚和白吻海豚(斑纹海豚属,5种或6种);康氏海豚(喙头海豚属,4种);驼背豚(白海豚属,3种);宽吻海豚(宽吻海豚属,2种);露脊海豚(露脊海豚属,2种);领航鲸(领航鲸属,2种)。

分布 分布在所有的海洋中。

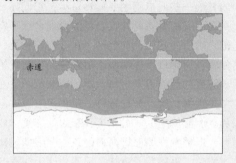

赤道

栖息地 通常生活在大陆架附近,但有些种类生活在外海中。

体型 头尾长从希氏海豚的1.2米到虎鲸的7米,体重范围从希氏海豚的40千克到虎鲸的4.5吨。

外形 有喙状吻(相对于鼠海豚的钝形吻)以及铲形牙齿(相对于鼠海豚的锥形牙齿)。身体细长并呈流线型。胸鳍和背鳍为镰刀形、三角形或圆形,背鳍位于身体背部的中部附近,露脊海豚没有背鳍。

食性 主要以鱼类或鱿鱼类为食,虎鲸也以其他的海洋哺乳动物和鸟类为食。

繁殖 妊娠期为10~16个月(虎鲸、伪虎鲸、领航鲸和里氏海豚的妊娠期为13~16个月,其他的种类为10~12个月)。

寿命 有的可活三四十年,各属种不尽相同。

(各种色彩图案之间界限分明)以及分界色彩图案型(黑色和白色)。身体颜色的差异有助于个体间彼此辨认,颜色还有助于隐蔽自身以躲避捕食者的捕杀。在光线黯淡且均一的海洋深处进行捕食的海豚其体色是同一的,而海洋表面的海豚则趋向于反向隐蔽的色彩图案(上面是暗色的,而下面是亮色的),从上面看时,它们能够融入到背景中。有些种类的色彩图案可以当作反捕猎伪装,如某些种类的鞍形图案可以通过色彩反向隐蔽而获得保护,斑点图案可以和阳光在水中反射出的光斑融合在一起,而十字交叉型图案则具有反向隐蔽和混乱色彩的作用。

海豚和其他齿鲸一样,主要依靠声音进行交流,它们的声音频率很低,其范围通常从0.2kHz的低语到80~220kHz的超声波,可以通过电磁回声定位来追踪猎物,也可能用来击晕猎物。尽管海豚的声音已经被辨认并划分出不同的类型,并且这些不同的声音类型都与特定的行为有关,但目前还没有证据表明这是一种具有一定语法的语言。

海豚可以完成相当复杂的任务,并且具有很好的记住长距离路线的能力,尤其是当它们通过耳朵进行学习时。在有些测试中,它们与大象被划为同一级别。宽吻海豚可以归纳规律并发展出抽象概念。相对于体型而言,海豚具有非常巨大的大脑,体重在130~200千克之间的成年宽吻海豚的大脑约有1600克。相比之下,体重在36~90千克的人类的大脑为1100~1540克。它们同时还具有高度折叠的大脑皮层,与灵长类动物的大脑皮层相似。这些特征都被认为是高智商的标志。

大脑器官的产生需要付出高昂的代谢代价,因此除非这些器官是非常有用的,否则将不会进化。一些鲸类动物所具有的巨大大脑(并非所有的种类都具有巨大的大脑,例如须鲸的大脑就相对较小)可以被归结为几个不同的原因。一种观点认为处理声音信息比处理视觉信息需要更大的"储存"空间。另一种解释是鲸类可能在完成相同的任务时相较于陆地哺乳动物而言需要更大的大脑。第三种假设是大脑功能在群落进化中具有重要的作用,可以加深亲情,增进在捕食和防卫过程中的合作,有助于形成联盟,并且个体对社会的认同可能对于鲸类的发展具有重要作用。

通常认为的海豚缺乏攻击性其实是被夸大

化了。被捕捞囚禁起来的宽吻海豚（可能也包括刺豚）之间会建立起等级制度，在整个等级群落中，领头的海豚可能会通过威胁其他海豚显示出攻击性，它们会张开大嘴或者是叩击上下颌以展示自己的权威。也曾经观察到野生海豚之间会发生战争，在战争中一头海豚会用自己的牙齿刮咬另一头海豚的背；有些种类例如宽吻海豚可能会攻击其他较小种类的海豚（例如斑点原海豚和飞旋海豚）；人们还曾观测到宽吻海豚攻击并杀死港湾鼠海豚。

种类丰富的"食谱"
食性

　　海豚种群之间的食物差异在它们的外形以及牙齿形状上都有体现。例如：那些主要捕食鱿鱼的种群一般都长着圆圆的前额、钝钝的嘴喙，且（通常）生齿稀疏。

　　虎鲸的食物还包括海生哺乳动物以及鸟

类，其前额非常硕大。有一种说法认为，这是为了能够更好地接收、聚焦声音信号，以便可以精确定位行动敏捷且移动迅速的猎物。该科中的其他一些成员则主要捕食鱼类，它们显示出机会主义捕食者的特点，可能会捕食在一定范围之内所碰到的任何物种。还有一些种类，例如宽吻海豚以及驼海豚，尽管它们也捕食生活在海底的鱼类以及远海鱼类，但它们的食物主要是近海鱼类。其他种群，例如斑点原海豚属和真海豚属中的成员则更喜欢出海捕食远洋鱼群，既捕食那些靠近海面的鱼类，诸如凤尾鱼、鲱鱼、毛鳞鱼，也捕食那些生活于深海的鱼类，诸如灯笼鱼。

　　多数海豚偏爱捕食鱿鱼，甚至小虾。这些重叠对于界定种群之间的捕食界限造成了困难。避免食物重叠的方法之一就是远离有相似

↗13个典型的海豚种类

1.宽吻海豚；2.皱齿海豚；3.大西洋斑纹海豚；4.大西洋斑点原海豚；5.真海豚；6.北露脊海豚；7.暗色斑纹海豚；8.大西洋驼海豚；9.瓜头鲸；10.康氏矮海豚；11.伪虎鲸；12.虎鲸；13.里氏海豚。

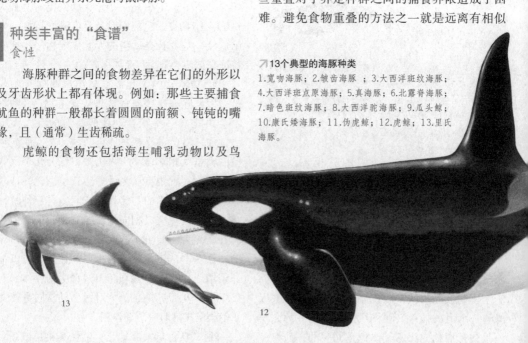

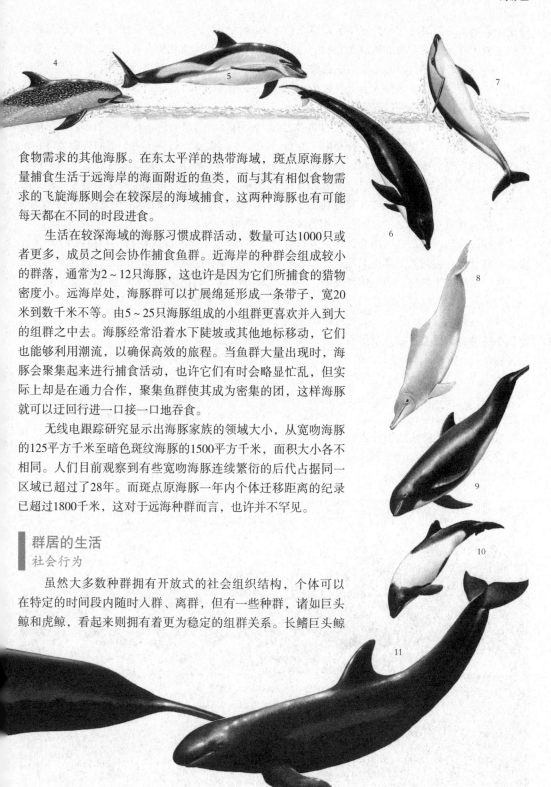

食物需求的其他海豚。在东太平洋的热带海域，斑点原海豚大量捕食生活于远海岸的海面附近的鱼类，而与其有相似食物需求的飞旋海豚则会在较深层的海域捕食，这两种海豚也有可能每天都在不同的时段进食。

生活在较深海域的海豚习惯成群活动，数量可达1000只或者更多，成员之间会协作捕食鱼群。近海岸的种群会组成较小的群落，通常为2～12只海豚，这也许是因为它们所捕食的猎物密度小。远海岸处，海豚群可以扩展绵延形成一条带子，宽20米到数千米不等。由5～25只海豚组成的小组群更喜欢并入到大的组群之中去。海豚经常沿着水下陡坡或其他地标移动，它们也能够利用潮流，以确保高效的旅程。当鱼群大量出现时，海豚会聚集起来进行捕食活动，也许它们有时会略显忙乱，但实际上却是在通力合作，聚集鱼群使其成为密集的团，这样海豚就可以迂回行进一口接一口地吞食。

无线电跟踪研究显示出海豚家族的领域大小，从宽吻海豚的125平方千米至暗色斑纹海豚的1500平方千米，面积大小各不相同。人们目前观察到有些宽吻海豚连续繁衍的后代占据同一区域已超过了28年。而斑点原海豚一年内个体迁移距离的纪录已超过1800千米，这对于远海种群而言，也许并不罕见。

群居的生活
社会行为

虽然大多数种群拥有开放式的社会组织结构，个体可以在特定的时间段内随时入群、离群，但有一些种群，诸如巨头鲸和虎鲸，看起来则拥有着更为稳定的组群关系。长鳍巨头鲸

329

的遗传数据以及短鳍巨头鲸的观测数据显示：群落主要由有亲缘关系的雌性以及它们的后代组成，但是当有交配机会时，会有一只或多只没有血缘关系的成年雄性加入到组群之中。长大的后代，不论雄性还是雌性都会与其母亲待在一起，但是成年雄性在返回其出生的群落之前，可能会游动于其他群落间进行交配。宽吻海豚群落的家庭由雄性、雌性和幼豚组成，或者由母亲-幼仔组合构成，这样就会聚合形成较大的群落。有一些海豚也许会按照性别和年龄进行分类。在宽吻海豚之中，存在强壮的雄性与雄性相结合的现象，它们的交配体系人们目前还不甚了解，但是通常都很混乱。在某些种群之中，雄性身上常见的明显伤痕说明，为了得到与雌性交配的机会，雄性与雄性之间会相互争斗。也存在"一夫多妻"的现象，但是无论处于哪种交配体系，雄性与雄性以及雄性与幼仔的联系，相对而言都是较少的。

尽管繁殖高峰通常出现在夏季的几个月中，但其性行为会贯穿整年，即使在纬度较低的地方也一样。小生命出生之后，要待在母亲身边数月，母亲要持续喂奶长达3.5年，因此很多种群都有至少2~3年的繁殖间隔（虎鲸和巨头鲸的繁殖间隔可能会长达7~8年）。性成熟年龄大约为5~7岁（康氏矮海豚、飞旋海豚、真海豚），雄性虎鲸要到16岁，而绝大多数种群大约会在8~12岁时进行繁殖。

很多种群为了寻找食物而进行季节性迁移；尽管这种迁移通常都是远海岸到近海岸之间的移动，但也有跨纬度的。如果繁殖区域离散，它们会变得行踪不定，它们可能会留在较深的远海岸水域，在那里来自近海岸的激流会比较少。某些种群的成年海豚与幼年海豚会游到较浅的水域，捕食聚集于暗礁和海底山周围的猎物。

虽然海豚是群居动物，但是由1000只或更多的海豚组成的大群一般只会出现于远程迁移的时候，或出现在主要食物源的集中地。在大多数情况下，群落成员并不固定，个体可以入群或离群超过数周甚至数月的时间，仅有少数成员会长时间留在群落之中。在这种种群之中，像典型灵长类种群那样稳定且发展完备的群落组织几乎不存在，但在个别种群中（如虎鲸），家族关系则可以维系一生。在幼崽抚育以及猎物捕食方面，确定海豚相互之间的合作范围并非易事，但我们认为一些高群居性的种群中确实存在这些合作，这种行为在灵长类、食肉动物和鸟类中也能够见到。

↗ 一群南露脊海豚正在游离秘鲁海岸。这个种群有这样的俗名是因为它们像露脊鲸一样，都没有脊鳍。

抹香鲸

赫尔曼·麦尔维尔不朽的小说《莫比·迪克》，将对抹香鲸的描述推向了极致。它们是最庞大的有齿鲸，长着地球上动物中最大的脑袋，两性形态差异明显（雄性体重是雌性的3倍），也许还是动物王国所有生物之中潜水最深最远的。

很久以前，水手们都认为他们透过船只外壳所听到的间隔规律的滴答声，来自被他们称为"木工鱼"的鱼类，因为听起来就好像锤子敲击的声音。而实际上，他们所听到的正是抹香鲸发出的声音。至于"抹香鲸"这个名字，其由来是因为捕鲸者在它们硕大的前额中，发现了被称为鲸脑油的油滑物质，而这一说法又曲解了鲸脂的本意。

来自深海的声音
体型与官能

抹香鲸科的古代家族看来是在早期的鲸类进化时（大约3000万年以前），从主要的海豚总科中分离出来的。现存的唯一抹香鲸种群——抹香鲸以及比抹香鲸小很多的侏儒抹香鲸和小抹香鲸——都长着桶形的头部，长长窄窄的、长有整齐牙齿的垂吊下颚，船桨形的鳍肢，以及长在左侧的呼吸孔。小抹香鲸的出现要晚很多，大约在800万年以前。

抹香鲸呈方形的大前额长在上颚的上方、头骨的前边，占其体长的1/4～1/3。这里长着抹香鲸脑油器，一个椭圆形的结构包含在一个由结缔组织构成的外壳之中。脑油器本身与结缔组织外环绕的是稠密的鲸油——一种半流体的、光滑的油脂。气囊束缚着抹香鲸脑油器的两端，包围着抹香鲸脑油器的头骨与气道都非常不对称。两个鼻腔无论在外形上还是功能上都差异极大，左侧的用于呼吸，右侧的用于发声。

抹香鲸为什么长着如此笨拙的巨大脑壳呢？原因之一可能是有助于聚焦滴答声——滴答声的作用是在漆黑一片的深海中利用回声定位判断猎物所在。抹香鲸也会通过这种滴答声来进行交流，它们是3种抹香鲸中利用声音最多的一种。

抹香鲸棒形的下颚包含20～26对大牙齿，而侏儒抹香鲸有8～13对，小抹香鲸有10～16对。这些牙齿似乎并非用于进食，因为据发现，进食充足的抹香鲸都少有牙齿，甚至没有下颚；而且，直到抹香鲸性成熟时，牙齿才会"迸出"（长出来）。一般来说，没有一个种群的抹香鲸上颚会长牙，即使长了，牙齿通常也不会迸出。小抹香鲸科的牙齿细小，非常尖锐、弯曲，且没有釉质。

抹香鲸的皮肤除了头部与尾鳍之外，都是起皱的，形成了不规则的波浪形表面。低低的背鳍如同覆盖着一层粗糙的白色老茧，成熟的

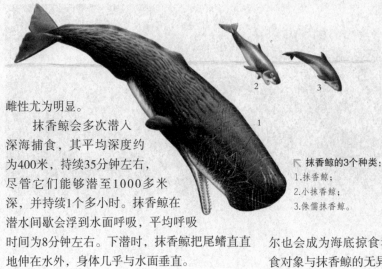

▲抹香鲸的3个种类：
1.抹香鲸；
2.小抹香鲸；
3.侏儒抹香鲸。

雌性尤为明显。

抹香鲸会多次潜入深海捕食，其平均深度约为400米，持续35分钟左右，尽管它们能够潜至1000多米深，并持续1个多小时。抹香鲸在潜水间歇会浮到水面呼吸，平均呼吸时间为8分钟左右。下潜时，抹香鲸把尾鳍直直地伸在水外，身体几乎与水面垂直。

不论是雌性抹香鲸还是雄性抹香鲸，鱿鱼类都为其重要食物。雌性抹香鲸会花费约75%的时间用来进食。尽管雌性的进食量要小于雄性，但是它们偶尔也会捕食巨型鱿鱼，鱿鱼吸盘所造成的伤痕会留在它们的头部，作为水下战斗的见证。雄性抹香鲸喜欢捕食雌性吃剩的、更大型的猎物，另外，雄性还会吃相当多的鱼，包括鲨鱼和鳐鱼。

小抹香鲸和侏儒抹香鲸的头部更倾向于圆

锥形，就其与整个体长的比例而言，比抹香鲸要小得多。这两个小抹香鲸种群看起来很像鲨鱼——垂吊的嘴部，尖锐的牙齿，以及头部侧面类似鱼鳃裂口的弧形痕迹。因为主要捕食鱿鱼和章鱼，所以小抹香鲸种群长着扁平的吻部。由于它们还捕食深海鱼类和螃蟹，所以偶尔也会成为海底掠食者。除此之外，它们的猎食对象与抹香鲸的无异。

环球"航海家"
分布模式

全球很少有像抹香鲸这样分布广泛的动物，它们占据着从两极附近到赤道的所有水域。雌性与雄性在一年中的大部分时间，在地理位置上都会分开，雌性与幼仔生活在纬度低于40°的温暖水域中，而雄性则会随着其年龄增长以及体型增大，向更高的纬度行进。最大

知识档案

抹香鲸

目 鲸目
科 抹香鲸科与小抹香鲸科
2属3种。

分布 世界范围内纬度约为40°的热带水域以及温带水域，成年雄性抹香鲸分布至极地冰缘。

赤道

栖息地 主要在远离大陆架边缘的深水区（超过1000米）。其幼仔以及未成熟的小抹香鲸栖息于较浅的水域，超过大陆架外缘的近海岸水域。

抹香鲸
雄性体长16米，最长18米；雌性体长11米，最长12.5米。雄性体重45吨，最重57吨；雌性体重15吨，最重24吨。**皮肤：**深灰色，但是通常嘴部会有条白线，腹部有白色的斑纹；除头部与尾鳍之外，全身有褶皱。**繁殖：**雌性的性成熟年龄约为9岁左右；雄性的青春期是10~20岁，但是直到接近30岁时，它们才会活跃于繁殖后代。经历14~15个月的妊娠期之后，一只幼仔会于夏季出生；抚育幼仔时间很长，哺乳期要持续2年或更久。**寿命：**至少为60~70岁。

小抹香鲸
雄性体长4米，雌性最长3米。体重318~408千克。**皮肤：**背部呈蓝灰色，侧面的灰色较浅，腹部呈白色或粉色；头部侧面的浅色痕迹形似"弧线"或"假腮"。**繁殖：**夏季进行交配；妊娠期为9~11个月，春季生产。幼仔出生时约1米长，需要哺育1年左右；雌性连续2年生产。**寿命：**约为17岁或更长一些。

侏儒抹香鲸
体长2.1~2.7米，体重136~272千克。**皮肤：**背部呈蓝灰色，侧面的灰色较浅，腹部呈白色或粉色；头部侧面长着浅色的"弧线"或"假腮"。**繁殖：**其幼仔出生时小于小抹香鲸的幼仔。**寿命：**未知。

的雄性抹香鲸在靠近北极边缘处以及南极的浮冰区被发现。为了进行交配，雄性抹香鲸必须要迁移到雌性的所在地——热带区域。

基因研究表明，所有的抹香鲸族群都大体类似。线粒体DNA只能通过母体遗传，这表示在小于一个大洋海盆的范围内，不存在地理结构差异。有一半的核DNA是通过分布广泛的雄性遗传的，而核DNA更具有地理同一性，这说明在海洋中的抹香鲸族群之间，不存在明显的区别，而且无论存在什么区别都是海洋族群之间的区别。它们生活在深水中，深度通常超过1000米，并且远离陆地，大陆架边缘看起来很适合它们。

小抹香鲸也分布于世界各地，在温带、亚热带、热带海域的深水中都可以发现小抹香鲸的踪迹。而侏儒抹香鲸则出现在较为温暖的水域。

这两类小抹香鲸种类会花费大量的时间静静地躺在水面处，露出其头部背面，而尾部则随意地悬垂。小抹香鲸胆小，且游动速度缓慢，它们自己绝不会游向船只，但是当其静静地躺在水面时，却很容易靠近船只。它们以缓慢的、优雅的姿态浮上水面呼吸，并不引人注目。当小抹香鲸科种类受到惊吓或遇到危险时，它们会释放出一种红棕色的肠液，以帮助它们逃离掠食者（诸如大型鲨鱼和虎鲸），这种肠液类似于章鱼释放墨汁。小抹香鲸科种类的眼睛，在光线微弱的深海中也能发挥一定的功能。

对于小抹香鲸和侏儒抹香鲸的繁殖策略，我们知之甚少。这2个种群都没有显现出性二态，这一点与性二态明显的抹香鲸截然相反。成年雄性小抹香鲸的体型看起来有其生殖优势，因此，小抹香鲸科种类可能拥有与抹香鲸迥异的交配体系。

成熟的大型雄性抹香鲸（年龄近20岁或更大时）会从极地迁移至赤道，在那里，它们徘徊于组群之间，寻找适合的雌性与其进行交配。至于雄性的往返是1年一次还是两年一次，目前还不清楚。雄性与每个组群共度的时间有所不同，数分钟至数小时不等。处于生殖期的雄性就像发情期的公象，处于"狂暴"状态，它们通常会彼此回避，但偶尔也会发生争斗，某些成年雄性头部深深的伤痕可以证明。从这些伤痕的间距来看，毫无疑问，是由其他雄性的牙齿造成的。

小抹香鲸会连续两年孕育幼仔，它们的怀孕与哺育可能会同时进行。相反，抹香鲸则每隔5年左右才会生产一次，虽然其妊娠期还不能确定，但估计是在14～15个月。雌性的繁殖率会随着其年龄的增长而下降。

鲸类的群体关怀
社会行为

雌性抹香鲸是绝对的群居动物，它们的社交生活基于其家族群落之上，家族群落包括约12只长期在一起、血缘关系较近的雌性及其幼

↘当抹香鲸群列队向前行进时，其力量显而易见、令人瞩目。有点类似潜水艇的背部在图中也清晰可见，右边的个体则正在展示它的斜向喷水技术。

潜水冠军

抹香鲸是水栖哺乳动物之中的潜水冠军。据精确的声呐测量记录，它们可以潜入到1200米的深度，人们曾在1140米的深度发现了被电缆缠住的抹香鲸的尸体，它们可能正在那里捕食其食物的主要构成部分——生活于海底的鱿鱼。据对2头雄性抹香鲸的观察，其中一头每次潜水都会持续1～2个小时。将其捕获后，在它的胃里发现了两块生活在海底的小型鲨鱼的肉。这片海域的水深大约是3200米，这表明抹香鲸具有惊人的潜水能力。抹香鲸能潜入海底觅食，这一事实通过在其胃中发现的各种物体得到了证实，胃中既有石头又有锡杯，这表明它们铲起了海底的泥浆。

尽管雌性抹香鲸能够潜入1000米深超过1小时，但雄性抹香鲸才是潜得最深最远的潜水冠军。幼崽则只能潜入大约700米深，持续半个小时。雌性经常与幼年抹香鲸同游，这样它们就无法潜入到更深的水域，这可能是其潜水范围有限的原因。然而，"保育院"式的群居性及其关怀

行为意味着其他雌性抹香鲸会临时哺育同伴的幼崽，这样其母亲就能够潜入更深的水域觅食，否则它将无法进食。

如果抹香鲸连潜水都是成群进行，那么它们会一直保持密切联系，几乎所有的事情都在一起做。它们很快会完成一个又深又远的潜水动作，随后，仅在2～5分钟之后，会再次潜入。经历数次长距离的潜水之后，就达到了其生理极限，这时，它们会懒洋洋地躺在水面上休息数分钟。

它们的下降速率与上升速率惊人。平均下降速率的最快记录是170米/分钟，而上升速率是140米/分钟。抹香鲸所能表演的这些惊人技艺与其他鲸类极为相似，不同之处在于其效率更高一些。例如，抹香鲸的肌肉可以吸收身体总存氧量的50%，至少是陆生哺乳动物的2倍，而且比须鲸和海豹也要多很多。

抹香鲸的独有特征是其硕大的抹香鲸脑油器，它充满了头部上半部分的大片区域，并能够辅助其调整浮力大小。原理是：透过脑油器的鼻腔与鼻窦，能够控制油脂的升温率与降温率。油脂的恒温点为29℃，当抹香鲸从温暖的水面潜入较冷的深海时，流过脑腔的水流被用来快速降低接近体温的脑油的温度（抹香鲸的正常体温是33.5℃），于是，其脑油会凝固、收缩，从而增大了其头部的密度，这样就能辅助其下沉。上升时，则可以增加流入头部毛细血管的血液量，这样可使脑油略微升温，为疲惫的抹香鲸增加上升的浮力。

仔。2个或更多的群落会聚集在一起数日，组成一个约包含20头鲸的小组，这也许是为了提高捕食效率，至少是为了减少在同一片海域进食的不同群落之间的冲突。

雄性抹香鲸则正相反，当它们接近6岁时会离开其出生的群落。随着雄性年龄的增长，它们会逐渐聚集成较小的群落。成熟后的雄性与其他雄性群落组合的时间很少会持续1天以上，但是在沙滩附近，雄性则会聚集在一起，以示其社交关系没有完全消失。

其他抹香鲸为了吸引雌性抹香鲸加入，有可能会扮演保姆的角色。幼崽无法与母鲸一起潜入深水处进食，当它们被单独留在海面处时，很容易遭到鲨鱼或虎鲸的袭击，因此，组内成员会交替潜入水中，这样，水面上一直都

会留有一些成年的抹香鲸。除了这些家族群落间的公共关怀之外，还存有虽然不具权威性但却极为有力的证据表明雌性抹香鲸会哺育并非自己亲生的幼崽。

公共群落防御掠食者时，也会保护其他成年的抹香鲸。抹香鲸紧密聚集在一起，以"雏菊"的模式相互配合：它们将头部聚集于中心，身体则像花瓣一样散开。它们还会采用头朝外的阵形。前者是抹香鲸利用尾鳍进行防御的战略，后者则是利用其上下颚的防御战略。

有时，个别抹香鲸为了帮助同伴，甚至会将自己置于险境。在远离加利福尼亚的地方，我们真切地观测到了这样一起事件：受到虎鲸攻击的抹香鲸为了"解救"另一只被孤立的抹香鲸，退出了相对安全的"雏菊"防御模式，

当一头抹香鲸受伤，但依然活着时，抹香鲸群落中的其他成员会将其围住，以这种援助行为表达它们的哀伤。这种援助行为曾经给它们带来过灾难，因为这样捕鲸者就可以一只接一只地把它们全部捕杀。

而被虎鲸撕咬至重伤。

雌性抹香鲸每天都会聚集在水面处休息或社交数个小时。它们有时会以一种被称为"原木"的姿势（因为它们此时非常像固定不动的原木）平行地躺在彼此身边，或者在水中扭动旋转、翻滚或彼此触碰。它们也会表演"突跃"（从水中一跃而起）、"拍尾"（用尾鳍拍水），以及"间谍跳"（只把头部露出水面）。雌性与幼崽大约每小时会竭尽全力地表演一次"突跃"或"拍尾"。不过，"突跃"和"拍尾"却总会集结成为回合较量，经常与海面社交的开始时间或结束时间相重合。

在社交时段，抹香鲸经常会发出"暗号"（老式的、组合成串的声响，大约由3～20声滴答声组成），这很容易使人联想起摩尔斯电码，时间会持续1～2秒钟，可以把其当作是交流，或者说是个体成员之间的"对话"。所以，当一头抹香鲸发出"滴答——滴答——暂停——滴答"声时，另一头则回复"滴答——滴答——滴答——滴答——滴答"。2头抹香鲸几乎是在同时发出同样的暗号，形成了"二重奏"，听起来像是回音。雌性组群有其各不相同的指令，有将近12种通用"暗号"（"语调"），并且因地域不同而不同。暗号指令可能是其文化的传递，由母鲸以及家族群落传授给子孙后代。

更为常见的是，抹香鲸会发出间隔精确的回声定位滴答声（被称为"惯例"滴答声），每秒钟约重复2次。也有由一串滴答声所组成的指令，被称为"吱吱声"，因为将其组合到一起就变成了吱吱声。这些都被应用于社交场合对"暗号"时，或用于捕猎中，也许用于导向潜在目标猎物。缓缓的滴答声响大约每6秒钟响1次，是发情期的大型雄性抹香鲸的特征。人们认为这种缓缓的滴答声响可以显示出一只发情期的雄性抹香鲸的出现及其体型和（或）健康状况，也可用于警示雄性、吸引雌性，或是暗示其他抹香鲸协助发声者进行回声定位。抹香鲸明显不同于其他社交型的有齿鲸类，后者的声音几乎全部都由滴答声组成。

小抹香鲸科则不如抹香鲸科那样社会化。小抹香鲸要么独自生活，要么在由至多6头小抹香鲸组成的小组中生活，而侏儒抹香鲸则会与由10头侏儒抹香鲸组成的小组共存。与抹香鲸截然不同，雄性侏儒抹香鲸会与雌性及其幼崽组成小组，而且也会形成未成年小组。抹香鲸中的这3个种群都很容易搁浅，尤其是小抹香鲸。事实上，很多有关小抹香鲸科的数据都是在它们搁浅时收集而来的。

世界上最大的潜水高手是重达50吨的抹香鲸，可以下潜到2000米以下，有能力袭击最大的无脊椎动物——巨型鱿鱼。

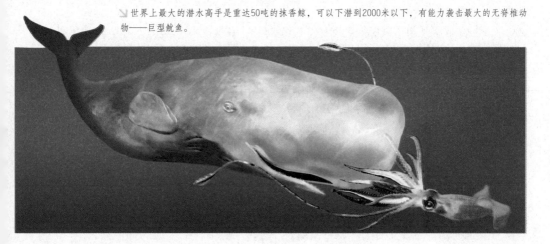

须 鲸

在这个科中，生活着迄今为止最大的动物——庞大的蓝鲸，其体重达 150 吨，相当于 25 头重 6 吨的雄性非洲象的重量。须鲸科还包括一种鸣声优美且灵活轻快的鲸类——座头鲸，它们不仅能够发出奇异的宽频声音，而且还能够表演不同凡响的杂技：头朝下从水中跃出。

"须鲸"这个名字源自挪威语，其字面意思是"皱纹鲸"，指的是位于嘴部后下方皮肤上的纵向折痕，这是该科的一个独有特征。很多须鲸每年都会穿越世界上众多的大洋，迁移非常远的距离，从热带的繁殖区到极地地区的进食区迁进迁出。在过去的100多年中，较大的种群一直被大量捕杀，数量因此急剧减少。

深海中的庞然大物
体型与官能

须鲸外形呈流线型，除塞鲸之外，其他种类皮肤上部都有一组凹槽或褶皱，从下颚处向下一直延伸至腹部下边的肚脐处。进食时，这些凹槽会扩展开，增大嘴部的扩展幅度。须鲸死后的照片显示其喉部松垂，这一点有助于证明，过去认为这种动物有着奇特扭曲的形象的观点实际上是一种基于特殊情形下的误解。

南半球的须鲸比北半球的须鲸要稍微大一些，而在其所有种类之中，雌性又要比雄性稍微大一些。头部占身体全长的1/4，座头鲸长有明显的中央背脊，从呼吸孔向前延伸至吻部；而布氏鲸还长有副背脊，分别位于中央背脊的两侧。所有种群的下颚都呈弓形，从吻部的末端伸出。

所有须鲸的鳍肢都如同窄窄的柳叶刀一样，除座头鲸之外，其他须鲸鳍肢的前缘上都长有圆齿，鳍肢长度接近于其体长的1/3。须鲸的背鳍位于背部非常靠后的位置。尾鳍宽厚，中间有明显的缺口，座头鲸的缺口尤为宽广。须鲸通过其头部顶端由2个呼吸孔构成的一个喷管来进行呼吸，不同种群之间，喷管的高度和形状各不相同。

遍布七大海域
分布模式

蓝鲸、长须鲸、塞鲸、小须鲸以及座头鲸分布于世界上主要的海洋之中。它们的夏季时光会在极地进食区度过，冬季则会在较为温暖的繁殖区度过。当迁移时，座头鲸会紧沿着海岸，而其他须鲸则更愿意深入海洋。布氏鲸只出现在较为温暖的水域，通常会出现在大西洋、太平洋、印度洋的近海岸处。

在南半球，蓝鲸会先于长须鲸和座头鲸开始迁移，塞鲸大约在2个月之后进行迁移。在每个种群之中，由年龄和性别决定其个体成员的分布情况。年老的须鲸以及怀孕的雌性一般会

↗ 在阿拉斯加的落日余晖中，座头鲸正潜入水中觅食。鱼类是北方座头鲸食物的主要组成部分，而那些南方海洋中的座头鲸则主要以磷虾为食。不同的座头鲸，其尾鳍的形状与色彩都有明显的区别，这可以用来对其做个体识别。

先于其他须鲸进行迁移，未成熟的须鲸会紧随其后。在所有种群之中，较大较老的须鲸一般会比较年轻的须鲸更靠近极地。

与其他须鲸不同，蓝鲸与小须鲸会出现在冰川边缘处。长须鲸不去那么遥远的地方，而塞鲸的分布状况则更加远离南极。北半球的情况还不甚明了，那里的大陆形态更为复杂，洋流也更加多变。

普遍认为各种须鲸种类是根据其在世界大洋的分布情况而被划分出不同的种群，它们一般不会混种。然而遗传基因证据以及被观察的鲸类提供的信息表明仍然存在着某些混种情况，至少在南半球与北半球之间会发生混种。虽然绝大多数种群都广泛分布在各大海洋之中，但在沿海水域进行繁殖的座头鲸更倾向于集中在进食区周围。

大迁移生活
社会行为

蓝鲸、长须鲸、塞鲸、小须鲸以及座头鲸的生活圈与其季节性的迁移线路紧密相关。不论是在南半球还是北半球，须鲸都会于冬季时，在低纬度较为温暖的水域中进行交配，之后会向它们所钟爱的极地进食区进行迁移，在那里待3～4个月，以其食物的主要构成部分——丰富的浮游生物为食。在这次集中进食期之后，它们会再次迁移回到较为温暖的水域，在那里，雌性在交配完成10～12个月之后，会产下1只幼崽。怀孕与生产在一年中的任何时候都有可能发生，但是相对较短的繁殖高峰期则局限在3～4个月之间。

刚出生的幼崽长度大约是其母亲体长的1/3，是其母亲体重的4%～5%。在春季迁移时，幼崽会随母亲一起向极地海域游动3200千米或更远的距离。这段时间，幼崽以其母亲营养丰富的乳汁为食，须鲸乳汁的脂肪含量高达46%，而人类与奶牛的乳汁只含有3%～5%的脂肪。当幼崽含住母亲2个乳头中的1个时，母亲会借助乳腺周围的肌肉收缩，将乳汁喷入幼

知识档案

须鲸

目 鲸目

科 须鲸科

2个属，8种：须鲸属（7种），包括蓝鲸和长须鲸；座头鲸属只有1种，即座头鲸。

分布 所有主要的海洋。

赤道

栖息地 除了小布氏鲸与布氏鲸之外，所有种类都来回迁移，夏季到极地附近的进食区，冬季到温暖水域的繁殖区。

体型 从北小须鲸的9米长至世界上最大的鲸类——蓝鲸的27米长；体重范围为9～150吨。在须鲸的所有种类之中，雌性都要比雄性体型稍大一些。

外形 外观呈流线型，上部呈黑色或灰色，通常腹部和鳍肢下表面颜色较浅。属滤食动物，从上颚两侧向下长有250～400根鲸须。进食时，折痕或凹槽从下颚后部向下扩展到腹部。尾鳍宽厚，中间缺口明显。

食性 主要吃磷虾、桡足类动物、鱼类，食用比例各不相同。布氏鲸主要以鱼类为食，而蓝鲸则专门食用磷虾。

繁殖 主食交配10～12个月之后产出1只幼崽。大多数须鲸种群有2年的怀孕间隔。

寿命 从小须鲸的45岁到较大种类的100岁或更高龄不等。

从后方观察，蓝鲸长着2个"鼻孔"，共同构成了其呼吸孔，这点与其他须鲸相同。当蓝鲸呼气时，会从2个孔喷出一股水柱。不同种类之间，水柱的大小和形状各不相同，有经验的鲸类观察家能够利用这一点，远距离区分出不同种类的须鲸。

嘴口中。由于这种高能量的饮食，幼崽的成长速度飞快，每天能长90千克之多，因此，在6～7个月之内，蓝鲸的幼崽将会在其出生体重（2.5吨）的基础之上，再增加大约17吨的重量。幼崽在7～8个月时断奶，断奶时大约为10米长。

由于鲸类生态与人类掠夺行为的微妙交互，近几年来，须鲸的繁殖年龄已经发生了变化。出生于1930年之前的长须鲸，其性成熟年龄为10岁左右，但是后来其平均性成熟年龄则降至6岁左右。1935年之前的塞鲸，直到11岁左右时才会进行繁殖，而如今在某些地区，塞鲸7岁时就已经准备好要繁殖了。至于南小须鲸，它们的成熟年龄降幅达8年之多，从14岁降至6岁。

关于这些变化，最可信的解释是：由于鲸类的总数量骤降，个体成员因而能享受到更多的食物，这样就使得幸存者能够更快地成长。由于繁殖开始时间与其体型密切相关，成长加快则意味着在其年龄更小时，便能够达到繁殖后代所需的体型。

处于危险之中的巨兽
环境与保护

目前，须鲸的未来在很大程度上取决于近年来为保护它们所施行的禁止过度捕杀措施的成功与否。某些种群的数量呈现出增长趋势，但因为它们的出生率极低，想要完全恢复，还需要数十年的时间。如果不受干扰，在10～20年中，鲸类的种群数量可翻倍。但是，南极蓝鲸的数量大概仍然只有其原始数量的5%～10%，而且其繁殖速度并不快。

由于气候变化与污染而导致的海洋环境的恶化引起了人们越来越多的重视。虽然水温的升高似乎不会对鲸类产生什么直接的影响，因为它们的鲸脂将其与目前所处的环境隔开，但是，它们赖以生存的食物，例如磷虾和鱼类，则会因为这些环境变更及洋流变化而转移。同样，极地区域臭氧层的破坏可能会使大量的紫外线辐射到水中，因而改变这片海域的物产量，而这片海域长期以来一直被鲸类当作进食区。有害化学污染物造成的直接污染，以及一些不可降解的物质，如塑料袋、塑料瓶，还有

大胃口，小猎物

世界上最大的动物须鲸却以一些最小的生物为食，以维持其生存。须鲸是滤食动物，它们巨大的滤网状鲸须从嘴部顶端长出，用来收集海洋中的微型动植物。须鲸张大嘴巴，吞入大股水流之中的浮游生物，如图a。当嘴巴闭上时，水流从鲸须之间的缝隙中滤出，之前扩展的喉部区域闭合，舌头突起。食物在被吞咽之前，会被鲸须内壁上的刚毛所阻挡，如图b。

在不同种类之间，其鲸须的刚毛质地、形状、大小都各不相同，这也就决定了不同种类所捕获的食物不同。蓝鲸的鲸须相当粗糙，它们基本上专门以虾类为食，尤其是磷虾。在南极，虾类是所有须鲸的基本食物，但更多种的食物则出现在其他区域，尤其是在北半球。

长须鲸的鲸须软硬适中，主要以磷虾和桡足类动物为食，鱼类排第三，但是由于地域与季节的不同，也会产生很大的不同。塞鲸的鲸须边缘非常细，它们主要是桡足类动物掠食者，但也会捕食磷虾以及其他甲壳类动物。小须鲸和大翅鲸在北半球主要以鱼类为食，在南半球主要以磷虾为食，而布氏鲸则专门食用鱼类，偶尔会在其食

物中加入少量甲壳类动物。

这些鲸类通常所食用的鱼类都是成群结队的种群，包括鲱鱼、鳕鱼、鲭鱼、毛鳞鱼，以及沙丁鱼。大翅鲸与小须鲸都有一个独特的突进动作，用于震慑、聚集鱼类猎物，使其围拢，然后再真的张开嘴巴，将其吞食下去。大翅鲸也会以如下方式"聚集"猎物：吐出一圈泡泡，将猎物圈至水面处。

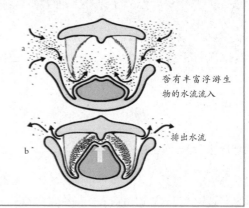

a 含有丰富浮游生物的水流流入

b 排出水流

其他垃圾，可能会被鲸类吞食，因而堵塞鲸类的食道，这应当引起重视。还有声音污染，这会严重侵扰鲸类的感官与交流能力。另外还应该加上由捕鱼用具所造成的危险，以及在日益繁忙的海洋航路中，鲸类与船只碰撞的危险。

↗ 一头座头鲸令人震撼的"突跃"，展示了它的两条鳍肢之一（这是所有鲸类物种之中最长的），同时在它返回水中时水花四溅。与其他种群一样，"突跃"似乎有2个主要功能：惊吓或震慑鱼群；与其他群体成员交流信息。

↖ 5种不同的须鲸种类，图为用相同的缩放比例展示的该科鲸类巨大的体型差异：1.长须鲸；2.小布氏鲸；3.蓝鲸；4.北小须鲸；5.大翅鲸。

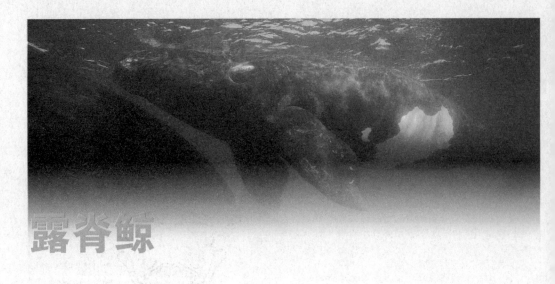

露脊鲸

露脊鲸的名字是捕鲸者起的。之所以这样称呼，是因为它们"正好是"适于捕杀的鲸——它们游动缓慢，长有较多的鲸须与油脂，被捕杀后呈漂浮状。没有哪种鲸类像这个种群一样被捕杀到了如此之少的地步。

由于人类的原因，世界范围内的露脊鲸都处于危险之中。它们与我们一样偏爱近海岸水域，它们会在那里生产后代。这使得它们种群之中最为脆弱的成员进入了世界海洋之中最为拥挤的处所。在北大西洋，这些处所充斥着船只与捕鱼用具，它们对露脊鲸的捕杀率直接威胁到这一种群的延续。由于人为原因造成的死亡，以及其自身日益降低的出生率，使这个种群的数量一直处于下降的状态。目前的数量模式预示，在2个世纪之内，它们将会灭绝。在北太平洋，没有足够的信息可用于评估其种群大小或是其出生率。南半球露脊鲸的情况相对好一点，数量大概有6000头，每年的增长率为6%~7%。

硕大的头部和变曲的下颌
体型与官能

露脊鲸、弓头鲸、小露脊鲸共同拥有一些有别于其他须鲸的独有特征。这些特征包括弓形的吻突（上颌）。另外与须鲸几乎呈直线的嘴部不同，它们长着曲度很大的下颌轮廓，这一特征在弓头鲸身上体现得最为明显；它们的头部占身体总长度的40%。其他区别特征包括：它们的鲸须又长又细，而不是相对较短；与有很多喉部凹槽的须鲸相比，体型较大的种群没有喉部凹槽(小露脊鲸有2个)。其头骨也有一些明显的区别，尤为显著的是露脊鲸的上颌骨狭窄，而须鲸的上颌骨宽阔。所有这3种露脊鲸的头部与身体其他部分相比，所占比例都很大，其中2个体型较大的种类与须鲸相比异常巨大，而小露脊鲸则相对较小、较瘦。与另外2种不同，小露脊鲸长着三角形的小背鳍。

与弓头鲸以及其他鲸类种群相比，通过其粗厚皮肤上的斑纹，

在繁殖季节中，雄性北露脊鲸会聚集于发情的雌性露脊鲸周围。在这段时间，既有关于雄性之间争斗的记录，也有可信的协助繁殖的行为，即当一头雄性与一头雌性交配时，另一头雄性会帮忙支撑雌性。

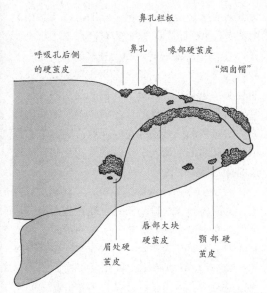

鼻孔栏板
鼻孔
喙部硬茧皮
呼吸孔后侧的硬茧皮
"烟囱帽"
眉处硬茧皮
唇部大块硬茧皮
颚部硬茧皮

↗ 事实上，"烟囱帽"只是露脊鲸所展示的几种老茧中的一种。"烟囱帽"在它们出生时就有，但其确切功能仍然未知。观察者发现雄性的老茧比雌性的多，据此有些人推测它们可能是一种武器，在繁殖竞争中可以用来擦伤其他雄性的皮肤。

露脊鲸很容易被识别出来。斑纹被称为"老茧"，沿着其下颌和吻突，长在眼部上方。最大的斑纹长在吻部，曾被过去的捕鲸者称为"烟囱帽"。鲸虱就生活在这些突起之中。雄性的老茧略大于雌性的老茧，老茧可能被用来竞争雌性。老茧对科学观察者也大有益处，因为无需捕捉或碰触鲸类，就可以通过老茧的独特形状识别出鲸类个体。根据老茧，观察者们绘制出了目前正在研究的各个露脊鲸种群的识别目录，通过这些，就可以知道每只露脊鲸生活了多久、何时繁殖后代、如何迁移等事实。

露脊鲸可以发出低频声音，研究表明它们至少有2种呼叫方式：分隔很远的个体成员之间的联系方式，以及雌性吸引异性交配的呼叫方式。而实际上可能还有更多种呼叫方式。与重复"歌声"序列的大翅鲸不同，露脊鲸会发出很多50～500赫兹之间的单一的声音和成组的声音。进食的露脊鲸还会发出多变的2～4千赫

知识档案

露脊鲸

目 鲸目

科 露脊鲸科、小露脊鲸科

3属，4种：露脊鲸属、弓头鲸属和小露脊鲸属；而某些权威人士将露脊鲸与弓头鲸归为一个属——弓头鲸属。小露脊鲸有时会被当作亚科来对待，但在这里，我们将其作为一个单独的小露脊鲸科的唯一物种。

分布 北极地区与温带水域。

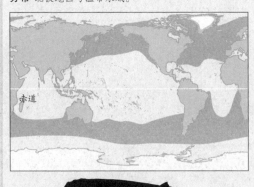

赤道

北露脊鲸

分布于北半球的温带水域之中，大西洋地区最南至佛罗里达。体长最长18米，成年后的平均体长约为15米；体重50～56吨；北太平洋的种群比其他种群大5%～10%。**外形**：身体呈黑色，下巴与腹部有白色斑纹，有时斑纹区广阔；头部与上下颌上各有不相同的图形，图形由被称为"老茧"的增厚的粗糙皮肤组织构成，其上滋生着大量被称为"鲸虱"的甲壳类寄生虫；鲸须呈黑色，长达2.5米。**繁殖**：妊娠期12～13个月。**寿命**：已知的一头雌性至少生存了65年。

南露脊鲸

分布于南半球的温带水域之中，在大西洋最北至巴西南部。体长、外形、繁殖、寿命都与北露脊鲸相似。

弓头鲸

分布于北极盆地，冬季迁移到白令海和拉布拉多海。体长3.5～20米，成年后的平均体长约为17米；体重大概为60～80吨。**外形**：除了呈白色或赭色的下颌斑纹之外，身体呈黑色；无老茧；鲸须狭窄，由深灰色过渡为黑色，长达4米。**繁殖**：妊娠期10～11个月。**寿命**：已有证据（例如老鱼叉头）证明它们是长寿者。

小露脊鲸

分布于南极周围的温带水域以及亚南极水域之中，并非真正的南极种群。体长2～6.5米，成年后的平均体长约为5米；体重约为3～3.5吨。**外形**：身体呈灰色，上部颜色较深，下部颜色较浅，一些多变的淡色条纹长在背部与肩部，眼部至鳍肢长有深色条纹；鲸须相对较长，呈白色，外边缘颜色较深。**繁殖**：妊娠期大概是10～11个月。

的低振幅声音，通过其部分暴露的鲸须形成水波振荡。我们对小露脊鲸的发声法一无所知，而弓头鲸的发声法则很简单，并且会随着时间变化而变化。

远程年度迁徙
分布模式

露脊鲸的迁移习性还未被完全了解。在北大西洋，美国佛罗里达和乔治亚州的近海岸水域是其主要的冬季繁殖区，但对此时处于非生育阶段的露脊鲸的分布情况依然未知。春季、夏季和秋季，在美国缅因州海湾通常可以见到大约2/3的北大西洋露脊鲸，但是基因数据和观测数据表明，这些亚种群还有一个次级的、未被发现的夏季栖息地。

在南半球，露脊鲸冬季繁殖的聚集地是南非、阿根廷、澳大利亚的沿海水域，以及新西兰的亚南极岛屿处。至于它们进食区与避暑区的确切地点，目前人们也只知道一部分而已，但偶尔会在南极附近发现露脊鲸。

在北太平洋，零星的偶遇次数表明，露脊鲸的残余种群会季节性地出现于阿拉斯加海湾与鄂霍次克海。尽管在美国西海岸和夏威夷，冬季时很少能见到露脊鲸的身影，甚至没有关于其冬季栖息地、繁殖区、迁移路线的可用信息，但是综合数据表明：其幼崽出生于冬季，因此使其怀孕的交配行为大概于秋末冬初时节分别在两个半球上发生。而在一年剩下的时间

里，所有区域中的"交配活动"可能都是相关的社交行为，而非真正的繁殖行为。

在白令海最容易观察到迁移的弓头鲸——波弗特海种群，它们是至今为止存活数量最大的种群，也是在北极最为人们所熟知的种群。它们的分布与季节性的浮冰区位置及扩展密切相关，每年的迁移路线与时间取决于春季和夏季时，从北白令海向东至阿蒙森湾之间浮冰通道的打通时间。

弓头鲸在白令海度过冬季，尤其喜欢待在圣劳伦斯岛与圣马修岛附近，幼崽也会出生在这里。交配发生在春季迁移的第一阶段。航空照片与卫星照片表明，北白令海与南楚科奇海的冰面会在4月时碎裂，首先打开通向利斯伯恩角的通道，然后是巴罗角。由于开拓出的水道相对贴近海岸，因此绝大多数通过巴罗角的种群会顺路进入波弗特海。然而，除了巴罗角之外，循环的水和风还开拓出了大面积的远海岸河道，因此向东迁移时会离岸边较远一些。弓头鲸会尽早在5月时抵达巴瑟斯特角与阿蒙森海湾。阿拉斯加东部融化较慢的近海岸冰面，通常会阻碍弓头鲸利用马更些三角洲与育空海岸，直到7月中下旬才可以通过。

爱斯基摩捕鲸者声称弓头鲸的这次迁移会按照年龄与性别分开进行（如同澳大利亚的大翅鲸一样）。迁移必然会断断续续进行，因为掉队的弓头鲸会在5月和6月时，成群四散于从巴罗角至班克斯岛西南部的全程线路中。在夏

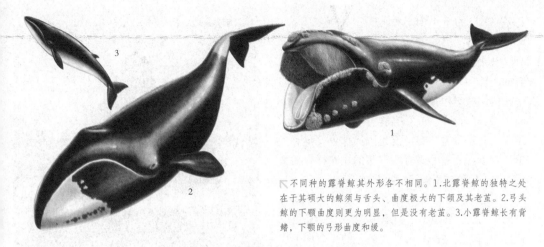

▲ 不同种的露脊鲸其外形各不相同。1.北露脊鲸的独特之处在于其硕大的鲸须与舌头、曲度极大的下颌及其老茧。2.弓头鲸的下颌曲度则更为明显，但是没有老茧。3.小露脊鲸长有背鳍，下颌的弓形曲度和缓。

末秋初时，从白令海返回的迁移不仅进度更快（根据以往的弓头鲸记录），而且离岸更远，因此也更难观察。

撇取成群的浮游生物
食性

露脊鲸、弓头鲸、小露脊鲸都主要以桡足类动物为食，北大西洋的露脊鲸还会食用磷虾的幼虫，偶尔也会食用其他成群的浮游动物幼虫。而南部大洋的种群则通常以成年磷虾为食。

弓头鲸通常会在北极区域高产的特定带进食，如马更些河水流的边缘，那里营养丰富且水流清澈，是浮游植物进行光合作用的首选之地，因而也是浮游动物的高产之地。弓头鲸与露脊鲸通常都是在浮游动物集中区以张着嘴撇取的方式进食，这与大多数须鲸（塞鲸除外）的进食方式不同——须鲸习惯于吞咽集中度高的鱼群或磷虾群，然后再通过鲸须过滤食物。在多数北半球的进食区中，露脊鲸通常会潜入深水中进食，每次潜水8～12分钟，但当海面的猎物高度集中时，它们偶尔也会在水面处进食。据观察，露脊鲸偶尔还会并排进食。

露脊鲸与弓头鲸每天大概需要1000～2500千克的食物，小露脊鲸大概需要50～100千克。目前我们对它们的进食习性知之甚少，但已知两头被俄罗斯人捕获的鲸的胃部满是桡足类动物。

◤ 一头来自美国东部种群的弓头鲸正在巴芬岛外的海面上晒日光浴，这是在它们每年向南迁移的旅程中。每年春季，弓头鲸会从圣劳伦斯湾向北迁移至北极的进食区，秋季时返回，以便能够在较为温暖的水域度过冬季。

在茫茫海洋中寻找同伴
社会行为

露脊鲸的社会结构组织很难被理解，观测到的个体在一天中的某些时候会独处，而在同一天的晚些时候或在其他日子中，则会与一个或多个群落待在一起。当露脊鲸的大型群落相距仅仅几千米时，很可能是因为那里聚集了大量的食物。而这些露脊鲸群落的协作行为大概无法与海豚群或齿鲸群相提并论。

联系最为紧密的社交组合是在母亲与幼崽之间。它们在幼崽出生的最初6个月中，始终保持其距离不超过一头鲸的体长。幼崽在10～12个月时断奶，之后，母亲与幼崽再次聚在一起的情况则很罕见。露脊鲸经常会做出"突跃"（跃出水面）与"拍尾"（用尾鳍拍水）的动作，这些行为暴露出露脊鲸的位置所在，尤其是当水面噪音严重，无法听到彼此的发声时。

漫长的繁殖周期（2次生产的间隔时间为3年或更久）意味着在某个特定区域中，可能只有少于1/3的成年雌性每年都会受孕。雌性似乎会用声音来吸引雄性，但随后的交配会变得异常困难，因为雌性要么会游走，要么会将两个鳍肢悬在空中，平躺在水里，所以雄鲸很难接触到其生殖器。雄性竞争者们为了接近雌性则会积极推进，雄性之间还会彼此互换位置。雌性似乎会与很多雄性进行交配。雄性露脊鲸可能也会有精子竞争——雄性露脊鲸的睾丸既是世界上最大的（超过800千克），也是须鲸中相对于体型而言最大的。

冬季时，母露脊鲸会产下一只4～5米长的幼崽。雌性每3～5年，在怀孕12～13个月之后生产一只幼崽，然后会哺育幼崽10～12个月。当幼崽1岁时，成长迅速的幼崽体长已经达到了8～9米。雌性大约在9岁左右时性成熟，但也会有罕见的早熟的露脊鲸在6岁时生第一胎。

从1980～1999年，北大西洋每只成熟的雌性露脊鲸的产崽数量已经明显下降。自从20世纪90年代中期以来，每只雌性露脊鲸的产崽间隔已经从3.67年增加到了5年以上。其数量增长速度明显低于阿根廷与南非的南露脊鲸种群。造成繁殖率下降的原因很多，包括出生

↗在阿根廷远海岸处，一头南露脊鲸从南大西洋跃出，正在抖落水流。露脊鲸经常在近海岸水域"突跃"，而在远海岸则相对较少，也许是因为在近海岸，人为干扰使声音信号难以接收，所以露脊鲸选择以此方式进行交流。

率低下、其他种群的食物竞争，以及由于气候变化所引起的可利用的食物减少和疾病、身体毒素，还包括有毒污染物有害（但不致命）的影响。

据估计，北大西洋露脊鲸出生后第一年的自然死亡率是17%，随后3年的死亡率大约为3%。成年鲸死亡率则非常低——据我们所知，自从1970年以来，在这个种群之中，只有3头成年露脊鲸自然死亡。它们的寿命还是未知数，但至少一只北大西洋雌性露脊鲸从1935年以来一直被观察至今。大约有7%的北大西洋露脊鲸会由于虎鲸的攻击而留下伤疤，尽管这会造成一些死亡，但是根据虎鲸与露脊鲸相遇的真实报道，这不过是由于露脊鲸防御过度而造成的。据报道，露脊鲸并没有什么致命的疾病或传染病。在北露脊鲸身上发现了3个鲸虱种群，不过所有这些鲸虱都不会对露脊鲸产生长期影响，它们只是生活在其将要脱落的皮肤上而已。

露脊鲸中大约38%的死亡是由于其与大型船只的碰撞造成的，另外8%是由于被捕鱼用具缠住而造成的。将近60%的北大西洋露脊鲸在其一生中的某些时候，都曾经被捕鱼用具缠住，而留下伤痕。龙虾篓和捕蟹篓的垂直线，以及捕捉底栖鱼的刺网是造成其伤痕的主要原

↗尾叶是由巨大的背部肌肉所拉动的，这是大型鲸类唯一的游泳动力来源。和其他种类一样，北露脊鲸通常进行一次深潜之前先抬起它的尾叶以清除水流。有一种观点认为，这种鲸可以在强风中把它的尾叶巴当作帆来使用。

因。目前在美国正在大力发展改良的捕鱼方法以减少对露脊鲸的伤害。

在一年中的某些时候，小露脊鲸与露脊鲸一样，都偏爱相对较浅的水域，据估计，交配就发生在近海岸处。然而据观察，小露脊鲸一年中的大部分时间都会待在它们被报道的各个区域之中，所以可能存在着地方化的种群与有

↗在阿根廷海岸附近，一个潜水者正与一头露脊鲸相傍而游。尽管露脊鲸的体型巨大（它们的平均体长为14米，平均体重大约为22000千克），但它们却仅仅以直径仅有几毫米的小型甲壳类动物为食。它们在靠近水面的地方游动，张着大嘴进行捕食。

限的迁移。但在那里，它们与其较大的相距很远的"亲戚"的相似之处则消失殆尽了。尽管根据早期的观点，小露脊鲸尤为扁平的胸腔下侧也许意味着它们会长时间待在水底，但是却没有观察到它们有长时间的深潜行为。而且，它们也没有露脊鲸非凡的"拍尾"以及"突跃"技能。

小露脊鲸的游动速度相对较慢，它们经常在不把背鳍露出水面的情况下，把整个吻部戳出水面，这一行为类似于小须鲸，因而很容易被混淆。不受干扰的小露脊鲸的呼吸节奏很有规律，每分钟不到一次，连续潜水3～4分钟时，大约会换气5次。小露脊鲸通常的行为特点是"低调"，这是它们的另一个特点，与其较小的体型有关，这也造成了对其观察记录的短缺。它们出现于亚南极以及正好环球一周的南方温带水域，在那里基本不会有研究员在它们附近观察其行为或特点。

儒艮和海牛

尽管海牛目与其他从未离开过水的海洋哺乳动物一样，仍有流线型身体，但它们是唯一一种主要以植物为食的种群。这种独特的食性是理解其外形进化顺序及其生命历史的关键所在，也可能是其种类稀少的原因所在。

海牛类由陆生哺乳动物进化而来，大约在6000万年以前，它们曾经在较浅的绿色古新世沼泽湿地食草。后来，这些食草动物变得越来越倾向于水栖，但它们的现代近亲大象仍然还是陆地哺乳动物。

目前的理论表明，在相对较为温暖的始新世时期（5500万～3400万年以前），现代儒艮和海牛的祖先——原海牛，曾在西大西洋与加勒比海较浅的热带水域，以广袤的海草牧场为摄食地。在全球气候变冷之后的渐新世时期（3400万～2400万年以前），海草床消失了。出现于中新世时期（2400万～500万年以前）的海牛（海牛科），喜欢吃生长在营养丰富的河流之中的淡水植物。与海草不同，这些漂浮的水草中含有无水硅酸，这是一种防御食草动物的研磨剂，会造成牙齿快速磨损。为了应付这一威慑，海牛拥有了一种不寻常的适应方法，可以使牙齿磨损的影响最小化，即在它们的一生之中，前边磨损的牙齿脱落，后边的牙齿就会取而代之（见右边的图框）。

今天，海牛目仅存有4个种类：1种儒艮和3种海牛。第5种，即斯特拉海牛（就是大海牛，也叫巨海牛）已于18世纪中期时被人类灭绝了。斯特拉海牛适应了北太平洋寒冷的海水，它们非常独特，以海藻为食。这种海藻是在海草床消失之后才变得茂盛起来的。

硕大、缓慢而温顺
体型与官能

海牛目是非反刍类食草动物，像马和象一样，而非像羊和牛那样，没有分隔为多室的胃。它们的肠道极其长（海牛的肠道超过45米），在大肠与小肠之间还有巨大的盲肠，末端闭合且分支成对。能消化纤维素的细菌生活在消化道后部，使得这4个种类都能够消化大量的质量相对较差的草料，以便能够得到所需的足够的能量与营养。它们每天食入的草料占其体重的8%～15%。

海牛消耗的能量很少，仅会消耗同等重量哺乳动物的1/3左右。据说海牛缓慢无力的动作会使早期的水手联想到大海中的海妖塞壬。尽管被追击时，它们能够快速移动，但是在没有人类的环境下，它们几乎没有其他的掠食者，所以速度对其无关紧要。生活在热带水域的海牛，其新陈代谢速率很慢，因为它们只会花费很少的能量来调节体温。当然，海牛相对硕大

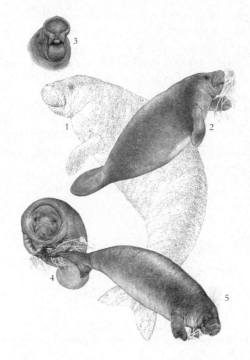

↗海牛目动物只有前肢，后肢已经消失，留下了退化的骨盆带。其头部硕大，长着小眼睛以及微小的耳穴。1.斯特拉海牛长着粗糙的树皮状皮肤，已于1768年灭绝。2.亚马孙海牛正在食用漂浮植物，其圆形的尾巴在所有海牛中最为典型。3.西非海牛正在展示其唇部的坚硬刚毛，其灵活移动的唇部在所有海牛中最为典型。4.西印度海牛正在用前肢运送植物，这种海牛长有退化的指甲。5.儒艮正在展示其尾部凹陷的尾翼后缘。儒艮没有指甲，比起其他海牛，它的鼻孔位置更靠后。

其唇部被僵硬的鬃毛所覆盖，而且有两个强健的突起部分，用于取食时把草类和水生植物送入口中。

海牛的眼睛并不能很好地适应海洋环境，所以视力不佳。尽管海牛只长有微小的外耳开口，但它们的听觉却非常敏锐。它们对高频噪音尤为敏感，可能是为了适应浅水生活，因为在这里，低频声音的传播会受到限制。海牛以及其他海洋哺乳动物的听力也许还受到了大海的周围环境以及噪音的影响。

无法听到低频噪音，这可能是海牛无法有效探测船只并避免与之碰撞的原因。它们不用回声定位或声呐，也许在幽暗的水中会碰到障碍物；它们也没有声带。即使如此，它们确实是通过发声法在进行交流，也许是通过高音的唧唧声或吱吱声；至于它们是如何发出这些声音的，目前仍然是一个谜。

海牛舌头上长有味蕾，用于挑选食用植物；它们也能够通过辨别目标物的独特气味特征，识别出其他的个体成员。海牛与齿鲸不同，它们仍然长有嗅觉脑器官，但是因为它们大部分时间都闭合鼻管待在水下，所以这种感官可能还没有被使用过。

海牛利用它们高度发达的鼻口与嘴唇，通过触觉开拓环境。它们鬃毛状毛发的触觉分辨能力不如鳍足类动物，但是却比亚洲象的象鼻敏感得多。这提高了它们的食草效率，而且发挥了海牛作为全能掠食者的最大潜力。

海牛可以把大量脂肪以类似鲸脂的形式储存于皮下和肠道周围，能够在其生活环境中起

的身体也适宜保存能量。

海牛长着典型的海牛目动物体型，它们与儒艮的主要区别在于其硕大的、水平的、船桨形的尾巴，尾巴在其游动时上下摆动。它们只有6节颈椎，而其他所有的哺乳动物都有7节。

海牛类的头骨与齿系

不论雄性还是雌性成年儒艮，都只长有几颗钉状的白齿，长在下颚后部。幼年儒艮还长有前白齿，但会在出生后的头几年脱落。成年雄性还长有一对"獠牙"，在嘴巴前边，圆盘后边，稍微凸出于上唇一点。这对短粗长牙的用途还不明确，但据猜测，雄性在求爱时，会用这对长牙来稳住身体光滑的配偶。

海牛独有的特征是其白齿持续不断地水平替换。海牛出生时，既有前白齿，也有白齿。当幼崽断奶，开始食用植物时，机械式的咀嚼刺激使整排牙齿向前移动。当根部被磨掉，牙齿脱落后，长在下颚后面的新牙，会沿着下颚骨向前推动整排牙齿。海牛的这种换牙方式是独一无二的。

儒艮的头骨(62厘米)

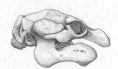

西印度海牛的头骨(67厘米)

海牛目

2个科共2属4种。

分布 东非、亚洲、澳大利亚、新几内亚的热带沿海水域，北美东南部沿海、加勒比海、南美北部沿海、亚马孙河、西非沿海水域（塞内加尔至安哥拉）。

栖息地 较浅的沿海水域以及河口处。

体型 儒艮的体长为1~4米，海牛为2.5~4.6米；儒艮的体重为230~900千克，海牛为350~1600千克。

食性 海牛目是唯一一种在沿海水域以食用植物为生的哺乳动物。儒艮是海床食草动物，主要以海草和一些藻类为食。海牛以各种水中的漂浮植物为食，包括佛罗里达大量的水葫芦以及西非的红树林，据说西非的海牛也非常依赖河岸边生长的植物。它们还会连同植物一起咽下一些甲壳类动物，据报道它们还曾食用被鱼网困住的鱼类。

西印度海牛（或称加勒比海牛）

分布于北美东南部（佛罗里达）、加勒比海、大西洋海岸南美洲北部至巴西中部较浅的近海岸水域、河口，以及江河之中。体长3.7~4.6米，体重1600千克。**皮肤**：深棕色，无毛发；前肢长有退化的指甲。**繁殖**：妊娠期大概为12个月。**寿命**：人工饲养的海牛为28岁，野生的可能会更久一些。

西非海牛（或称塞内加尔海牛）

分布于西非（塞内加尔至安哥拉）。目前所知的其他细节都与西印度海牛相似。

亚马孙海牛（或称南美海牛）

分布于亚马孙河流域的漫滩湖、河道之中。体长2.5~3米，体重350~500千克。**皮肤**：主色调为灰色，腹部有多种粉色斑点（死后则呈白色）；前肢没有指甲。**繁殖**：妊娠期未知，但应该与西印度海牛相似。**寿命**：多于30岁。

儒艮（或称海猪）

分布于太平洋西南部，从新喀里多尼亚至越南、印度尼西亚、新几内亚、澳大利亚北海岸；印度洋从澳大利亚至红海。还栖息于沿非洲东海岸至莫桑比克沿海较浅的水域。体长1~4米，体重230~900千克。**皮肤**：平滑，由棕色过渡为灰色，长有间隔为2~3厘米的感觉刚毛。**繁殖**：妊娠期13个月（估计）。**寿命**：60岁左右。

到一定的保温效果。尽管如此，大西洋海牛一般会避免待在温度低于20℃的环境中。脂肪也会帮助它们度过很长的禁食期——在干旱的季节，没有水生植物可以食用时，亚马孙海牛的禁食期会长达6个月之久。

儒艮可长到3米长、400千克重。与或多或少都生活在淡水中的3种海牛相反，儒艮是一生

↘一只西印度海牛勇敢无畏地靠近摄影师，表现出所有海牛都共有的好奇的特质。它们愿意近距离观察不熟悉的外来者，其原因之一是它们的视力很差。在它们的感官"兵工厂"之中，触觉与听觉是更为重要的"武器"。

都会在大海中度过的仅存的以植物为食的哺乳动物。与海牛不同，儒艮尾部的尾翼后缘很直或略微凹陷。短短宽宽的象鼻形吻部终止于朝下的灵活的圆盘部位以及裂口形的嘴部。

儒艮"咀嚼"植物时，似乎主要用其嘴部上边和下边粗糙的角状垫。由于它们所偏爱的进食方式很像猪——用鼻子从海底拱出富含碳水化合物的植物根茎，因此它们又被称为"海猪"。在澳大利亚西部的鲨鱼海湾，冬季的低温使儒艮群离开了它们的夏季进食区以及它们最喜欢的食物。它们在迁移超过160千米之后，来到了西部海湾较为温暖的水域，在冬季则用一种像灌木的硬梗海草末端的叶子。

不论以哪种方式进食，儒艮都是用其吻部末端高度灵活的马蹄铁形圆盘部充当食草器的。在圆盘中，收缩肌横向波动会横扫上面的沉积物，而较为坚硬的鬃毛则铲起露在外面的根茎，以及所有附着在上面的叶子。一条蜿蜒曲折的平底犁沟作为儒艮路过的证据会被留在海床之上。食草的儒艮每隔40~400秒就会浮到

一只亚马孙海牛正在展示其极为类似海豹的弹力皮肤。亚马孙海牛是3种海牛中最小的，也是唯一只会出现在淡水环境中的一种。其他明显的特征还包括它们的前肢通常没有指甲，还有伸长的嘴。

水面进行呼吸，水越深，呼吸间隔越长。

孤独的幸存者
分布模式

在地理分布上，4种海牛目动物极为孤立分散。儒艮的分布范围横跨40个国家，从非洲东部至瓦努阿图，包括热带与亚热带的沿海水域，以及赤道以北26°到赤道以南27°之间的

岛屿周围的水域。它们的历史分布广泛，正巧和热带印度洋–太平洋海草的分布状况相一致。除澳大利亚之外，可能只有极少的儒艮幸存者分散在极大的海域之中，它们濒临灭绝甚至已经灭绝。儒艮的数量缩减及其分散程度目前还不得而知。

自从西非海牛和西印度海牛共同的祖先横越大西洋向非洲迁移以来，它们隔离了太久，因而产生出明显的区别，但它们都能够在海水和淡水中生活。在500万～180万年之前的上新世时期，安第斯山脉的上升改变了从太平洋至大西洋的水道，隔离出了亚马孙盆地，因此亚马孙海牛变得孤立了。之后，亚马孙海牛无法再适应海水，因此只占据了亚马孙河及其支流。

尽管海牛有沿着大陆边缘迁移数千千米的能力，但基因研究表明，多数水域都存在严重的族群分隔现象。这个发现与标签追踪研究结果相一致，揭示出远海岸水域的延伸以及不适宜栖息的近海岸环境构成了基因流动与拓展的坚实壁垒。但是，在佛罗里达与巴西附近，海牛的基因相似度则大大超乎预期，这也许能够解释为其近期向高纬度区域的拓展。这片水域成年海牛的存活率较高，如果其他因素，诸如

一只儒艮为了寻找食用海草，正在巡游太平洋的浅水区。儒艮比海牛灵巧，通过尾巴的形状，可以很容易地将其同海牛区分开来：海牛的尾部呈圆形或扇形，而儒艮的尾部形状则呈V形。

图为西印度海牛及其幼崽组成的母亲-幼崽组合，是海牛世界中最为强韧的社交纽带。海牛每隔1年会产出1只幼崽，幼崽会与母亲一起待12～18个月，用来学习选择进食区，并记住迁移线路。

出生率和幼崽存活率也够高的话，就足以维持其种群数量的增长。但大西洋海岸不稳定的、较低的存活率应该引起重视。

在浅水区食草
食性

在觅食方面，海牛目动物几乎没有竞争对手。在陆地草场上，有很多食草动物，需要对资源进行复杂的划分，但在海草牧场上，大型食草动物只有海牛和海龟。海洋植物群落的多样性少于陆地植物群落，当儒艮和海牛食用根深蒂固的水生植物时，会挖掘很深，这点毫不稀奇，因为一半以上的海草养分都在根茎处，这里集结了大量的碳水化合物。而冷血的海龟则恰恰相反，它们依靠食用海草的叶片生存，而非根茎，而且会在更深的水域进食。因此，在觅食方面，即使是食草的海龟也不太可能与海牛发生激烈的竞争。

海牛类作为水生食草动物，仅吃水中或近水处的食物。它们进食时，偶尔会把头部和肩部露出水面，但它们通常只食用漂浮或淹没于水中的植物以及其他维管植物。它们也会食用海藻，但海藻并不是其食物的主要组成部分。沿海的西印度海牛和西非海牛食用的海草生长于相对较浅、较清澈的海域，它们也会进入内陆水域食用淡水植物。亚马孙海牛是水面掠食者，以漂浮的水草为食（幽暗的亚马孙河水抑制了淹没于水中的水生植物的生长）。食用水面植物的习惯也许能够解释为什么亚马孙海牛朝下的吻部短于西印度海牛和西非海牛这些水底掠食者。据观测统计，西印度海牛的食物包括44种植物以及10种海藻，但亚马孙海牛只有24种食物。

海牛所食用的多数植物都带有反食草动物的保护机制——水草长着无水硅酸骨针，而其他植物则带有丹宁酸、硝酸盐以及草酸盐，这让这些植物变得难以消化，并降低了其食用价值。不过海牛类消化道内的细菌能够化解部分化学防御。

儒艮以海草为食。海草与海藻不同，而与陆地草相似。海草生长于近海岸浅水区的底部，因此儒艮通常在水深2～6米处进食，但人们也曾观察到深23米的海草床上儒艮留下的独特根部划痕。它们最喜爱的食物是少数海草那碳水化合物丰富的根茎。

母子的联结
社会行为

与其他大型食草哺乳动物以及大型海洋哺乳动物一样，海牛目动物庞大的躯体需要营养与温度调节。海牛类的寿命很长（据记载，人工饲养的海牛寿命为30岁或以上）但繁殖率很低。雌性在历经大约1年的妊娠期后生出1只幼崽，幼崽会与母亲待在一起1～2年时间，性成熟则要在4～8年之后。因此，潜在的种群增长率很低。不过，在食物源再生能力差，几乎没有任何天敌的情况下，高速繁殖也许并没有什么益处。

海牛的繁殖速度极其缓慢，通常它们每2年

↗ 一只西印度海牛正在佛罗里达附近的水域食用水生植物。如同朝下的吻部所显示的那样，这动物会花费很多时间在海床上食草，而亚马孙海牛则截然不同，它们几乎完全是个水面掠食者。

才会生出1只幼崽，幼崽在12～18个月时断奶。其实幼崽在出生后的数周之内就可以食用植物了，长时间的哺育期可能是为了使它们从母亲那里学习必要的迁移路线、识别食物以及更好的进食区。

在诸如亚马孙这种高度季节性的环境中，也可能在其北部和南部的分布范围之内，食物充沛就意味着该是多数雌性海牛进行交配的时候了，而这又导致了繁殖的季节性高峰期。我们对雄性海牛的繁殖生理知之甚少，但一只发情的雌性由6～8只雄性陪伴的现象并不罕见，而且其会在短时间内与其中几只雄性进行交配。通过直接观察以及无线电跟踪研究得知，海牛一般是独立行动的，但偶尔也会有12只或更多的海牛聚集成群。

我们对儒艮的行为及其生态学特征了解很少，因为对它们很难进行研究。它们所生活的水域浑浊不清，其害羞的天性也妨碍了对它们的近距离观察。当被惊扰时，它们会迅速且隐秘地逃掉；当它们浮起呼吸时，只会露出头部顶端及其鼻孔。当使用水下可视装置时，它们会谨慎地靠近，在100米或更远处探查潜水员或小船，以其极为敏锐的水下听力保持警惕。当好奇心得到满足后，便会停止常规行为，然后以令来访者眼花缭乱的Z字型线路游走。

儒艮的好奇心表明，至少对于成年儒艮而言，它们几乎没有天敌，尽管曾经有被虎鲸和鲨鱼袭击的记录。与鲸类和海豚相比，儒艮的脑部较小，结构较简单，它们拥有较强的接近欲望以及用眼睛观察目标物的行为，是由于其缺乏回声定位装置。已知的儒艮呼叫包括吱喳声、抖颤声以及哨声，用来警示危险并维持母–幼联系。硕大的体型、坚韧的皮肤、密集的骨质机构、为愈合伤口而能快速凝结的血液，这些都是成年儒艮主要的防御手段。

儒艮有时会集结成大型群落，但通常都是少于12只的组群，还有很多个体成员是独立行动的。在野外，儒艮的性别是很难辨别的，但群落之中通常都会包含1对或更多的母–幼组合。在某些栖息地，60～100只强壮的儒艮会聚集成群，开拓繁茂的海草资源，通过协作吃草"犁耕"海床。

无线电标签的跟踪研究表明，儒艮习惯于定居，并把其家居范围限定在数十平方千米左右。但有时，不知为何原因，它们会做数百千米的远行。

热带环境有可能使交配期延长，可能会达4～5个月。至少在一个区域之中，雄性会集结起来一起巡逻并发出叫声。而地盘防卫性的雄性则会表演"仰卧起坐"，似乎具有展示功能。雌性在10～17岁时性成熟，并在怀孕大约13个月之后生出1只幼崽。很少能够观察到儒艮产子，但雌性可能会选择在浅水区的边缘处生产。幼崽在出生后的2年时间内，都会紧随其母亲，雌性2个前肢的腋窝处各长有一个奶头，幼崽会躺在母亲侧面吃奶；当遇到危险时，幼崽会躲在母亲背后寻求庇护。尽管雌性可以在哺乳期内再次怀孕，但出生间隔通常是3～7年。雌性儒艮可能会活到60多岁。

长臂猿

与流行的看法相反，猿类和人类并没有一位习惯性地依靠手臂在树枝之间摆荡的共同祖先。虽然所有的猿类都有长长的手臂和灵活的肩膀，并且能够直立，但是只有长臂猿的上肢才具有强有力的推进能力。它们依靠强壮的手臂以直立的姿势（坐着或悬挂着）攀援和进食，这种来自祖先的行为姿势可能是所有猿类共有的。

长臂猿最明显的特征就是它们摆荡手臂的运动方式（悬挂攀援）和惯常的直立姿势，这些特征都是为了适应它们独特的悬挂式行

↗一只正在吼叫的大长臂猿。它们的叫声或"歌声"在通过喉部一块膨胀的囊时会产生共振，并变得更加响亮，这在原理上很像吉他的弦发出的声音通过吉他上的一个声洞而增强。

为。它们以一种固定的方式发出响亮而复杂的相当纯净的叫声，向人们展示了这些远东丛林动物充满活力而又不乏忧郁的特质。这些动听的叫声主要是"二重奏"，可以用来促进和维持"夫妻间"的联系，也可以将邻近的群体从"一雄一雌"的家庭领地内驱逐出去。总而言之，长臂猿的关键特征形成了一种在灵长类动物中很独特的个性。

成功的猿类
体型和官能

虽然大猿在体型上具有性别二态性，但是长臂猿的成年雄性和雌性体型却差不多。长臂猿是一种体态优美的猿类，它们的体型相对较小，身体较苗条，手臂非常长，腿也比想象中的长一些，还有浓密的毛发。与大猿相比，只要有足够的支撑，它们更擅长双足行走。例如它们会在那些太大而不能用来摆荡的树枝上行走，而不仅仅是人们假想的那样只在地面行走。根据它们的毛色和斑纹能够清楚地区分它们的种类，而且在某些情况下，根据这些特征还能辨别它们的年龄和性别。某些种类的长臂

一只白掌长臂猿和它的幼崽。这种长臂猿的哺乳期十分长，幼崽18个月大的时候才完全断奶。由于对森林的砍伐，白掌长臂猿正在减少。比如在马来西亚的大陆上，人们就烧毁了大片的森林以作为农田。

猿还有喉囊，这可以增强声音的传播能力。这些叫声，特别是成年雌性的叫声，为我们提供了一种识别种类的最简单的方法。

从多样性和数量上来讲，长臂猿是猿类当中最成功的。从能够熟练地攀爬和食果的祖先开始，长臂猿在最近的100万年内种类变得越来越多，现在已经遍布了东南亚的森林。它们保持了与祖先相同的体型（一个主要的例外是大长臂猿），能够挂在树枝的末端进食，以及在森林的顶篷悬挂攀援。在上新世的海平面变化时期（500万～180万年前），由于频繁的巽他陆棚的隔离导致了长臂猿分化为了现在的种类。

树上的生活
分布模式

长臂猿的分布贯穿了东南亚组成巽他陆棚的大陆和岛屿，它们几乎完全树栖，依赖于热带的常绿雨林。大约在100万年前，长臂猿的祖先似乎就来到了东南亚，由此它们被分割在了西南、东北和东部（亚洲大陆在冰河时期的早期并不适合栖息）。这3个族系分别形成了大长臂猿、冠长臂猿和其他长臂猿。最大的变化随后发生在东部的群体，它们在间冰期时又回到了亚洲大陆，首先留下了白眉长臂猿和西部的克氏长臂猿，然后又留下了黑冠长臂猿，在经历了最后一次冰河期以后，留下了黑手长臂猿和白掌长臂猿的后代；而灰长臂猿和银长臂猿分别在婆罗洲和爪哇进化出来。某些权威人士现在将白眉长臂猿置于独自的一个亚属，因为它的体型很大，染色体比较少。长臂猿的分布范围随着时间的推移被挤到了很靠南的地方——根据中国的文献记载，在1000年前时，长臂猿的分布向北曾一直延伸到了黄河。奇怪的是，在长臂猿活动范围内靠北的种类，雌性和雄性具有不同的颜色（雄性主要是黑色，而雌性为浅黄色或灰色）；黑色的长臂猿生活在

知识档案

长臂猿
目 灵长目
科 长臂猿科
长臂猿属，共11种。

分布 印度的最东部到中国的南部远端，向南穿过孟加拉国、缅甸和中南半岛一直到马来半岛、苏门答腊岛、爪哇西部和婆罗洲。

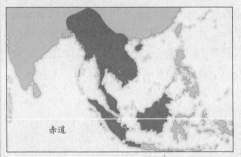

赤道

栖息地 常绿雨林和半落叶季雨林。
体型 部分种类的体长为45~65厘米；体重5.5~6.7千克。大长臂猿的体长为75~90厘米；体重10.5千克。雌雄的体型相似。
皮毛 可以通过颜色区分不同种类（有时还能区分性别和年龄），声音也一样。
食性 吃具有果肉的成熟水果、树叶、某些无脊椎动物。
繁殖 怀孕期7~8个月。
寿命 在野外，大长臂猿为25~30岁，白掌长臂猿为25岁或更久。在人工圈养环境中，最多可活40岁。

西南部，中部的长臂猿颜色多种多样，而东部的长臂猿是灰色的。雌雄异色的种类生活在季节性的森林当中，这种森林当中的视觉信号能见度比较高。

　　不同种类的长臂猿通常被海洋与河流分隔，但大长臂猿除外，它们在马来半岛与白掌长臂猿的栖息地重叠，在苏门答腊岛与黑手长臂猿的栖息地重叠。虽然长臂猿在体型上很相似，但由于分别适应了特定的森林环境，人们很容易通过它们的毛色、斑纹、"歌曲的结构和歌唱行为"对不同种类进行识别。长臂猿被认为是种类最单一的，大长臂猿是其中一个亚属，有50条染色体，为二倍体；东北部的黑长臂猿是第2个亚属，有3~4个亚种，有52条染色体，从北部一直散布到南部，穿过了中南半岛的海洋与河流；西北部的白眉长臂猿（有38条染色体）是第3个亚属；白掌长臂猿是第4个亚属，分布在中部和东部（有44条染色体）。黑长臂猿与白掌长臂猿的差别就像大长臂猿和白眉长臂猿之间的差别一样大。白眉长臂猿的雌雄不同色，与黑长臂猿和黑冠长臂猿相似。克氏长臂猿曾经被叫作倭大长臂猿，因为它也是

↘一只雌性克氏长臂猿跳到半空中，用它那具有震撼力的高鸣声警告"别人"远离它的领地。它也会沿着树枝直立地奔跑，并和其他家庭成员一起撕扯树叶并摇晃树枝，以增强警告的效果。

↗一对银长臂猿在一起领地争端中正冲着它们的邻居吼叫。爪哇的种类不会进行"二重唱"，实际上，那里的雄性银长臂猿根本不"唱歌"。

全身黑色。灰长臂猿和银长臂猿都是灰色的。婆罗洲中部的一片古代大型混居区内的发现意味着灰长臂猿可能应该作为黑手长臂猿的一个亚种。黑手长臂猿与白掌长臂猿的分布最广，颜色种类也最多，它们都可以作为多色的种类，不过泰国的白掌长臂猿显示出了极度的二色性，这种二色性明显与性别无关，但可能与季节性的半落叶森林环境有关。

终年不断的果实
食性

　　长臂猿一般喜欢吃小而分散的多汁水果，这就使得它们会更多地与鸟类和松鼠竞争，而不是与其他灵长类动物。与大群觅食并更容易消化未成熟果实的猴类不同，长臂猿主要吃成熟果实。它们也吃相当数量的嫩叶和少量的无脊椎动物，而无脊椎动物是动物蛋白质的基本来源。

　　长臂猿栖息地的结构复杂性缓解了由食物出现的季节性带来的影响。在同种植物内或几

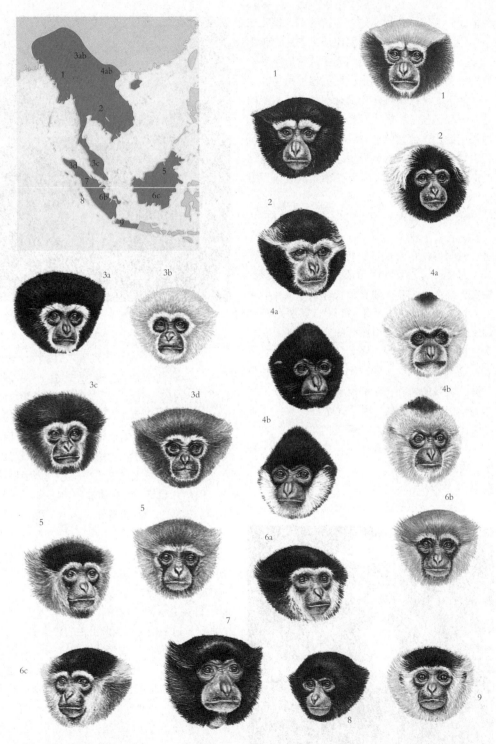

对于大部分长臂猿来说（不包括大长臂猿、克氏长臂猿和银长臂猿），它们皮毛的颜色会根据性别和种群所在地区的不同而变化。1.白眉长臂猿（左为雄性，右为雌性）；2.黑冠长臂猿；3.白掌长臂猿（某些种群中雌雄很相似）：3a为泰国暗色种类，3b为泰国浅色种类，3c为马来半岛南部种类，3d为苏门答腊岛北部种类；4.黑长臂猿：4a为脸颊为黑色的种类，4b为脸颊为白色的种类；5.灰长臂猿；6.黑手长臂猿：6a为马来半岛物种，6b为苏门答腊岛南部物种，6c为婆罗洲西南部物种；7.大长臂猿；8.克氏长臂猿；9.银长臂猿。

种植物间（攀缘植物或独立的植物），果实在一年的不同时间生长，这就保证了它们常年都可以获得果实。既然这些种类的植物依靠动物散播种子，那么这个例子正好展现了植物和动物之间重要的共同进化。最近在印度尼西亚的婆罗洲和孟加拉国做的研究为长臂猿散播种子的作用提供了清楚的证据，证明它们的这种行为能够促进森林的自然再生。那些经过了它们肠道的种子似乎更容易发芽，因为消化作用可能削弱了种子表皮的保护作用。

　　长臂猿在白天9～10个小时的活动时间内，约35%花在了进食上面（24%用于行走）。在进食时间内，它们有65%的时间是在吃果实，30%的时间在吃嫩树叶，但是大长臂猿（44%的果实，45%的树叶）和克氏长臂猿（72%的果实，25%的动物，几乎不吃树叶）除外。一个种类的长臂猿其食物中树叶的比例越大，它们的臼齿就越大越锋利；庞大的盲肠和结肠意味着这些有简单胃结构的动物有能力对付（甚至发酵）大量的树叶。它们能够用拇指和食指夹紧去精确地摘下果实，甚至是那些小果实，并把未成熟的果实弄得"成熟"起来。

娴熟的"歌手"
社会行为
　　长臂猿的家庭群体中一对配偶一般每2～3

白掌长臂猿的名字来源于它们白色的手掌，图中这只吃果子的个体就为我们清楚地展示了出来。这种长臂猿的毛发颜色在种内并不是统一的，但是同一个种群内的雌性和雄性毛发颜色却是相似的。

图中为雨过之后的灰长臂猿。和其他所有的长臂猿一样，灰长臂猿面临着不确定的未来，随着城市的扩张和农业用地需求的增加，它们传统的栖息地遭到了进一步的破坏。

年产一崽，所以群体当中通常有2个未成年后代，有的时候多达4个。它们并不经常交配；交配时雌性通常蹲伏在树枝上，而雄性悬挂在后面，它们很少面对面地交配。其怀孕期持续7～8个月，幼崽在出生第二年的早期断奶。对于大长臂猿幼崽来说，来自父亲的高级照料是不一般的：成年雄性在幼崽1岁时就接下了日常照顾的任务。幼年长臂猿无论雌雄都很少加入到群体的社会互动当中。到了6岁左右，作为一个接近成年的长臂猿，它们开始与同胞进行友好的交流，与成年雄性的互动既有友好的，也有攻击性的，但是避免与成年雌性来往。到8岁时，具备成熟社会性的长臂猿会与成年雄性发生冲突，这促使它们离开出生的群体。

　　接近成年的雄性经常单独"唱歌"，这明显是为了吸引一只雌性前来，但它们也可能出去寻找一只。因此，后代会结束在亲代身边的历程而出去，不过雄性后代离去的可能性更大。它们的第一个伴侣并不一定适合相守终生，它们通常要尝试多次才能找到合适的伙伴。

　　大长臂猿在长臂猿中是与众不同的，它们的家庭群体在白天的活动中具有高度的凝聚力——群体成员的平均距离约10米，很少有成员跑到30米开外的地方去。其他长臂猿的群体只有在大型食物源里才会一起进食，在其余的时间它们都是单独觅食，互相之间的距离能够拉大到50米；它们偶尔会聚到一起休息和梳毛，在某些情况下晚上会一起睡觉。

它们的社会互动不怎么频繁，很少发出视觉的或听觉的信号，即便像大长臂猿拥有较丰富的面部"表情"和复杂的声音系统。梳毛是最重要的社会活动，它既发生在成年长臂猿和接近成年的长臂猿之间，也发生在成年长臂猿与幼长臂猿之间；主要发生于幼崽之间的玩耍行为是次重要的社会活动。

最生动、最耗费能量的社会活动是"唱歌"，这个时候大多涉及到成年"夫妻"，但是幼年长臂猿在学习时整个群体也会发出"合唱"。"歌唱"行为通常被解释为家庭群体之间交流的方式，可以用来标示领地和进行防卫。这种大部分长臂猿都具有的"二重奏"平均一天持续15分钟，频率为一天两次到五天一

↗图中的灰长臂猿正在婆罗洲的森林中摆荡。

次，这取决于长臂猿的种类以及果实产出、繁殖和社会变化等方面的因素。克氏长臂猿，或许再加上银长臂猿，它们没有"二重奏"，不过雌性克氏长臂猿具有惊人的"大叫声"，而雄性的银长臂猿、白掌长臂猿、黑手长臂猿、灰长臂猿或许还有银长臂猿，会在黎明或之前发出"独唱"。

这种在群体内存在的日常标示作用，以及对自己所栖居领地的防卫作用会因为领地边界的对抗而增强，这些对抗每5天就发生一次，平均一次持续35分钟左右。总的来说一共有5个领地防卫等级：来自中心的叫声，来自边界的叫声，边界上的对峙，边界上雄性之间的追逐，以及非常少见的雄性之间的身体接触。

大部分长臂猿的"二重奏"较量都遵循同样的基本模式：首先，雄性和雌性（以及幼崽）来一段引导性的叫声进行"预热"，然后雄性和雌性之间会交换次序（行为上和声音上），之后是雌性的"高鸣"。只有克氏长臂猿的雄性和雌性会分别进行"独唱"。对于白掌长臂猿、黑手长臂猿、灰长臂猿和黑长臂猿来说，它们的雌性和雄性会轮流"歌唱"，从而组成完整的"二重奏"；而对于白眉长臂猿、黑冠长臂猿和大长臂猿来说，雌性和雄性会同时"歌唱"，即使是在雌性高鸣的时候。

在森林范围内，每平方千米通常有2~4个长臂猿的家庭，它们的总体重为45~100千克，一个家庭有4个成员；然而在该区域的群体数量也可以是1~6个。这些群体一天行走约1.5千米（大长臂猿、黑冠长臂猿和灰长臂猿平均一天行走0.8千米），一般的活动范围在0.3~0.4平方千米之间。大部分长臂猿类会将3/4的活动范围（0.25平方千米）划为群体的领地进行防卫（银长臂猿和灰长臂猿会防卫90%的活动范围，而大长臂猿和克氏长臂猿只防卫60%左右）。然而，人们很难界定大长臂猿的领地边界，因为它们很少就此发生争端，似乎它们会用更响亮的叫声在领地之间创造一个"缓冲区"。虽然大长臂猿的体型是其他长臂猿的两倍，但是它们生活在比较小的活动范围内，移动比较少，而且吃大量的比较常见的食物，如树叶。

黑猩猩

大部分的科学团体现在都认为黑猩猩和倭黑猩猩是我们人类现存最近的"亲戚"。遗传学证据显示，我们和它们最近的一个共同祖先出现在大约600万年前，比现代大猩猩的分化时间要稍晚一些。

倭黑猩猩是在大约150万年前脱离黑猩猩的，当时可能有一些黑猩猩的祖先穿过了刚果河，来到了河的南岸并被隔离在此。倭黑猩猩仅仅生活在低地的热带雨林，包括那些位于非洲西南部大草原边缘的森林，在现今的刚果（金）境内。黑猩猩也是雨林栖居者，但是它们的分布则更广，其中还包括山地森林、季节性干燥森林和热带大草原的一些林地，在这些地区，它们的种群密度非常低。

人类最近的"亲戚"
体型和官能

随着时间的推移，已识别的黑猩猩的种类和亚种数量有了很大的变化。人们以前一致认为黑猩猩只有1个单独的种，包括3个亚种，但现在黑猩猩的分类法又有了新的变化。由于黑猩猩在进化上和我们很接近，而且它们的行为与我们的行为有着惊人的相似，因此它们被当作最好的例子来与早期人的进化对比，并用来解释我们行为的生物学根源。然而，最近对倭黑猩猩的研究表明，黑猩猩和倭黑猩猩两者也存在着重要的差别，因此它们之间的互相比较也是需要重视的。

两个种类的黑猩猩都具有很好地适应树栖生活的身体。它们的手臂要比腿长得多，手指也比人类的长，而且肩关节高度灵活。再加上骨骼和肌肉组织等其他方面的特征，黑猩猩能够依靠手臂挂在树枝上面，而且也很擅长攀爬树干和藤蔓植物。当然，两种黑猩猩差不多都在树上进食，而且晚上都是在树上的巢中睡觉——这些巢是通过折断和折叠树枝建造而成的。它们都能在地面行走，行走的方式和大猩

↗中非的倭黑猩猩正在吃瓜。倭黑猩猩的食物与黑猩猩的十分相似，不过它们更少吃脊椎动物，最常见的猎物是它们偶然捕获的小型羚羊。

↗一群幼年黑猩猩在精力充沛的玩耍之后休息。黑猩猩的婴儿期和青春期很长，它们在4岁左右才断奶，这可能是造成雌性怀孕间隔很长的原因。

猩一样，都是四足并用并以"指关节着地"的方式走路。它们的身体有很多适应这种行动方式的特征，比如在前臂的桡骨和腕骨的结合处有一块脊，在指关节承受身体重量的时候能够防止手腕弯曲。

倭黑猩猩也被称为"小黑猩猩"，但这属于用词不当。它们的身体比黑猩猩瘦长，头骨

也有些不同，体重在两种黑猩猩的所有亚种中是最小的。黑猩猩和倭黑猩猩都能够直立，它们经常以这种姿势攀爬或摘取食物，但与我们的双足行走相比，还是很笨拙的。

黑猩猩和倭黑猩猩的大脑容量约有300~400毫升，其绝对大小和与体重相比的相对大小都是很大的。它们在实验室背景下解决问题的能力十分出色，而且在经过强化训练或给予大量学习机会的情况下，它们能够进行一定的符号交流。在野外，它们会使用各种各样的声音和视觉信号进行交流。两种黑猩猩都十分擅长预测和操纵"他人"的行为，无论是同类还是人类研究者。

雄性的黑猩猩和倭黑猩猩要比雌性大10%~20%左右，而且也要强壮许多；它们作为武器的犬齿也更大。除此之外，雄性和雌性在身体比例方面都比较相似。

从青春期开始，雌性生殖器附近的皮肤就开始周期性地发胀。刚开始时间隔很不规律，一次会持续许多周，但是成年以后，雌性的

知识档案

黑猩猩
目 灵长目
科 猩猩科
黑猩猩属，2种。

分布 非洲的西部和中部。

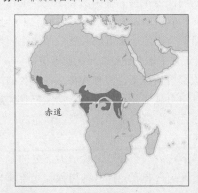

黑猩猩

有4个亚种：西非黑猩猩（或称白脸黑猩猩，某些学者认为是一个单独的种类）；黑脸黑猩猩；长毛黑猩猩；还有一个亚种没有常用的名字。分布于非洲

西部和中部，刚果河以北，从塞内加尔一直到坦桑尼亚。栖息在湿润森林、落叶林或者混合的热带大草原；出现在盛产果实的常绿林附近的开阔地区；从海拔0米到2000米都有分布。雄性体长77~92厘米，雌性70~85厘米；体重的数据在野外未知，但坦桑尼亚的雄性重40千克，雌性重30千克；在动物园中，雄性重达90千克，雌性80千克。**外形**：皮毛全部为黑色，20岁以后背部通常会变成灰色；雌雄都有白色的短胡须，幼崽有白色的"尾毛"，但在成年早期会消失；成年者通常会秃顶，对于雄性来说是前额的一块三角形区域，雌性的更广阔；手和脚的皮肤为黑色，脸的颜色多变，有粉红色、棕色、黑色等，随着年龄增长而变暗。**繁殖**：怀孕期230~240天。**寿命**：40~45岁。

倭黑猩猩

也称侏黑猩猩或小黑猩猩。
分布于非洲中部，仅限于刚果（金），在刚果河与卡塞河之间。仅栖息在湿润森林，在海拔1500米以下。雄性体长73~83厘米，雌性70~76厘米；雄性重39千克，雌性31千克；体型比黑猩猩稍微瘦小一些，包括稍窄的胸部、比较长的四肢和比较小的牙齿。**外形**：皮毛和黑猩猩一样，但是脸全部为黑色，头顶有向侧面延伸的毛发；成年者通常保留有白色的"尾毛"。
繁殖：怀孕期230~240天。**寿命**：未知。

赤道

月经周期开始变得规律。黑猩猩的月经周期大约是35天，倭黑猩猩40天左右，而肿胀发生在该周期的中间，一般持续12～20天。发胀的雌性处于发情期，它们不仅对雄性发起的行动感兴趣，还会主动靠近雄性并发起性活动。在野外，雌性在13岁左右生下第1个幼崽。幼崽发育很慢，一般到4岁时才断奶，如果幼崽存活，那么两胎之间的平均间隔为5～6年。与其他灵长类动物相比，雄性黑猩猩的睾丸相对于身体来说十分大，能够频繁地和雌性交配。雄性在16岁左右达到成年体型，不过在此之前它们就已具备了生殖力。

饮食差异
食性

黑猩猩和倭黑猩猩一般从黎明活动到黄昏，在它们的赤道栖息地则差不多有12～13个小时，而其中有一半的时间都在进食。两种黑猩猩都主要吃果实，辅以树叶、种子、花、木髓、树皮和植物其他部位。黑猩猩一天能吃20种植物，一年吃过的植物差不多有300种。它们栖息地的食物产出在一年中变化很大，在某些时期，它们几乎只吃一种数量丰富的果实。它们常年都能吃树叶，但只是在果实数量不多的

↗随着季节的变化，黑猩猩的食物种类也在变化。它们的食物一半以上是果实，剩下的大部分也是植物。图中一只黑猩猩正直接从树上摘果实吃。黑猩猩也吃肉，不过肉食只占到了其食物总量的不到5%。它们还吃多种昆虫，白蚁是其最重要的昆虫类食物。

时候才更多地吃树叶和其他非果实的食物。倭黑猩猩似乎比黑猩猩更多地依靠植物的茎和木髓，而且它们的栖息地能够更加持续地提供水果。这些差异对它们的社会生活产生了重要的影响。

黑猩猩和倭黑猩猩也吃动物性食物，包括像白蚁这样的昆虫和多种脊椎动物的肉。黑猩猩比倭黑猩猩更常捕猎，它们捕杀很多种猎物，包括猴类、野猪、林栖羚羊和各种各样的小型哺乳动物。猴类是它们最常见的猎物，而生活在黑猩猩附近的红绿疣猴则是其主要的猎物。黑猩猩大部分情况下是群体捕猎，而且雄性比雌性更多地捕猎。倭黑猩猩捕食最多的是小型羚羊，还没有关于它们捕食猴类的记载，而且它们大多是机会主义的单独猎手，不会群体捕猎。

黑猩猩各个群体的捕猎成功率是不同的，其中有很多原因。在树木高耸的原始森林捕捉猴类要比在树冠低而不连续的森林困难得多，因此在两种森林都有的地区，黑猩猩更愿意在树冠不连续的森林捕猎。猎手的数量与合作的程度也会影响捕猎结果，如果有更多的雄性参与，而且它们相互合作的话，捕猎行动则更有可能成功。对于捕猎红绿疣猴的行动来说，不同栖息地的成功率在50%～80%之间，这与大多数食肉目动物相比是一个相当高的值了。

随着时间的推移，捕猎的频率也会变化。至少在某些栖息地，果实丰富的时候它们会更频繁地捕猎，雄性通常组成大型的团体，而且可能会行走数千米去寻找红绿疣猴等猎物。

在大部分情况下，黑猩猩都是各吃各的，但吃肉时却明显例外。有时，雄性黑猩猩在捕获猎物之后会立刻为猎物而打架，地位高的雄性有时还会从"下属"那里"偷"肉，不过在一般情况下它们都会分享肉食。大部分的分享行为都表现为占有者允许其他黑猩猩获得部分猎物，有时占有者也会主动将肉分给别的黑猩猩。黑猩猩中的肉食占有者通常是雄性，而且同它们共享的伙伴主要也是雄性，特别是它们的盟友和主要的梳毛伙伴。

雌性一般能够从雄性那里取得一些肉，发

情期的雌性比其他雌性成功率更高，但是雌性用交配换肉的说法并没有得到证实。雄性有时会在分享肉食的时候与雌性交配，但是发情期雌性的出现并不总会促使雄性去打猎，而且肉食分享行为对雄性是否能交配成功只有很小的影响。倭黑猩猩通常由雌性占有相对较多的肉食，而且它们也经常控制着数量巨大的果实。与黑猩猩相比，倭黑猩猩中的食物共享行为大多发生在雌性之间。

侵略与和平
社会行为

黑猩猩和倭黑猩猩的社会具有"分裂–融合"的特点。所有的个体都属于拥有15～150只的群落，这些群落似乎具有社会边界，不过其中仍然具有一些不确定性，比如某些雌性黑猩猩是否会与两个邻近群落的成员发生关联。所有的群落都或多或少有一些友好的社会关系，但相对于倭黑猩猩来说，黑猩猩群落之间的敌意更强。在同一个群落内，成员会结成大小和结构不同的小群体以行动和进食，而某些成员可能很少或根本不会聚到一起。小群体的规模受到了食物可得性的显著影响，特别是果实的可得性。当果实充足的时候，小群体的规模更大，而且大的群体也会聚集到大的果树周围；当果实稀缺的时候，成员会为了减小食物竞争而组成比较小的群体。雄性身边有发情期的雌性时，它们也会组成大型群体，而不管果实是否容易获得。倭黑猩猩的平均群体大小（6～15只）要比黑猩猩的（3～10只）稍大，而且与黑猩猩相比，倭黑猩猩群体之间规模的差别比较小，这可能是因为倭黑猩猩栖息地的食物数量变化比较小。

雄性黑猩猩比雌性更喜欢群居，而雌性黑猩猩通常和它们的未成年后代单独待在一起。倭黑猩猩中的群居性则没有明显的性别差异。雄性黑猩猩的活动范围比雌性广，而且它们通常会利用它们整个群落的活动范围；带有未成年后代的雌性通常会更多地把它们的行为限制在群落活动范围的中心部分。不过，性别的差异程度似乎在不同栖息地也不同。另外，发情期的雌性会走得更远，而且通常还有许多雄性陪伴。

雄性的黑猩猩和倭黑猩猩终生都待在出生的群落中。与它们相比，还未开始繁殖的雌性通常在青春期的时候就要迁往邻近的群落。成年雌性偶尔也会迁移，不过这种情况很少见。迁入的雌性在建立自己的核心区域时会遭到本地雌性的侵犯，它们依靠雄性来保护自己不受这种骚扰。对于倭黑猩猩来说，刚迁入的雌性面临的侵犯要少一些，而且它们也会努力地与当地的特定雌性发展社会连带关系，然后这些当地的雌性会帮助它们获取群体的接纳。

黑猩猩和倭黑猩猩在社会关系方面存在着显著的差异。黑猩猩的社会是一种雄性联结的社会，雄性黑猩猩主要与其他雄性发生关联。最主要的关联是统治关系，这可以导致统治层级的出现，尽管在拥有许多雄性的群落中，这种统治层级并不明显。它们为争夺高的统治层级而进行的竞争通常是惊人的，不过雄性也有许多友好的互动。它们之间的梳毛活动十分普遍，而且它们互相梳毛的频率比与雌性相互梳毛的频率或雌性之间相互梳毛的频率都要高。某些雄性会组成联盟，以对抗那些争夺层级的雄性，而且雄性的首领可能就是依靠盟友的支持而获得自己的地位的。雌性不会常规地与其他雌性或特定的雄性发展强力的社会联结。某些雌性占有统治的地位，但它们并不形成统治层级。所有雄性对于所有的雌性都是占据支配

↘虽然黑猩猩与倭黑猩猩在养育后代的方式上有很多相似点，但它们之间仍然有重要的差别。比如说，刚成年的雄性倭黑猩猩会待在母亲的群体中，而雄性黑猩猩则会加入雄性群体。

↗黑猩猩的手臂很长,当其直立时可以垂到膝盖以下,这是黑猩猩宝贵的"财富"。黑猩猩之所以能够在森林栖息地中迅速而灵活地移动,就是依靠其手臂。

地位的。

与黑猩猩相比,倭黑猩猩中的雌性会更多地进行互相联系并建立强力的社会联结,尽管它们之间通常不是很近的亲戚。梳毛活动在某些雌性之间是很平常的事情,而且通常还会在一起摩擦它们的生殖器以减轻压力和维持相互接纳的关系。雌性有时会组成联盟对抗雄性并使雄性表现顺从,而且雄性在进食时通常也会服从于雌性,而不是试图占领进食地或抢夺食物。当雌性倭黑猩猩的成年雄性后代与其他雄性竞争时,它们会支援自己的后代并对其社会层级产生影响;在野外,雌性黑猩猩则不会影响到雄性之间的竞争。雄性倭黑猩猩也经常相互梳毛,但是雄性倭黑猩猩明显不会像黑猩猩一样组成联盟。

雄性黑猩猩在群落之间的争斗中也会相互合作,这其中有两种形式。当来自两个邻近群落的群体在普通活动中相遇时,它们通常表现得很兴奋,而且还会相互追逐,但如果一方的数量明显少于另一方时,它们会悄悄地逃走。有的时候,雄性在边界地区巡逻时甚至会入侵邻居的领地。巡逻者十分安静、机警,并时刻寻找着邻居。如果它们听见或遇到某些邻居,它们会很大程度上根据数量对比作出反应:如果它们的数量明显处于劣势的话,它们会悄悄地离开,甚至逃离;如果它们的数量远远多于对手,它们就会发动攻击。这种攻击十分猛烈,甚至可能是致命的,人们就已知它们杀死过成年雄性、幼崽,甚至是未生育的成年雌性。

在哺乳动物中,由雄性联盟发起的致命攻击并不常见;在灵长类中,这只发生在黑猩猩和人类中。为什么这会发生在黑猩猩中,原因还不完全清楚,可能群落之间的竞争胜利会使雄性获得更多接近雌性的机会,但也有可能是为了让群体中的雌性更容易地获得更多、更好的食物,由此增加它们繁殖的成功率,这也很重要。巡逻和成功的地盘防卫也有助于保护雌性不受外来雄性"杀婴"的威胁。

当来自邻近群落的倭黑猩猩群体相遇时,它们也会相互展示并追逐。有时相遇者却很平静,而且边界的巡逻和严重的攻击从来没有出现过。这种与黑猩猩的差异最可能来自下面的事实:倭黑猩猩通常以大群体行动,所以群体之间由于实力悬殊而进行危险性攻击的机会十分少有。

黑猩猩的交配行为很复杂,而且变化也很多。它们大部分的交配行为都是机会主义的:发情期的雌性会和群落中的大部分或所有的成年雄性交配,而且还经常与未成年雄性交配。与许多雄性交配或许能够搞混"父子"关系,从而防止雄性的"杀婴行为"。然而,在雌性接近它的发情期尾声并增大排卵可能性的时候,高层级的雄性有时会保护它们并防止它们与其他雄性交配。垄断交配的意图会引发相当大的侵犯行为,这些行为主要是指向雌性的。交配成功率与雄性的统治层级有正向的相关,而且高等级似乎能够带来某些关于繁殖方面的优势,但我们目前对它们的"父子"关系了解很少。有时候,雄性能够"说服"一只雌性和它做伴(一种临时的殷勤关系),期间它们会试图避开其他雄性并待在一起数周。黑猩猩的怀孕期持续7.5个月左右。一旦雌性怀孕,只要它的幼崽存活下来,它们在4年甚至更久的时间内都不会恢复常规的发情周期。

大猩猩

大猩猩是现存体型最大的灵长类动物，它们同两种黑猩猩是与人类血缘关系最近的猿类。事实上，来自化石和生物化学的数据都表明，与猩猩相比，黑猩猩和大猩猩与人类的关系更近。

除人类以外，猿类应该是陆地上最聪明的动物了，至少依照我们的标准来看是这样。它们至少可以学会100个用聋哑手势表示的"单词"，甚至能将某些词串成简单而合乎文法的双词"短语"。然而，大猩猩可怕的外表、巨大的力气和捶打胸膛的动作，却使猎人认为它是凶残的动物。事实上，雄性成年大猩猩只有在互相争夺雌性大猩猩，或者保护它们的家庭成员不受掠食者和猎人伤害的时候才具有危险的攻击性。

最大的猿类
体型和官能

大猩猩与黑猩猩的不同之处在于，前者体型要远远大于后者，而且身体的比例（与腿相比，手臂更长，手和脚也比黑猩猩的短和大）和颜色模式也不同。特别是大猩猩需要更大的牙齿（特别是臼齿）来处理大量的食物，从而维持它那庞大的身躯，这就还需要更强大的咀嚼肌，特别是颞骨肌——该肌肉一般与雄性头骨的中线汇合，并与弧形的头顶相连。雌性大猩猩和黑猩猩的头盖骨比较小，然而头骨后面更大的一块骨头才是辨别雄性大猩猩的典型特征，它显著地影响了头部的外形。

除此以外，雄性大猩猩的犬齿比雄性黑猩猩和雌性大猩猩的更大，大猩猩可以利用犬齿给对手甚至是掠食者造成严重的伤害。从进化的角度看，这可能是因为那些赢得雌性以及

大猩猩为人所称道的智力似乎就铭刻在这只雄伟的低地雄性大猩猩那沉思的表情上。人们曾认为，在一个群体中只能有1只成熟的雄性大猩猩，但在东非和西非，发现大约有1/3的群体内生活着2只完全成熟的雄性大猩猩。

↗雄性大猩猩具有强健的体魄，如图中来自卢旺达帕克国家公园的"银背"山地大猩猩，其胸围等于自己的身高。

为雌性提供最好保护的雄性，正是那些拥有最强大武器的雄性。雄性的头骨比雌性大是因为它们需要更多的食物，需要有更强大的肌肉去碾碎粗糙的食物，同时它们也需要更大块的肌肉来增加它那巨大犬齿的伤害力。大猩猩的耳朵比较小，鼻子上有宽大的脊一直延伸至上嘴唇，从而扩大了鼻孔。

大猩猩主要生活在地面上，用四足行走——它们用后脚底和前肢的指关节走路。然而，由于西非的果树数量比东非更多，那里的成年大猩猩——包括巨大的雄性——会花不少时间去吃高挂在树上的果实，体重比较轻的个体甚至可以用它们的上肢从一棵树荡到另一棵树，而幼年大猩猩则会在树上嬉戏。虽然大猩猩偏好吃果实，如无花果，但在很难获得果实的地区或时期，它们也会吃树叶、木髓和茎干。莎草、香草、灌木、藤蔓等构成大猩猩后备食物的植物在沼泽、山区和次生林里生长得最好，因为这些地方没有森林顶篷的遮盖，充足的阳光可以到达地面。

大猩猩巨大的体型和食果的习性意味着它每天必须花很长的时间进食，以维持自己的体重，这就阻止了大猩猩进行经常性的长途迁徙。虽然大猩猩群体的活动范围可达5～30平方千米，但它们通常的移动范围每天只有0.5～2千米。就群体的活动范围和每天移动的距离而言，东部大猩猩都要比西部大猩猩少，

因为在东非的森林里果树的种类更少。因此，东部大猩猩的食物种类中树叶的比例比西部大猩猩的大一些，它们每天可以不用走太远去寻找食物。

每天行进很短的距离意味着大猩猩不可能是地盘防卫性的动物。因为即使一块只有5平方千米大的范围，它的周长也有8千米，或者说至少是每日普通行进距离的4倍，因此它们的活动范围是无法有效防卫的，所以邻近的大猩猩群体才会有大片重叠的活动范围。事实上，即使是使用最频繁的核心区域也是可以重叠的。

大猩猩通常在早上和下午进食，中午有一两个小时的休息时间。像所有的大猿一样，它们在晚上筑巢——将树枝和树叶扯下并折弯后当作台子或垫子放在身下。这种巢可以将大猩猩与寒冷的地面隔开或者将它们支撑在树上，而且也能防止它们滚下悬崖。这种习性在非洲东部尤其有用，因为对大猩猩进行普查的人可以通过它们巢穴的数量以及周围粪堆的大小来测量大猩猩家庭成员的数量和体型。在西非，大猩猩通常不筑巢。

大猩猩没有明确的繁殖季节。它们通常每胎产1崽，这和大部分体重超过1千克的灵长类动物一样。生出双胞胎的几率很小，即使生出来了，通常也会因为体型太小（而且对于母亲来说，要把所有幼崽带到几个月大实在太难了）而总会死掉一只。新生幼崽的体重一般为1.8～2千克，粉红色的皮肤上几乎没有什么毛。它们9周之后开始爬，30～40周之后开始行走。

↗一只雌性山地大猩猩在吃带刺的荨麻。东部非洲大猩猩的食物主要包括树叶和其他植物，而不是果实。大猩猩从来不会在一个进食地停留太久，而是会留下足够的植被使之快速地恢复。

与人类相比，大猩猩断奶的时间更晚，因而雌性大猩猩产崽的间隔约为4年。然而，在出生的头3年内大猩猩的死亡率高达40%，这就意味着一只成熟的具有生育能力的雌性大猩猩在6~8年中只能成功带大1只幼崽。雌性大猩猩在7~8岁时达到性成熟，但它们通常在10岁左右才能生育。雄性成熟得稍晚，由于激烈的竞争，它们很少在15~20岁以前参与生育。

"一雄多雌"的生活
社会行为

在所有的大猿（人科）中，大猩猩的群体关系最为稳定，同一批成年大猩猩会一起活动好几个月甚至好几年。和果实特别是成熟果实不同，大猩猩所需要的树叶数量丰富，因此可以养活大群的大猩猩。在西非，由于大猩猩的食物种类中果实的比例比东非的高，它们的群体通常会分成临时的亚群体，这样群体成员可以在较大范围内寻找相对稀少的成熟果实。

大猩猩的群体数量最多为30~40只，但通常是5~10只。在东非，一个群体一般包含3只成熟的雌性，4~5只年龄不等的幼崽和1只雄性。这只雄性大猩猩通常被称为"银背大猩猩"，因为它们的背部通常有银白色的鞍状斑纹。在西非，一个群体似乎很少超过10个成员，而在东非，15~20只的群体并不少见，而且根据记录，有的群体数量超过30只。

任何一只银背大猩猩的"妻妾"们都是没有血缘关系的，它们之间的社会联系很弱，这方面和许多旧大陆猴类很不一样。通常，雌性大猩猩在青春期时就离开它们出生的群体，加入其他的群体。因此，和很多其他灵长类相反，将群体维系在一起的是雌性和雄性之间的联结，而不是雌性之间的联结。

3/4的年轻雌性最终会迁出它们出生的群体。它们之所以这样做，是因为继续留下来根本没什么好处，同时也是为了避免近亲繁殖，因为它们的父亲在它们成熟以后还需要继续繁殖。在离开以后，它们会立刻去寻找附近的银背大猩猩，这些银背大猩猩通常不会超过200~300米远。然而，它们通常不会与刚刚迁

移到此的雄性大猩猩待在一起，最终决定雌性选择哪一只雄性的因素是雄性的领地范围和战斗的能力。战斗的能力是很重要的，因为银背大猩猩必须保护雌性及其后代免受掠食者和其他雄性的侵害。这是一种严重的潜在威胁，因

知识档案

大猩猩

目 灵长目
科 猩猩科
大猩猩属，有2（或1）种。

分布 非洲赤道地区。

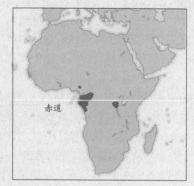

赤道

西部大猩猩

有2个亚种：西部低地大猩猩和克罗斯河大猩猩。分布在喀麦隆、中非共和国、刚果（布）、加蓬、刚果（金）、赤道几内亚、尼日利亚。栖息在沼泽、石灰岩地区和热带次生森林。雄性体长为170厘米，偶尔高达180厘米，雌性最高150厘米；雄性体重140~180千克，雌性90千克。**外形：**皮毛棕灰色，雄性有银白色的宽大鞍状图案，一直延伸至臀部；西部低地大猩猩有独特的红色前额，特别是雄性；背部毛发短，其余地方的长；从出生开始皮肤即为黑色。**繁殖：**怀孕期250~270天，每胎产1崽。**寿命：**在野外约35岁（人工圈养的约为50岁）。

东部大猩猩

有3个亚种：山地大猩猩，东部低地大猩猩，第3种至今还没有被命名。分布在刚果（金）的东部、卢旺达和乌干达。栖息在沼泽、山区和热带次生森林；山地大猩猩生活在海拔1650~3790米的地方。**外形：**皮毛黑色，随着年龄的增长而变灰；雄性有银白色的宽大鞍状图案，但没有西部大猩猩延伸得宽；背部毛发短，其余的很长，特别是山地大猩猩；一出生皮肤即为黑色。**繁殖和寿命：**和西部大猩猩一样。

在花费了一上午进食后，大猩猩习惯性地在中午休息。这个时候，群体成员都会围在"银背大猩猩"（1）的周围。带着幼崽的雌性（2）一般最靠近银背大猩猩，而没有幼崽的雌性（3）则待在群体的外围。虽然未成年雄性（4）仅仅只能让银背大猩猩容忍，但幼崽（5）却能在银背大猩猩的保护范围内玩耍。

为雌性大猩猩的防御能力很弱——它们的体型比雄性小得多，而且那些非"亲戚"的伙伴是不愿意为了"别人"的利益而拿自己冒险的。

大约有1/3的幼崽是被非父亲的其他雄性杀死的。对这种"杀婴"现象最合理的解释就是一旦幼崽被杀，它的母亲就会停止分泌乳汁并很快恢复生育。如果一只雄性大猩猩杀死一只1岁的幼崽，它就可以提前2年交配。在很多"杀婴"率高的物种中，例如狮子和哈努曼叶猴，"杀手"就是进入群体并取代统治者的雄性。这种"杀婴"现象一般发生在雌性加入非父亲的雄性群体时，这可能是因为以前的常驻雄性死亡了，也可能是因为它带着它的幼崽主动迁移到了新的雄性那里。然而，当这个群体的首领还在时，这种事情很少发生，因为一旦一个雌性认定了一个雄性很有力量，就会一辈子跟着它。

大约一半以上的雄性都会在青春期离开自己出生的群体。它们单独行动或者跟着其他的群体，有些时候会持续几年，直到它们从其他的群体内找到了自己的伴侣并建立了自己的一个家庭。一个雄性是留下还是离开它的出生群体，主要取决于群体中雌性的数量以及首领的统治力。如果雄性首领正值壮年，而且群体也很小，那么从属的雄性就很难再找到配偶，于是它就会离开。如果雄性首领已经老了，雌性的数量也很多，从属的雄性就很可能留下来。一只雄性到底拥有多少雌性，现在还不是很清

楚，这可能要等到父子关系的DNA结果出来才能知道。虽然有半数的雄性会离开出生的群体，但在东非和西非，有1/3多一点的群体会包含2只雄性大猩猩。

雄性很明显是通过展示它们的战斗力量来引诱雌性离开它们的家庭群体的。单身的雄性似乎会为了得到雌性而比已经建立家庭的首领更加卖力，因此它们对同伴的威胁也更大。当两只雄性相遇的时候，它们会精心"导演"一场展示它们力量的表演，人们可以看到著名的捶胸动作，相互吼叫，咆哮，撕扯树叶，而所有的这一切都是用来恐吓竞争者的。

很明显，一旦一只雄性建立起一个家庭，它们将一生都待在这个家庭里。有些雄性有永久的固定伴侣，而有些则没有，所以雄性对雌性的争夺是非常激烈的。群体的领袖和单身雄性之间的战斗很可能会导致一方死亡——通常为单身的雄性。这种战斗的频繁程度和大猩猩的密度以及单身大猩猩的数量有关。一只成年雄性一生至少会遇到一次致命的战斗，而它们每年都会战斗一次。很明显，大个子在战斗中占有很大的优势，而且在"表演赛"中也能领先于其他的同类。雄性之间的战斗很可能是导致出现体型、犬齿大小和咀嚼肌等方面的性别二态性的原因之一。在这一方面，大猩猩和其他"一雄多雌制"的哺乳动物是一致的。巨大而凶猛的雄性能够获得比小型而温驯的雄性更多的雌性。大猩猩是所有灵长类中性别二态

性最显著的，雄性的块头大约是雌性的两倍多（而且颜色也不一样）。

来自人类的威胁
保护现状与生存环境

　　大猩猩如今在野外幸存的数量无法通过数量普查精确获悉，但可以通过对平均密度的合理评估和残余栖息地的数量来进行估计。已有的估算表明，至少还有11.2万只西部大猩猩，超过1万只的东部低地大猩猩，但仅有几百只山地大猩猩和克罗斯河大猩猩。总的来说，世界上的大猩猩数量在12.5万只左右。在拥有大片森林和人口数量很低并增长缓慢的加蓬和刚果（金），那里生活着世界上3/4的西部大猩猩（每个国家有超过4万只），约占整个大猩猩总量的2/3。

　　在大猩猩的分布范围内，人们为了木材和耕地，正在砍伐它们赖以生存的森林。在以前，森林砍伐不是一个突出的问题，因为那时的人口密度很低，人们可以实施移动性的农业，而且大量生长着次生林的遗弃土地也能为大猩猩提供充足的食物。然而在20世纪的后半叶，在大猩猩生活的地区内人口迅速增长，达到了以前的3倍甚至4倍。随着人口的增长，人类对农业用地的使用也变成永久性的了。

　　另一个威胁来自于狩猎。在西非，由于和家禽的肉比起来，人们更喜欢野生动物的肉，因此对野味的需求也是导致每年大量野生动物死亡的原因之一，其中就包括几百只大猿。虽然拥有野生大猩猩种群的9个非洲国家都制定了控制猎杀和捕捉大猩猩的法律，但和世界上任何地方一样，这些法律是很难被贯彻实施的。

　　按照这样的森林破坏速度和人口增长速度，150年后我们就只能在国家公园里看到大猩猩了。然而还是存在希望的，比如在饱受战火的刚果（金）、乌干达和卢旺达，山地大猩猩的数量几十年来一直保持在几百只左右；更值得庆幸的是，贫穷的非洲国家反而比富有的西方国家更加努力地保护自然遗产。

　　在所有还生活着大猩猩的国家，政府很难抽出大量的资金建立一个很好的保护机制，因为还有其他更加紧迫的事情要做。然而，大猩猩对旅游者的吸引力有可能成为拯救它们的优势，或许来自游客的收入能够阻止当地的居民侵犯大猩猩和它们的栖息地，并最终促使当地的居民学会估算大猩猩和它们所居住的森林给他们带来的利益。因此，为环保教育计划和旅游业的发展建立基金是至关重要的，特别是在农业比旅游业能获得更有保障的收入或收益相近的地区。

　　然而，这些措施更像是一种孤注一掷的防卫性战斗。从长远看，大猩猩和它的人类邻居的安康必须依赖于阻止对非洲森林的持续性跨国开发，并增加现有农田的生产力。

↘一只年幼的山地大猩猩正在树上玩耍。即便是最大的雄性大猩猩有时也会在树上攀爬，特别是在果实丰富的地区。然而，只有那些年轻的、体重比较轻的大猩猩才能在树与树之间轻松地来回摇晃跳跃。

猩 猩

　　猩猩是亚洲唯一的大猿，现在仅存于婆罗洲和苏门答腊岛蒸气缭绕的丛林里。猩猩的两个种类在灵长类中有许多方面都是很突出的，它们是世界上最大的树栖哺乳动物，同时也是繁殖最慢的。猩猩被认为是社会的隐居者，而且交配行为非常独特，它们建立的地区性模式使人回想起了人类早期的文化。

　　猩猩（在马来语中是"森林中的人"的意思）在树上攀爬的时候十分谨慎。由于太重而无法跳跃，它们穿越森林顶篷间隙的方式是在一棵树上来回地摆荡，直到能够抓住另一棵树，而且它们总会用两个前肢抓住树枝。这种行动方式是通过它们长长的手臂和比较短的腿（比手臂短30%）以及长长的钩状手掌和脚掌实现的，它们的手臂和腿能够在许多方向上自由地活动。猩猩几乎从不下到森林的地面，只有成年的雄性婆罗洲猩猩除外——它们多达5%的时间都是在地面度过的（也许是因为婆罗洲的老虎——猿类的主要掠食者——现在已经灭绝了）。猩猩不能像非洲的猿类一样用指关节行走，当在地面行动时，它们的"手"和"脚"是卷起的。

红色的大猿
体型和官能

　　分子学的研究表明，猩猩是在1400万年前从其祖先那里分化出的，它的祖先也是非洲猿类和人类的祖先。与中新世后期（1200万～900万年前）的南亚西瓦古猿非常相似，体型巨大

的更新世（100万年前）猩猩出现在中南半岛，而体型比现代猿类大30%的亚化石猩猩（4万年前）出现在苏门答腊岛和婆罗洲的岩洞里。更

↗一只16岁的母猩猩和它9个月大的幼崽。雌性猩猩一生中大约能生3～4胎，幼崽只会受到母猩猩的照料，直到它10岁左右可以独立为止。

猩猩

目 灵长目
科 猩猩科

猩猩属，包含2（或1）种：婆罗洲猩猩、苏门答腊猩猩。

分布 曾经一度广泛分布在东南亚和中南半岛，现在仅存于苏门答腊的北部和婆罗洲的大部分低地。

赤道

栖息地 低地和山区的热带雨林，包括龙脑香树林和泥炭沼泽森林。栖息在树上，主要独居。

体型 雄性体长为137厘米，雌性115厘米；雄性体重为60~90千克，雌性40~50千克。

外形 体毛长而稀少，红色，粗糙，幼年毛发为亮橙色，某些个体成年后变为栗色或深褐色。面部赤裸，黑色，但是幼年时的眼部周围和口鼻部为粉红色。雄性脸颊上有明显的脂肪组织构成的"肉垫"，具有喉囊。牙齿和咀嚼肌相对较大，可以咬开和碾碎贝壳及坚果。苏门答腊猩猩身体偏瘦，皮毛比较灰，毛发和脸都比婆罗洲猩猩的长。手臂展开可以达到2米长，可用于在树林之间摆荡。

食性 吃果实（比如榴莲、红毛丹、木菠萝、荔枝、芒果、倒捻子、无花果）、嫩枝、花蕾、昆虫、蔓生植物；偶尔也吃鸟卵和小型脊椎动物。

繁殖 雌性约在10岁达到性成熟，到30岁停止发育。每3~6年产一息，怀孕期约为235~270天，幼息需哺乳3年。

寿命 野外的平均约为35岁，人工条件下约为60岁。

新世时期，爪哇也生活着比现存猩猩体型小的猩猩。早期的猩猩有可能更适应地栖生活，但现存猩猩的树栖生活方式证明了它们很长一段历史时期都生活在森林的顶篷。

这种红色猿类的下巴很大，大而平的白齿上有突起的尖和厚厚的珐琅质——这是一种完美的解剖学结构，有利于撕开木质的果实和带有白蚁巢穴的树枝，或磨碎坚硬的种子及撕下树皮。这些大猿每天至少会建造一次睡觉的平台，它们会将一些树枝折断并折叠，然后在树的顶部将树枝和树叶编织成为窝。下雨的时候，它们还会添加额外的一层防雨盖。

雨林中的树栖猿类
分布模式

因为猩猩的体型庞大，相应地胃口也很大，所以其密度通常都很低（每平方千米只有1只），只在肥沃的河谷特别是沼泽森林，它们的密度可以达到每平方千米7只。苏门答腊猩猩的密度比婆罗洲猩猩的大，而且生活在海拔更高的地方。在不被捕猎的情况下，它们的密度

取决于果实的产量，特别是富含果肉的果实。对于富含果肉的果实来说，其分布是峡谷比斜坡和山脊多，低地又比山上多，而地理变化频繁的苏门答腊岛又比婆罗洲多。

猩猩行进时很费劲，它们每天移动的距离通常不足1千米。然而，雌性猩猩的活动领域却有几平方千米大，雄性猩猩的活动领域则可以达到几十平方千米。猩猩无论雌雄都不是地盘防御性的，它们的活动领域有很大的重叠，不过体型比较小的猩猩会避免与"统治者"做伴。雌性后代性成熟以后一般会留在母猩猩的活动领域附近，但雄性在定居之前可能会在四周漫游许多年。

嗜食水果
食性

猩猩的胃口很大，有时会花上一整天坐在一棵果树上狼吞虎咽。其食物中大约有60%是果实。果实的种类有几百种，无论成熟与否，但它们更喜欢吃果肉中富含糖分或脂肪的果实。在有无花果的地方，猩猩会把这种温和的果实当作

主要的食物，因为这种果实数量丰富，也容易获得和消化。猩猩也经常吃树叶和嫩枝、无脊椎动物，偶尔也吃富含矿物质的泥土，在很偶然的情况下还吃脊椎动物，如懒猴。当缺少成熟水果的时候，它们会吃种子及树木或者藤蔓植物的树皮。特别是在果实歉收时，它们强健的齿系能为它们带来很大的好处。当缺少多汁的水果时，它们会喝树洞里面的水——将一只手浸入水中，然后舔从手腕的毛上流下来的水。

在苏门答腊岛的某些沼泽地中，猩猩会制作棍子一样的工具将种子从多刺毛的利沙树果实中取出。它们也会利用工具挖蜂巢中的蜂蜜，或者掏树洞中的白蚁。在使用工具的种群中，所有成员都具备这种技能，只不过它们使用工具的频率不同。一个很有趣的对照就是，有一些种群的成员并不具备这种能力，哪怕它们与使用工具的猩猩种群只隔了一条河。这种使用工具的"当地传统"与野生黑猩猩的很相似。

向邻居学习
社会行为

猩猩是一种生长和繁殖很慢的长寿动物。它们悠闲的生活史可能是为了适应在低死亡率的栖息地生活，以及度过食物稀缺的时期。在

↗雄性猩猩是一道给人留下深刻印象的"风景"。在面对其他试图闯入自己活动领域的雄性时，它的体型、脸颊的侧翼、喉囊和长发加强了其示威的力度。它们从喉囊发出的声音在1.5千米之外都能听见。人工环境下的猩猩会变得肥胖，这就使它们的脸颊和喉囊变得更大。

↘这是一只年轻的苏门答腊猩猩。由于这种猩猩的繁殖速度极慢，一只雌性猩猩在20年的繁殖期内只能生下4只幼崽。

野外，雌性10岁进入青春期，但是5年后才可以生育。幼崽在1岁以前都会受到母猩猩的持续照料，当它们4岁大时，母猩猩才会离开。母猩猩对幼崽十分耐心，幼崽在3岁断奶以前一直都睡在母猩猩的巢中。即使在断奶之后，幼年猩猩还是经常与母猩猩来往。雌性猩猩的产崽间隔通常是8年。在野外，雌性能够活45岁左右，因此它们一生最多能够生养4个孩子，这也许是所有哺乳动物中最少的。

雄性猩猩通常在12岁时达到性成熟（"接近成年"）。完全成熟的雄性体型大约是雌性的两倍，它们脸颊边缘的纤维组织将脸部变得更宽，有着大而长的喉囊，手臂和背上有长长的、斗篷一样的毛发，还能发出低沉的"长叫"。它们第二性征出现的时间有很大变化：发育最快的未成年雄性能在10年之内达到完全成熟，而有些猩猩似乎要20年或者更长的时间才能最终成熟。这种发育上的暂停现象可能是一种适应性的交配策略，这种现象在苏门答腊岛更加常见，那里的种群中未成年与成年者的比例要比婆罗洲种群的高出3倍。

猩猩是一种相当独行的动物，特别是生活在婆罗洲的猩猩。成年的猩猩大部分时间都是独自行动和进食的，它们的后代在断奶之后会逐渐变得独立。雄性猩猩一般到了青春期后就会和母亲断开关系，但雌性猩猩还会经常回

↗雌性苏门答腊猩猩用它那钩子一样的手抓住树枝。

来。幼年和青春期的猩猩有时会一起玩上几个小时，甚至成对地在周围走动或紧跟着家庭。当几只成年猩猩相遇时，比如被同一棵果树吸引，它们几乎不会进行社会互动，在吃完以后会各自离开。

　　苏门答腊猩猩之间的社会交往要多一些。除了低等级的成年雄性以外，各个阶层的猩猩都是群居并一起活动的。与婆罗洲猩猩相比，苏门答腊猩猩更多地吃水果和无脊椎动物，比较少吃树皮，而且它们在使用工具上也具有垄断性。这些差异最终来源于它们比较高的种群密度，这也反映了其栖息地比较高的食物产量。在物产丰富的栖息地，集体行动和进食的代价比较低，因此它们能够从群体生活中受益，比如学习使用工具的技能。

　　猩猩认识每一只和它们的活动领域经常重叠的其他猩猩，并会与之建立社会关系。雌性猩猩会和某些猩猩优先建立关系，而这种关系也是与繁殖同步的。虽然未成年雄性之间偶尔会建立联结，但是雄性之间的关系更大程度上是竞争性的。雄性在一天中会发出好几次"长叫"，目的是让低等级雄性不要靠近；当成年雄性相遇时，它们就会上演激烈而富有侵略性的展示，有时还会导致在地面的追逐和打斗。只要未成年雄性能够"恭敬"地待在一定距离

以外，成年雄性还是能够容忍它们的。

　　只要有机会，即将成年的雄性就会尝试与能够怀孕的雌性来往，但能够怀孕的雌性则会选择当地处于统治地位的成年雄性，这只雄性一般都能够成功地阻止大部分即将成年的雄性与雌性交配。因此，那些没有被选中的雄性，不管是成年的还是即将成年的，当它们遇到一只单独的雌性时，通常会通过恶意的撕咬来制服激烈反抗的雌性。

　　在婆罗洲，雌性与居统治地位的雄性的配偶关系会持续几天，在苏门答腊岛，这种关系可能会持续几个星期。与此相关的可能就是，大部分苏门答腊猩猩的交配是配合的，而在婆罗洲，90%的交配活动都是通过暴力实现的。雌性花大量的时间选择雄性有什么益处仍然是个谜，可能它是在为自己的后代选择优良的基因，也可能是为了寻求保护。

　　在所有的灵长类中，人工环境下的猩猩在智力实验中得分最高。在野外的猩猩会依靠它们的智力去"发明"复杂的取食技术，有时涉及到工具的使用，利用工具它们甚至可以得到其他大部分雨林居民得不到的食物。它们也是很好的模仿者，可以从别的动物那里学到技能，包括如何使用工具。和"发现"新事物相比，它们更精于模仿其他猩猩的动作，这就使得它们能够产生当地的"传统"。在不同的地方，猩猩会使用不同的筑巢技术，发出不同的声音，它们抓握食物的方式也是不同的。

↗猩猩所需的水分大部分来自于它们的食物，不过它们也偏爱喝水。这只苏门答腊猩猩生活在印度尼西亚的古纳雷瑟自然保护区。

大　象

现代大象是现存最大的陆生哺乳动物。在动物王国中，它们拥有最大的大脑，和人类的寿命相当；能学习和记忆，适合被驯化以为人类工作。现代象的祖先磷灰象是最早的长鼻类动物，生活在约5800万年前；始祖象名称源于埃及莫里斯湖，在其附近仍然可以发现生活于大约3400万年前的象的踪迹。

大象的力量极大，1000年来通常被驯化供农业和战争使用。现在，特别是在印度次大陆，大象仍然有重要的经济价值，并且是文化的象征。人们对象牙的需求已经在过去的150年来造成了大象数量的骤减。现在，人口数量的增加导致对大象生存范围的侵占，已经威胁到了大象的生存。

庞大的体型和巨大的脑容量
体型和官能

尽管非洲象和亚洲象在生态学上非常相似，但两者之间存在着外形和生理上的差异。除了一些可见的区别以外，非洲象还比亚洲象多一对肋骨（21：20）。在非洲象中，比起森林象来，人们更了解热带草原象（即普通非洲象），因为在非洲东部开阔的草原上研究象的习性远比在浓密的丛林中简单。热带草原象也是所有大象中最大且最重的，已知最大的大象于1955年死于安哥拉，现在华盛顿的史密斯学会展览。它重达10吨，肩高4米。大象在一生中会不停地生长，这样看来，一群大象中体型最大的很可能也是年龄最大的。

象的头骨、颚、牙齿、长牙、耳朵以及消化系统的形态特征很复杂，以适应庞大身躯的进化。头骨的大小与脑容量不成比例，逐渐进化以

↗一只非洲母象和小象。巨大的耳朵让大象的正面外观非常独特，而它在功能上又是一种散热器官，通过巨大的表面积散热，可以冷却大象臃肿庞大的身躯。

长牙是伸长的上门齿，它们与生俱来，一生中不停地生长，因此，到60岁时，公象的长牙能达到60千克重。如此大的长牙也容易成为猎人的重要目标，所以当今野外存活的巨象的数量极少。象牙是象牙质和钙盐的特殊混合物，长牙横断面上规则的钻石图样在其他任何哺乳动物的长牙中都还没有发现。在进食时，长牙用于折断树枝或者挖掘树根，在同类相遇时则作为展示的工具和武器。

大象的上唇和鼻子伸长，能形成强健的象鼻。与其他植食动物不同，大象的嘴无法触到地面。事实上，早期的长鼻类动物没有伸长的鼻子，可能是因为其很重的头盖骨和下颚结构。象鼻除了能使大象在进食时从树木和灌木中折断树枝，摘取叶、芽、果实，还能用于饮水、问候、爱抚、威胁、喷水以及扫除灰尘，并形成和增强发声。象用鼻子吸水，然后灌入嘴中；它们也将水洒在背上冲凉。在缺水时期，有时它们会将存在咽喉中的袋状物里的水喷出来冲凉。象鼻还可作为气管，便于它们在水中活动时呼吸。当眼睛或耳朵发痒时，大象会用鼻子来挠痒，另外象鼻

大象灵巧的鼻子有多种用途，包括从高的树枝上摘取多汁的树叶和嫩芽。树叶可作为热带草原象主要食物的补充，却是森林象的主要食物。

便支撑长牙和沉重的齿系。它们的头骨相对比较轻，这是由于头盖骨中连结有气囊和空腔。

认识档案

大象

目 长鼻目
科 象科
2属3种。

分布 撒哈拉以南非洲，亚洲东南部。

赤道

热带草原象

分布在撒哈拉以南非洲的东部、中非；栖息于热带大草原。**体型**：雄性体长为6~7.5米，雌性短0.6米；雄象肩高3.3米，雌象2.7米；雄象体重达6吨，雌象体重3吨。**外形**：皮肤最厚可达2~4厘米，上面覆盖着稀疏

的毛发。热带草原象通常前脚只有4个脚趾，后脚有3个脚趾。**繁殖**：怀孕期平均656天。**寿命**：60岁（某些人工圈养大象的寿命可长达80岁）。

非洲森林象

分布在非洲中部和西部；栖息在浓密的低地丛林中。**体型**：体长、肩高、体重类似于热带草原象。**外形**：象牙比热带草原象更直，耳朵更圆；同亚洲象一样，前脚有5个脚趾，后脚有4个脚趾。森林象的一个亚种——侏儒象，体长2.4~2.8米，重1800~3200千克，出现在塞拉利昂共和国。

亚洲象

分布在印度次大陆和斯里兰卡、中南半岛、马来半岛部分地区以及亚洲东南部岛屿。栖息于常绿林和干燥的落叶林、荆棘灌木丛林、沼泽地及草地，在海拔0~3000米处都能生存。**体型**：体长5.5~6.4米，肩高2.5~3米；雄性重5.4吨，雌性2.7吨。**皮毛**：皮肤深灰色到深棕色，有时前额、耳朵和胸部有肉色的斑点标记。**繁殖**：怀孕期615~668天，通常一胎生一只小象，重约100千克。**寿命**：人工饲养的75~80岁。

还可以用来对付敌人、投掷东西或者用棒子类的工具给皮肤搔痒。

大象最常见的发声是来自它们咽喉的咆哮。这种咆哮声可传播1千米远，可作为警告声，或者保持与其他大象之间的联系。当它们在稠密的矮丛林中觅食时，群体的成员能通过这种低沉的次声波构成的咆哮声互相监视。当丛林开阔或者成员们可以看到彼此时，这种咆哮声发出的频率将会降低。象鼻作为形成共鸣的空腔能扩大音量或者发出高亢的尖叫，以表达不同的情绪。新的证据显示，另一个器官——位于鼻子深处的直系软骨，也能够改变它们的声音。这种软骨分开象鼻顶端的骨头，可以用来引导气流。当大象兴奋、惊讶、准备攻击或者运动、互相交流的时候，它们会大声地鼓噪。

除了前面描述的象鼻在沟通时起到的次要作用，尾巴、头部、耳朵、鼻子姿态的变化，也可向外界传达可见的讯息。尽管象鼻非常强壮，能举起整棵大树，但同时也是一种非常敏感的嗅觉和触觉器官。嗅觉在群体间交往以及察觉外在的危险中发挥着重要的作用。作为触觉器官的时候，象鼻上有两个便于抓取的隆起的唇状物，上面有很好的感官触毛，可以"拿"起非常小的物品。此外，大象常常用鼻子触摸其他的象，母象则通过它不断地引导自己的幼象。当大象相遇的时候，它们常常用鼻子的前端触摸其他大象的嘴，以此表达相互间的问候。

雌性大象的大脑重3.6～4.3千克，而雄性大象的大脑重4.2～5.4千克。象的脑皮层甚至比人的大脑还复杂，因而扩大了脑皮层的面积。其大小可能与必要的信息存储空间有关，因为象脑需要区别身份，记录和回忆其他大象的行为，储存旱季的时间、危险的地方和情形，并预先判断食物的地点。一些社会行为表明，它们能通过思维来想象其他大象的感受。由于年龄最大，统领家庭的雌性统治者拥有足够的生存经验，在危险和旱季来临时，可以作出正确的决策和行动。所有这些因素都有利于智力的开发。

除了用于沟通，大象的大耳朵还可以作为散热器，以防止体温过高，而过热常常是体型巨大而紧凑的动物的一大危险。象的耳朵上血液供应充足，可以用来扇动，以便增加身体周围的气流；在有风的热天里，大象有时会展开耳朵，以便让凉风吹向身体。观察象的耳朵中部的血管可以发现：当周围凉爽时，它们的血管就不会从皮肤上突起；但当温度高时，它们的血管就会舒张开来，从皮肤上突起。大象也有敏锐的听觉，主要通过发声来沟通，尤其是森林象。

象沉重的身躯由柱子般的粗腿支撑，粗腿里则有粗壮结实的骨头。前脚骨头的结构是半趾行类动物结构（马的站立姿态属于趾行动物姿态，脚跟远离地面），而后脚骨是半蹠行动物结构（人类站立姿态属于蹠行动物站立姿态，脚跟紧贴地面）。大象平时保持漫步的姿态，但据说大象冲锋时的速度可以达到40千米/小时——短距离以此速度很容易超越一名短跑选手，但是测量的精确度仍然值得怀疑。

大象不反刍，与马相似。体内微生物促使

↗在印度次大陆交通不便的地区，如安达曼群岛、尼泊尔，亚洲象在搬运原木、清除植被等工作中仍然发挥着关键作用。图中的看象人正在尼泊尔的奇旺国家公园内骑着他的象，通过茂密的丛林。

食物在盲肠中发酵——盲肠是位于大肠和小肠交界处的一个扩大的囊。

大象至少花3/4的时间来寻找和消化食物。在雨季，热带草原象主要吃草以及少量的各种树木和灌木的叶子，雨季结束后，草木枯萎，它们就开始食用树木和灌木的木质部分。它们也食用大批量的能得到的花和果实，还会挖树根吃，尤其是在雨季第一次降雨后。

亚洲象食物的种类繁多，包括上百种植物，但食物量的85%以上来自于10～25种它们喜爱的食物。当大象栖息的地方以农业区为主时，庄稼也占它们食物的一部分。例如，因为蛋白质等营养含量高而被人类选择种植的谷物、小米实质上是草类植物，大象通常觉得它们比野草更具有吸引力。

由于庞大的身躯和快速的"吞吐"量，所有的大象都需要大量食物：按一只成年大象每天需要75～150千克食物计算，每年能达50吨以上，但这些食物只有不到一半被彻底消化。大象依靠它们肠道中的微生物来消化，小象的肠道中没有微生物群，一般通过食用比较老的家庭成员的粪便来获得。

此外，大象每天需要消耗80～160升水，不到5分钟就能喝光。在旱季，它们用象牙在干涸的河床上挖掘洞穴，以便寻找水源。

"女首领"及"雄象发情狂"
社会行为

关于大象活动范围的大部分信息目前来自无线电追踪，自1969年以来，这种方法在非洲一直被采用。此外，利用在20世纪末出现的全球定位技术，能够获取更为精确的位置信息。

每头大象每天平均累计走动的距离有很大的差异。在肯尼亚的一项研究中，生活在水源良好的森林中的大象每天仅行走3千米，而住在北部干旱地带的大象每天行走达到12千米。一般大象每天累计游走距离约7～8千米。

大象运动的一个显著特点就是被称为"裸奔"的行为。这是相对较快运动的代名词，速度一般在3～4千米/小时，有强烈的方向感，沿着连接它们领地不同部分的通道狂奔。"裸

↗年轻的非洲雄象在嬉戏、打斗。它们学习的"格斗"技巧在以后的"雄象发情狂"期会派上用场，因为成年雄象们为了接近雌象会激烈打斗。

奔"是相当罕见的，通常发生在夜间，可以让大象从一个安全地带迅速穿越危险地区，来到另一个避风港。

大象也会对突然降雨作出迅速反应，并可能远行30千米到达下雨的地方，以享用不久后长出的丰美的草。在森林中，它们也会长途跋涉，寻找难得的结有果实的树木。当大象进入危险地带例如农田寻食时，往往只在夜间。大象似乎能够知道何处安全，并恰好冒险到达保护区的边缘，在边界处回头。反复行走常常会开辟出"大象专用大道"，即便在浓密的丛林中，它们也会开出新道，而这以后可被其他许多动物包括人类所利用。

有些大象的领地竟然有复杂的结构。除领地外围的一些地区外，可对其领地面积做粗略的计算比较。在这范围之内，可能有离散的部分，由通道和大象从未尝试过的空白区域相连。领地范围有小至10平方千米的，如已被记录的坦桑尼亚的一片森林，而在纳米比亚一片沙漠中，发现了多达18000平方千米的领地。人们在肯尼亚的一项研究中发现，在拥有丰富食物和水的地方，热带草原象的领地面积平均为750平方千米，而在比较干旱的地区，领地面积可达1600平方千米。对非洲森林象各种行为的详细研究开始于本世纪初，初步结果显示，其领地长度可达60千米，远远长于原先的设想。对亚洲象无线电遥感测试的研究显示，生活在印度的雌性群体的活动范围达到了180～600平方千米，甚至更大，而雄性群体通常活动的面积约160～400平方千米。

大象生活在群体里，而且表现出了复杂

成群的大象常常将鼻子举高，迎着风，利用其敏锐的嗅觉，争取提前预警任何威胁。

的社会习性。群居的优点在于联合防御，共同教育幼象，增加交配的机会。雌性大象常生活在家庭单位里，这种单位通常包括与之密切相关的成年象和它们未成熟的后代。典型的家庭成员包括两三个"姐妹"以及它们的后代，或者一只老年大象与一只或两只成年雌象以及它们的后代。当雌性幼象达到成熟年龄时，仍将留在家庭中，并在那里繁殖下一代。当家族逐渐庞大，年轻的成年象将组成新的子群，离开原来的家族。这些子群虽然与家族分离了，但往往还是以协调的方式共同行动。一起活动的2～4个子群一般有相同的血缘关系或者是联结的群体。

最年长的雌象是家族的统治者，统领整个家族。家族成员间的社会联系非常强，当危难时，家族成员会围成防御圈，把小象围在中间。最年长的雌象或其他成年雌象通常会检查危险来源，而危险通常来自人类。面对人类的威胁，最年长的雌象通常会退缩，但有时也会站出来面对危险，还会张开耳朵、发出雷鸣般的咆哮声，以此做出威胁状。但是这种威胁仅仅在有些情况下管用，而且不幸的是，这种防卫行为会将"女首领"暴露在危险之中，所以，它常常是第一受害者，而剩下的家庭成员将失去领导者。

如果家庭成员被枪击或受伤，其余的成员可能会前来援助，这个时候会十分喧闹而骚动，它们将设法抬起受伤者的腿，把它搬走，所有的家庭成员都会前来支持，站在两边出力。

亚洲象的基本社会结构也是由2～10只雌象及其"子女"组成家庭，这种家庭平均包含6.7个成员。印度北部的拉扎吉国家公园的集中研究表明，成年母象和它们"子女"的关系一般非常稳定，90%以上的时间会待在一起。这些团体将与其他群体（或许有亲缘关系的）在某些时间和地点相遇，而关于非洲大象之间热情地问候的描述还没有记载，更大的群体似乎只是短暂性的。

与它们的"姐妹"相反，年轻的雄象到了青春期会离开或被强制离开它们的家庭。成年雄象之间往往组成相互联系的小群体，其数量和结构保持不变；它们也会在短时期内独自生活。传统的观点认为，雄象之间联系甚少，很少协调行动，但最近在肯尼亚的研究显示，分开一段时间后，雄象会相互介入，在短期内反复发生频繁的联系。在博茨瓦纳北部，几百只小雄象通常保持密切的联系，在当地野生动物保护部门提供的水源处活动。

雄性亚洲象6～7岁左右开始离开家族。成年雄象与雌象群很少有来往，除非有雌象处在发情期。当年满20岁时，雄象开始成熟，进入"雄象发情狂"阶段，准备开始为交配展开激烈的竞争。"雄象发情狂"（印地语或乌尔都语中的单词，意为"极度兴奋"）这个词确切地描述了这种生理状况，在这个时期，雄象体内血液的睾丸激素水平可能会增加到平时的20倍以上。此刻，雄象一般会表现出强烈的敌对或侵略性行为。拉扎吉国家公园的研究显示，最大的成年雄象进入"雄象发情狂"期间时，大部分雌象正好处于发情期。全面成熟的雄象（达到35岁）"发情狂"期持续约60天，在此期间，它们广泛游走以搜索发情期的雌象。

非洲象也经历"雄象发情狂"期，只是表现得较不明显。在非洲大陆，肯尼亚的安博塞利公园对非洲象的社会习性研究得更加深入，发现雄象一般到29岁时才进入"雄象发情狂"期。这个时期通常持续2～3个月，而这时正是雨水充足的时期。

图中，一头公象正测试母象的接收能力。同远距离通信一样，近距离的互动是生殖周期中的一个关键部分。

"雄象发情狂"期的雄象比其他象更容易参与打斗，常常以打斗一方的死亡而结束。在"雄象发情狂"期内，雄象会急剧减少它们的摄食量，靠消耗体内储存的脂肪维持生命。雄象在"发情狂"期会发出信号，通知领域内的其他大象。它们的眼睛和耳朵之间的颞腺膨胀起来，释放出一种芳香的黏性分泌物。它们还会持续地排出含有脂溶性激素的尿液。雄象"发情狂"期的态势也比较明显：头比平时昂得更高，耳朵高高竖起并张开，声音也独具特点，是一种极度兴奋期的咆哮声。这种咆哮声低沉而颤抖，有点像一台低转速的柴油发动机的声音。

"雄象发情狂"的目的似乎是为了暂时增强其地位，并帮助它们在打斗中获胜。因为即使是一只小雄象，在"发情狂"期，通常也能战胜一只比较大的非"发情狂"期的雄象。在雌象发情周期内，只有2～4天发情，如果雌象没有怀孕，发情周期会持续约4个月。如果雌象怀孕，每隔4～5年会成功分娩一次，生养一只幼崽。在雌象发情期，雄象必须能迅速找到雌象。雄象在"发情狂"期内，每天比其他雄象能够走更长的距离，发情的雌象也会发出非常响亮的叫声来吸引雄象。雌象看起来更喜欢找体型大的兴奋期的雄象来交配，如果雌象不想与某只雄象交配，就会跑开，即便雄象追上它们，它们也会拒绝站立，不让雄象交配成功。

雌象的发情期通常在雨季，这个时候最高级别的雄象也会进入"发情狂"期。体型比较大的处在"发情狂"期的雄象存在与否会明显

影响其他雄象进入"发情狂"期的年龄，也会影响其他雄象处在"发情狂"期的时间长短，这主要通过胁迫效果来实施影响。在南非的一个大象种群中，引入了年龄比较大的雄象，结果其征服了具有高度侵略行为的年轻雄象，而这些年轻雄象原来会杀死当地的犀牛。

大象达到性成熟的年龄约为10岁，但在旱季或种群密度高的地方，可能会推迟数年。一旦雌象开始繁殖，每隔三四年可产下一只幼崽，但有时也可能延长。雌性生殖力最旺盛的年龄是25～45岁。

大多数大象每年会表现出与食物和水的季节性供应相适应的生殖周期，在食物短缺的旱季，雌象则会停止排卵。下雨后，食物供应好转，但约需要1～2个月的良好进食，才能使得雌象体内的脂肪达到排卵所需的水平。因此，雌象会在雨季的后半期和旱季的头几个月内进入发情期。

大象的怀孕期异常漫长，平均630天，有时甚至长达2年，这意味着幼象会出生在雨季初期，这时的环境适宜它们生存下来。特别是这个时候丰富的绿色植物能够确保母象在最初几个月内成功地分泌乳汁。通常认为，70%～80%左右的小象在第一年内能够得以幸存，但对跟踪调查的13只携带小象的母象的研究数据表明，超过95%的后代在出生后第一年内能够得以幸存。

非洲象出生时的体重约120千克。经历漫长的孕期之后，母象还会抚养小象相当长的一段时间。小象吮吸（用它们的嘴而非象鼻）母象前腿之间的一对乳房，它们的乳房与人类乳房的大小和形状相当。小象成长迅速，6岁的时候，体重就能达到1吨。15岁后，体重增长的速度逐渐下降，但终生会不断增长；雄性比雌性的体重增加得更快。

小象出生时，其他雌象，即所谓的"接生员"，会聚集在小象旁边，帮忙除去胎儿身上的隔膜。此后，这些被称为"异体妈妈"的其他雌象在抚养小象过程中仍将发挥重要的作用，它们会努力增加小象生存的机会，同时为将来自己生育后代积累经验。

土　豚

　　很少有人有运气能够见到土豚这种非洲最奇特的哺乳动物，它们在夜晚秘密活动，是以蚂蚁和白蚁为生的动物中唯一存活下来的哺乳纲管齿目动物。由于土豚很少见，人们对它们的了解也很少。

　　"土豚"在非洲土著语中的字面意思是"土猪"，但它与猪的相似之处纯粹只是外表上的。土豚的耳朵比较大，体毛稀疏，嘴部前突，呈管状，但比猪的嘴长。它的这些特征是出于饮食的需要，而且是非洲杂食性动物特有的外部特征。

食蚁者
体型和官能

　　在对土豚的解剖过程中，人们发现它的很多特点都适于吃蚂蚁和白蚁。嘴巴呈管状，很容易接近地面，而且能够左右摆动30厘米，寻找食物时走锯齿形路线，此路线可以供以后连续用几个晚上。它们会将软软的鼻子插进泥土

↗一旦土豚确定了白蚁的位置，它们就会蹲下来，将嘴巴和鼻子插进去。它们进食一次需要20秒到7分钟的时间——包括挖洞的时间在内。

里，鼻孔里长有一些鼻毛，可以防止进土，但不能完全避免。两个鼻孔之间长有具感知功能的肉瘤，可能是用来感知食物的。

　　当土豚找到了它们寻找的食物时，会立即用前爪挖一个V字型的犁沟。它们有短而粗壮的四肢，前爪上长有4个趾头，后爪上长有5个趾头，每个趾上都长有长长的边缘很尖锐的趾甲，以用来挖洞。它们细长的圆舌头上带有黏膜，可以分泌黏液，能够确保它们捉到每一窝蚂蚁。它们的胃上长有一个肌肉强健的幽门，作用相当于（鸟的）砂囊，可将食物磨碎。因此，土豚不需要咀嚼食物，也就没有必要长门齿和犬齿，取而代之的是臼齿，而臼齿终生都会生长。它们的上下颌上各长有2颗前臼齿和3颗臼齿。土豚的臼齿与其他哺乳动物的臼齿的不同，不是被牙釉质包裹，而是被人们所熟知的细的骨状组织——牙骨质——包裹着。

　　雄土豚和雌土豚的肛门上都长有气味腺体，可以分泌出刺激性的微黄色的分泌物，这可能也是传递身份的一种信号。它们的耳朵很大，听觉灵敏，但是觅食时耳朵的姿势是垂直向上而不是指向地面的。这表明土豚的耳朵不是用来听蚂蚁的声音，而是查听掠食者的声音的。

知识档案

土豚

目 管齿目

科 土豚科

有18个亚种，但是这种分法大部分可能无效，因为对它们所知很有限，尚不能得出肯定的结论。

分布 撒哈拉以南非洲，不包括沙漠地区。

栖息地 主要生活在开阔的林地、灌木丛和草地，雨林地区很稀少，无法在岩石地区生活。

体型 体长105~130厘米；尾长45~63厘米；体重40~65千克。雄土豚和雌土豚的大小一样。

皮毛 苍白色至黄灰色，头和尾巴为白色，雌土豚的颜色相对较浅。

食性 主要吃蚂蚁和白蚁。

繁殖 怀孕期为7个月。

寿命 人工圈养的可达10年。

为了获得足够的营养，土豚有时一夜之间能够吃掉5万只蚂蚁或白蚁。

夜晚觅食

社会行为

土豚几乎只在夜晚独自觅食，一般会在夜幕降临不久后离开洞穴去寻找食物，但是冬天会在下午晚些时候出来觅食。在南非的无线电追踪研究显示，根据土豚所走的路线，人们发现土豚傍晚时最活跃，从晚上8点到午夜，月亮对土豚是否下定决心冒险出去觅食没有明显的影响。土豚的住处很规整，它们的洞穴能够帮助它们有效地摆脱掠食者的追逐。在对南非的干燥高原上的土豚进行研究时发现：土豚夜晚觅食时，每晚能走2~5千米，平均每小时走550米，中间并不停下来休息。它们夜晚的行走路线是环形的，但不会把它们的整个领地包围在内。还有一些研究表明，土豚在10小时的觅食期间能够行走15千米，一晚上能走30千米远。

在对南非干燥高原上的土豚的研究中，人们还发现，土豚的领地范围为1.33~3.84平方千米，并且和邻居的领地有很大程度的重叠。每个个体会花费它们一半的时间在领地25%~33%的区域内活动。它们觅食所花费的时间夏天比冬天多：冬天，土豚每天平均保持5个小时在地面上活动，通常会在午夜之前回到它们的洞穴里；但在夏天，它们夜里的活动就可能持续8~9个小时。

土豚主要挖3种类型的洞穴：寻找食物时挖的洞穴、比较大的暂时分散在它们领地内的避难性洞穴、永久的避难所即幼崽出生的洞穴。后者是深的并且是曲折迷离的，长度有13米，而且通常不只一个入口。土豚通常喜欢改变它们洞穴的布局，如果有必要的话，它们会以相当快的速度来挖新的洞穴，可使自己在5~20分钟之内消失在地下。

人们对土豚的繁殖信息了解很少，但是知道它们每胎生1只幼崽，出生时体重大约是2千克，可能在雨季之前或雨季时出生，这个时候白蚁比较容易获得。小土豚2周大时就会第一次冒险和母土豚走出洞穴。大约6个月大的时候，它们就开始挖自己的洞穴，但仍会和母土豚待在一起，直到来年交配季节的到来。

↗ 土豚那长的、管状的耳朵让它们能尽早察觉到掠食者的到来。一旦它们挖到地面之下很深的地方，就会把耳朵折起，以防止泥土进入而损害听力。

马、斑马和驴

很少有像一群马、野驴或者斑马如惊雷般掠过广阔平原这样的景象，能让人浮想联翩，给人以有力、优雅、狂野和自由的深刻印象了。然而，如果不能进一步推进旨在让不稳定的马科种群稳定下来的保护措施，这样的景象可能以后只会出现在记忆中。而且，保护野外马科动物的栖息地，也有益于那些和马科动物同属一个生态系统的其他多种面临威胁的物种。

纤纤细腿的草食动物
体型和官能

所有的马科动物都是中型或者大型的草食动物，它们有着长长的脑袋、脖子以及修长的四肢，全身的重量依靠每只蹄中间的趾头来承受，并保证能够轻快地活动。它们拥有用于夹取植物的上下门齿，以及用于磨碎草的一排高冠的脊状的颊齿。

马科动物取得生态上的成功以及拥有广阔的地理分布范围要归功于它们以下的4个特征：轻快的步伐、用于碾磨食物的牙齿、大的体型以及休息时可以将腿固定的特性。其支撑器官使得马不用收缩肌肉，就能将腿保持固定，从而大大降低了休息、进食以及观察掠食者这些耗时但又非常重要的活动所带来的能量消耗。通过降低相关的营养需求，它们的大体型不仅使得它们取食范围更广，而且可以很经济节省地四处漫游。

马有着长度适中的笔直的耳朵，可以通过活动耳朵对声音进行定位或发送可视的信号。它们的颈项上有鬃毛，家驯马的鬃毛是分向两侧的，而其他的马的鬃毛是笔直向上的。所有的马科动物都有长长的尾巴，马尾上覆盖着长长的毛发，不过斑马和驴的尾巴仅仅在末端处有短的毛发。这些物种之间最惊人的差别是它们皮毛的颜色：斑马有着最生动的特定"服装"，而马和驴的颜色则比较统一单调。

这些物种的两性体型稍微有些差异，雄性一般比雌性大10%。雄性还有大的犬齿，表明

↗19世纪70年代，俄国探险家尼科莱·普尔热瓦斯基在蒙古西部发现了普氏野马。1968年以后，在野外就再也没有发现普氏野马。

"性选择"使得雄性之间争夺交配机会的战斗很惨烈。

马科动物的"表情"通过耳朵、嘴巴和尾巴位置的可见变化显现出来，嗅觉则能够帮助它们了解邻伴的踪迹，因为尿和粪便可透露群居的信息。例如雄性利用嗅尿和卷起嘴唇的反应来判定雌性的性状态。然而，大部分的社会联系都是依靠声音的。在马和平原斑马中，马驹和母马分开时会嘶叫，而母马会通过嘶鸣提醒马驹危险的到来。雄性也通过嘶叫表示对一个异性的兴趣，尖叫则用于警告竞争者冲突即将来临。事实上，雄性统治者和下级雄性的尖叫声是不同的。那些雄性统治者的尖叫声通常要多延续50%的时间，而且以嘹亮的语调结束，而"下级"是特有的单音的口哨声；最主要的不同是在开始阶段，统治者一开始就能发出高频率的语调，而其他的则不能。这表明居统治地位的马比那些"下级"能够更有力地呼出空气，于是，声音成为强者显示其有氧能力的手段，借以警告其他雄性不要因为逞强而陷入真正的战斗。在驴和细纹斑马中，雄性通常在争斗或者远距离召唤同伴时发出叫声。

高纤维的"食客"
食性

尽管现在的马主要吃草和莎草，但当这些

知识档案

马、斑马和驴
目 奇蹄目
科 马科
1属7（或9）种。

分布 东非，近东地区至蒙古。

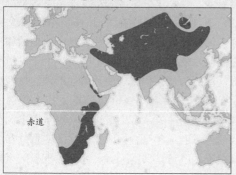

赤道

普氏野马
又称亚洲野马或野马。分布于蒙古的阿尔泰山附近地区，栖息在开阔的平原或半沙漠地区。**体型：**体长（包括头部，下同）210厘米，尾长90厘米，体重350千克。**外形：**腹侧和背部为暗褐色，腹部下侧是略带浅黄的白色，有深棕色能竖直的鬃毛，腿的内侧为浅灰色；有厚重的头部、矮壮的腿。

家马
分布于北美、南美及澳大利亚，栖息在开阔或者多山的温带草地，偶尔也出现在半沙漠地区。**体型：**体长200厘米，尾长90厘米，体重350~700千克。**外形：**皮毛浅黄色到深黄色；鬃毛倒向颈部两侧。有几十个变

种。野外类型有厚重的脑袋和矮壮的腿；家养的种类分布全球，有着优雅的身形。
非洲野驴
分布于苏丹、埃塞俄比亚和索马里，栖息于多岩石的沙漠。有3个亚种。**体型：**体长200厘米，尾长42厘米，体重275千克。**外形：**皮毛浅灰色，腹部白色，背部有深条纹；努比亚亚种的肩部有十字架条纹，索马里亚种的腿上有条纹。是最小的马科动物，有最窄的脚。
亚洲野驴
分布于叙利亚、伊朗、印度北部、西藏，栖息于高地或者低地沙漠。有4个亚种。**体型：**体长210厘米，尾长49厘米，体重290千克；比非洲野驴要大。**外形：**皮毛夏天为略带浅红的棕色，冬天变成光亮的棕色；腹部白色，有着突出的脊纹。是驴中最类似于马的物种，有着又宽又圆的蹄。
平原斑马
又称普通斑马。分布于东非，栖息于草地或稀树大草原。有3个亚种。**体型：**体长230厘米，尾长52厘米，体重235千克。**外形：**身体上有光滑垂直的黑白条纹，臀部有水平条纹。看起来胖而粗，腿短而粗。
山斑马
分布于非洲西南部，栖息于山区草地。有2个亚种。**体型：**体长215厘米，尾长50厘米，体重260千克。**外形：**皮毛比平原斑马更为光滑，条纹更窄，腹部为白色；更瘦，蹄子更窄，脖子下方有赘肉。
细纹斑马
又称格氏斑马或者皇家斑马。分布于埃塞俄比亚、索马里、肯尼亚北部，栖息于沙漠边缘的草原和干旱的多树丛的草地。**体型：**体长275厘米，尾长49厘米，体重405千克。**外形：**身上有狭长垂直的黑白条纹，臀部的毛向上弯曲；腹部为白色，笔直的鬃毛很突出。看起来像骡，有着长而窄的脑袋，耳朵宽大而突出。

食物稀缺的时候，它们也会吃诸如树皮、芽、叶子、水果和树根这些驴常吃的食物。马科动物的囊状的盲肠中，有用于分解植物细胞壁的细菌以及原生动物，食物通过胃之后开始发酵，因此它们的的排泄率并不像反刍动物那样会受到限制，使得它们可以大量进食低质的草料，因此能生存在比反刍动物更恶劣的栖息地中。即使在植物快速生长的时期，马科动物一般也会花白天60%的时间用于进食，条件恶化的时候，甚至需要80%的时间。

水对于马科动物的日常活动、季节性活动的成型起着关键性作用。这些马类的每个个体每天都要饮水一次，抚养幼驹则需要更频繁地饮水。实际上，处在不同繁殖时期的雌性对水的需求导致那些适应干旱和适应湿地的物种中出现了不同的牧食类型和群体关系类型。在干旱地区，最佳的觅食地点在离水源很远的地方，因此，哺乳期的和非哺乳期的雌性野驴和细纹斑马在白天的部分时间里都不得不从群体中分离出来。在更加湿润的地区，食物和水源通常相距不远。

马科动物和其他物种之间的接触也是多种多样的。它们的栖息地很少出现重叠，但当出现物种共存的情况时，例如一些细纹斑马和平原斑马在同一个牧食区中，则其相互竞争就在所难免了，不过这种竞争并不是十分明显。

紧密结合的流动群体
社会行为

马科动物是高度群居的，表现为两种基本的群居组织类型。其中一种类型以两种马以及平原斑马和山斑马为代表，成体生活在永恒持久的群体中，由一个雄性及在整个成年生活阶段一同作为它的"妻妾群"的那些雌性构成，每个"妻妾群"的家庭生活范围和邻居有重叠。第二种群居系统以驴和细纹斑马为代表，它们组成那种持续时间仅为几个月的短暂的团体。同性或者异性的暂时性聚集现象很常见，但大部分成年雄性独居于大的领地中。对细纹斑马而言，领地的大小在2～10平方千米之间，而驴则可以达到15平方千米。领地有着以大大的粪堆作为标记的边界，"主人"对于漫步在

在肯尼亚的安博塞利国家公园，两只雄性平原斑马正在激烈争斗。为了赢得与雌性斑马的交配权，它们有时会爆发异常惨烈的争斗，包括凶狠的撕咬和踢踹。

它们领地中的那些发情的异性有着独占的交配机会。在两种体系中，那些剩余的雄性则生活在"单身汉"群体中。

暂时性的群体和独居的有领地的雄性群居系统通常存在于那些干旱的资源零星分布的栖息地。在那里，水源和最佳的觅食区是分开的。随着哺乳的雌性在一段时间不能和那些不哺乳的同伴保持联系，这些栖息于湿地的物种之间明显的群居结合也就中断了。由于发情的或性活跃的雌性构成了两种雌性群体，雄性如果是领地统治者，会争相控制去往水源的路径，而那些非统治者的雄性则会竞争离水源很远的地方的优越觅食区。只有在那些食物和水源很近的资源丰富的地方，才会出现不同生殖状态的雌性待在一个永久的群体里一起行进的情况，这也导致了"妻妾群"的形成。

哺乳动物群一般是由近亲的雌性构成的，因为"女儿"总和"母亲"待在一起。但马科动物的群体是由一些没有亲缘关系的成员组成的，因为无论雌雄都会离开它们的出生地。雌性大约2岁达到性成熟时开始迁徙，那些邻近的"妻妾群"或者单身的雄性会试图拉拢它们。雄性在4岁的时候加入"单身协会"，在这样的群体中待上很多年之后，它们才具备保卫领地的能力，才能强占雌性或者取代原来占有"妻妾群"的雄性。那些离开"单身汉群"的无能的雄性则会联合一些有类似地位的雄性，从而

获得一些交配机会。

　　这种"妻妾群"形式的物种中的雌雄关系也是很特别的。一般而言，那些关系密切的雌性群体能够更好地觅食和抵御掠食者，因此，"妻妾群"形成了。在马和平原斑马中，雄性为一道而来的雌性提供了实实在在的好处：更长的觅食时间，能更好地保护幼崽，更少的性活动折磨。将冲突最小化实现了对雌性至关重要的社会稳定性，这也最终使得它们的繁殖能力有所增强。由于雄性所能提供好处的能力不同，因此雌性相当挑剔，它们会用脚来决定是否需要改变它们的群体。

　　在平原斑马的体系中，"妻妾群"本身会结合成大群，有时会加入50只甚至更多的单身雄性。这种多层次的社会体系更类似于灵长类的狒狒，而不是有蹄动物。尽管可能是由于食物资源、严重的猎杀以及雄性需要应付"单身汉"或雄性侵犯者等各种原因造成的，但这种复杂的社会形式还没有被人们充分认识清楚。

　　母马通常一次只能生1只幼崽，只有细纹

斑马的怀孕期超过1年。由于雌性在分娩后的7~10天就会再次发情，因此，伴随着新鲜植物的生长，分娩和交配发生在同一个季节里。雄性之间为争夺那些发情雌性的竞争非常激烈。竞争的初期表现为一些可见的展示，诸如摇头、将脖子弯成弓形、跺脚或者象征性地排便及发出擤鼻声，甚至发出尖叫声。这些冲突多半会升级，诸如个体之间的推搡、抬高身体、互相撕咬脖子，用"膝盖"猛戳对方，或者用后腿踢对手的胸和面部。相比之下，雌性之间则通过友好的相互"打扮"来增进感情。但雌性群体中也存在统治权和等级划分，那些地位高的雌性能享有很多好处，包括能首先进入水源地和那些优越的觅食区。

　　幼崽在出生后1个小时内就能站立起来，几周之内就能开始觅食，但是通常8~13个月才会断奶。雌性每年都可以繁殖一次，但因为喂养幼崽带来的压力使得它们通常会间隔一年。

↘ 马、驴和斑马的代表性物种。1.普氏野马，所有家驯马的祖先，正在展现种马的撕咬性威胁。2.雌性非洲野驴两耳向后，展示它们踢的威胁。3.雄性中亚野驴（亚洲野驴的亚种）筑起粪堆，作为领地的标志。4.西藏野驴——亚洲野驴体型最大的亚种，闻过雌性的尿之后，做出"性嗅反应"。5.一头年轻的雄性山斑马对成年斑马表现出顺从的面孔，请注意它颈部下垂的赘肉和格状的臀部。6.雄性平原斑马两耳冲后，以低头的姿势驱赶母马。7.一头发情的雌性细纹斑马表现出接受的姿态，后腿稍微张开，尾巴扬向一侧。

貘

　　现存的4种貘是5500万年前恐龙消失之后、马类以及犀牛出现之前的古老家族的残存者，它们"万能的"适于抓握的鼻子被看成是它们进化成功的关键。

　　这些"活化石"类似于已经灭绝的在古代介于食虫动物和高级有蹄动物之间的踝节目。随着地球变得更加干燥和寒冷，草地栖息地使得偶蹄目草食动物的数量增加了，并提高了它们的消化能力，占据了以前貘广泛分布在北美、欧洲、亚洲和东北非的许多栖息地。貘包括了那种在中国四川省更新世沉积层中发现其化石的巨型貘。

喜水的陆地动物
体型和官能

　　貘依赖于低地热带森林和山区热带森林两种栖息地，它们也频繁地进入河流和湖泊。那些生活在低地雨林的物种（南美貘、中美貘和马来貘）更是特殊的两栖动物，干燥的地面和洪水淹没的森林及河流对它们而言，都是一样的家园，甚至那些山地貘也不介意去水里洗个澡。所有的貘遭遇掠食者时都会本能地选择在水里寻求庇护，它们的天敌包括美洲虎、老虎、美洲狮和安第斯熊。亚马孙的南美貘十分聪明，它们会沉入深水中，使得美洲虎只能乖乖地望而却步。众所周知，这些动物物喜欢在河床边散步，寻找它们所钟爱的水生植物。

　　生活在低海拔地区的貘通常都是黄昏和夜晚活动，而那些山地貘大部分白天出没，只在中午日照最强烈的时候午休一会儿。它们基本上在午夜至黎明时休息，天亮后开始活动。随着人类越来越严重的危害，所有的貘都有增加夜间活动时间的趋势。

　　貘的皮毛一般都有伪装作用。所有的种类中，不超过1岁的小家伙都有白色的斑点和斑纹，点缀在红褐色及深棕色的毛皮上。巨型的马来貘长着白色的鞍状物，其末端和前半侧为深色，在晚上能混淆它的外部轮廓。山地貘有着厚厚的深棕色而柔软外皮及墨黑的毛发，这些能让它们在山区多云的森林里或者强烈日照下的开阔的帕勒莫（少树的典型安第斯北部高海拔荒野）同影子很好地混合在一起。

　　貘虽然近视，但它们拥有的听觉和嗅觉，可用来寻找食物及侦察掠食者。在安第斯陡峭的地形里，它们超强的平衡感使得它们可以在60~70度的斜坡上稳步行走。貘可以很轻易地躲避那些想观察它们的人类研究者。在森林里，它们常见的踪迹连接着它们的水源地及其吃东西和睡觉的地方。

　　盐渍池是貘在交配季节喜欢聚集的地方。雄性貘为了争夺雌性会展开战斗，之后，人们会发现它们一对对地在一起生活。

知识档案

貘

目 奇蹄目
科 貘科
1属4种。

分布 中美洲和南美洲、亚洲东南部。

赤道

赤道

栖息地 从海拔0米到近5000米的潮湿的热带森林和草地中。

体型 体长180~250厘米，尾长5~10厘米，肩高75~120厘米，体重150~300千克。

南美貘
分布于安第斯山以东地区，从哥伦比亚北部到巴西南部、阿根廷北部和巴拉圭，包括亚马孙河和奥里诺科河的热带森林盆地。栖息于从海拔0米到1700米的低地雨林和低的山区森林。**皮毛**：背部是带微红的棕色到浅白灰色，腹部下侧为苍白色；有短的稀疏的刚毛；从前额到肩部有狭窄的鬃毛。**繁殖**：怀孕期390~400天。**寿命**：30年。

山地貘
分布于哥伦比亚、厄瓜多尔、秘鲁西北部的安第斯山区。栖息于中高海拔的浓密森林到带灌木的帕勒莫草地，也包括高山草甸。海拔1400~4500米可见，通常见于2000~4500米处。**皮毛**：墨黑色中夹带着略带红褐色的深棕色；唇和趾尤其是耳朵上侧的边缘处为白色；皮肤比其他貘要薄。**繁殖**：怀孕期393天。**寿命**：估计25年。

中美貘
分布于墨西哥南部穿越中美洲向南到瓜亚基尔湾。栖息于低地森林、沼泽地、洪水淹没的草地及中海拔的山地森林。**皮毛**：胸部下面和面颊处为白色或浅灰色，躯干部为略带红色的棕色；耳朵边缘为白色；鬃毛短而密，从前额延伸下来，没有南美貘那样高。**繁殖**：怀孕期13个月。**寿命**：30年。

马来貘
分布于缅甸南部、泰国、苏门答腊岛，以前婆罗洲也有分布。栖息于浓密的原始雨林、河岸和湖岸。**皮毛**：身体的中间部分是白色的，前面和后面是黑色的（分散的颜色）。**繁殖**：怀孕期390~395天。**寿命**：30年。

与植物的相互关系
食性

　　貘能够吃掉所有类型的蕨类植物、木贼属植物、棕榈的果实和核、热带森林中的粗叶、凤梨科植物（以及它们的浆果），同时，它们也是植物种子的主要散播者。在厄瓜多尔的桑盖国家公园的一项研究中发现，33％的有脉管植物种类中，有42％被山地貘吃掉的植物的种子在貘的排泄物中会发芽。中美貘通常一个晚上可以吃掉34千克的草料，大部分很快成为湿润的雨林中的表层土壤覆盖物。

↘4种现存的貘：1.中美貘及其幼息；2.山地貘；3.南美貘；4.马来貘。

犀　牛

　　犀牛有庞大的身躯、坚韧的皮肤、突出的触角，这些使得人们一看到它们，就容易将其和恐龙家族而不是随后出现的哺乳动物联系在一起。实际上，这也有一定的合理之处，因为犀牛确实有着古老的祖先。

　　犀牛和大象以及河马都是那些幸存下来的曾经繁荣且多样化的巨型草食动物的代表性物种。4000万年前的第三纪有很多种犀牛，而直到1.5万年前的最后一次冰川期，欧洲才出现了羊毛犀牛。尽管那些灭绝的犀牛有着不同数量和排列类型的触角，但它们都是很庞大的。目前在5种幸存下来的犀牛中，2种处在灭绝的边缘，另外3也正在遭受越来越严重的威胁。

哺乳动物中的恐龙
体型和官能

　　犀牛因为它们那与众不同的身体特点而被命名。和羚羊、牛、绵羊的触角不一样，犀牛的触角没有多骨的核，其触角由位于头骨上粗糙区域集中起来的角蛋白纤维组成。黑犀、白犀（两种非洲种类）和苏门犀有一前一后2个触角，前面的通常大一点；印度犀和爪哇犀在其口鼻部末端只有1个触角。

　　犀牛有短而结实的四肢，以支撑它们巨大的身体重量。每只脚上的3个趾常使它们留下特殊的梅花状的印迹。印度犀皮肤上有着突出的褶皱及块状物，所以看起来有装甲板的感觉。白犀颈背有着突起的肉块，使得韧带可以支撑住其巨大头部的重量。成年雄性白犀和印度犀比雌性要大很多，相比之下，其他种犀牛的雌雄大小很相似。黑犀有着适于抓取东西的上唇，可用于握住木质类植物的枝梢，而白犀则有着延长的头骨和宽大的唇，来获取它们所喜爱的短草。这两种犀牛的颜色没有多大的改变，它们得到的通用名字很可能起因于当地的土壤颜色渗到了那些首先被发现的样本个体身上。

　　犀牛的视力很差，在超过30米的地方就无法侦察到静止不动的人。它们的眼睛长在头的两侧，所以，为了看清正前方的东西，它们首先用一只眼凝视，然后用另一只。它们有着很好的听觉，通过转动管状的耳朵，收集细微的声音。但它们几乎都是凭借嗅觉来感知周围的事物，它们嘴中嗅觉管道的容积超过了整个大脑的体积。

　　在没有人类干扰的情况下，犀牛有时能发出嘈杂的多种声音。不同种的犀牛发出不同的喷鼻息、噗噗声、吼叫、尖叫、抱怨声、长声尖叫以及类似雁的叫声。喷鼻声大多数时候被用来维持个体间的距离，而尖叫声被这些笨重家伙用来作为寻求救护的信号。雄性白犀会通过长声尖叫阻止母犀牛离开它们的领地，

犀牛

目 奇蹄目

科 犀科

4属5种。

分布 非洲，亚洲热带地区。

赤道

黑犀

从南非到肯尼亚都有分布；栖息于山区雨林一直到干旱的灌木林地；吃嫩枝叶；夜间活动多于白天。**体型**：体长2.86~3.05米，肩高1.43~1.8米，尾长60厘米；前触角长42~135厘米，后触角长20~50厘米；体重0.95~1.3吨。**皮毛**：从灰色到带浅褐色的灰色；无毛。**繁殖**：16~17个月的怀孕期后产下1只幼崽。**寿命**：40岁。

白犀

或称方唇犀牛。分布于非洲南部和东北部；栖息于干旱的稀树大草原；吃草；白天和夜间都出没。**体型**：雄性体长3.7~4米，雌性3.4~3.65米；雄性肩高1.7~1.86米，雌性1.6~1.77米；尾长70厘米；雄性前触角长40~120厘米，雌性50~166厘米，后触角长16~40厘米；雄性体重可达2.3吨，雌性可达1.7吨。**皮毛**：身体呈灰色，因土壤的颜色而不同；大部分都是无毛发的。**繁殖**：16个月的怀孕期后产下1只幼崽。**寿命**：45岁。

印度犀

或者称大独角犀。分布于印度（阿萨姆邦）、尼泊尔和不丹；栖息于洪泛区的平原草地；主要食草；白天和夜间都活动。**体型**：雄性体长3.68~3.8米，雌性3.1~3.4米；雄性肩高1.7~1.86米，雌性1.48~1.73米；尾长70~80厘米；触角45厘米；雄性体重2.2吨，雌性1.6吨。**皮毛**：身体呈灰色，无毛发。**繁殖**：16个月的怀孕期后产下1只幼崽。**寿命**：45岁。

爪哇犀

或者称小独角犀。分布于亚洲东南部，栖息于低地雨林；吃嫩枝叶；夜间和白天都活动。**体型**：肩高可达1.7米；体重可达1.4吨。**皮毛**：身体呈灰色，无毛发。

苏门犀

也称亚洲双角犀或多毛犀牛。分布于亚洲东南部，栖息于山区雨林；吃嫩枝叶；夜间和白天都活动。**体型**：体长2.5~3.15米，肩高可达1.38米；前触角长达38厘米，体重达0.8吨。**皮毛**：身体呈灰色，覆盖着稀疏的长毛。**繁殖**：7~8个月的怀孕期后产下1只幼崽。**寿命**：32岁。

而当公犀牛教训其他个体时，通常会发出尖锐的气喘声。另外公犀牛示爱时会发出柔和的嗝喘声。

犀牛比较特殊的一点是：雄性的睾丸并没有沉入阴囊中，其阴茎在收缩状态下是朝后的，因此，无论雌雄，都是直接尿向后方。雌性位于后腿之间的地方有2个奶头。

数以千克计的食物

食性

所有的犀牛都是依靠树叶等植物的植食动物，它们每天都要摄取大量的食物来维持它们庞大的身体。一头有腹膜炎的雌性白犀死时胃里的草料总湿重达72千克，是自身体重的4.5%，这大致是其一天要吃掉的食物数量。由于庞大的体型及强大的大肠发酵能力，它们能够容忍相对高纤维含量的食物，但在可能的情况下，它们更钟爱有营养的叶状的食物。两种非洲犀牛都没有门齿和犬齿，只用它们的嘴唇去吃草。亚洲种类依然有门齿，而苏门犀还有犬齿，但这些都更多地用来争斗而不是采集食物。白犀宽大的嘴唇使得它们吃东西时可以咬

↗白犀是世界上第三大陆地哺乳动物（只有亚洲象和非洲象比白犀体型大），雄性重达2吨多。

一大口，因此在一年中的大部分时候，它们都能从所钟爱的草地上采集到足够多的食物。在干旱季节，当短草都已经枯萎时，它们在树阴遮蔽的地方寻找那些主要包括大黍草的植物，最后再转向那些高高直立的以黄背草为主的食物。黑犀能用它们适于抓取的唇来获取木质的食物，它们喜欢的种类包括金合欢树、大戟属植物，还包括那些有乳状汁液的多汁植物；非草本植物也是其食物中的重要部分，但很少吃草；数量丰富的非洲吊瓜树是它们的水果食物来源。

印度犀用它们灵活的上唇采集比较高的草和灌木，但当需要吃短草时，它们也可以把唇折叠起来。它们更喜欢比较高的草类，尤其是甘蔗属植物，但在冬天，其20%的食物都是木质的；它们也寻找滑桃树上掉下来的水果。爪哇犀和苏门犀是特有的吃嫩枝叶者，它们经常弄倒小树来吃枝叶；和非洲黑犀一样，它们也吃某些特定的果实，苏门犀常吃的水果包括山竹和芒果。

所有的犀牛都离不开水，在条件许可的情况下，它们几乎每天都在小池塘和河流中喝水。在人工圈养的情况下，一头白犀每天要喝80升的水，但在野外，这个数字可能要小一些。在干旱的条件下，两种非洲犀牛可以不喝水而存活4～5天。

犀牛经常会在水坑中打滚，印度犀尤其会花很多时间躺在水里，而非洲犀牛经常用湿泥涂满它们的身体。水可以带来清凉，而湿泥则主要用于保护它们免受飞虫的叮咬（尽管犀牛有厚厚的皮肤，但它们的血管只在一层薄薄的表皮之下）。

社会性的独居者
社会行为

对于大型的诸如犀牛这样的哺乳动物来说，生命历程较为持久。雌性白犀和印度犀在大约5岁时开始经历第一个性周期，6～8岁时经过16个月的怀孕期后，会产下第1只幼崽。在体型小一些的黑犀中，雌性要比白犀和印度犀提前一年繁殖后代。犀牛每胎只能产1只幼崽，产

崽的间隔期最短也需要22个月，大部分是2～4年不等。刚出生的小家伙相对很小，只有母犀牛体重的4%（白犀和印度犀幼崽只有65千克，黑犀幼崽只有40千克），雌性在哺育期间与别的犀牛是隔离的。白犀幼崽出生后3天就可以跟在母犀后面行动了，而印度犀中的母犀有时会在离幼崽800米远的地方觅食。白犀和印度犀的幼崽一般会在母犀的前面跑，这样可以得到更好的保护，而那些栖息在矮树丛中的黑犀幼崽通常跟在母犀的后面。在受到威胁的情况下，母白犀会站在其幼崽身边保护它们。

在野外，雄性犀牛7～8岁就已经成熟了，但直到10岁左右，它们拥有自己的领地或者取得统治地位时，才能得到交配机会。

幼崽在一年中的任何时候都可以出生，但雨季是非洲犀牛的交配高峰期，因此大部分幼崽会在旱季初期出生。母犀牛可以用母乳给幼崽提供营养，以便度过那段艰难的时光。尽管白犀的幼崽3个月大时就可以啃草了，但却需要由母犀看护到1岁大小。

成年犀牛大部分都是独居的，但母犀会一直和最近出生的幼崽待在一起，直到幼崽2～3岁时，为了下一个幼崽的出生小犀牛才会被迫离开。然而那些不成熟的雌雄个体或者还没有生育幼崽的成年雌性有时也会成双结对，甚至组成更大的群体——在白犀中这种临时群体通常包括10个甚至更多的个体。带着一只幼崽的雌犀牛，加上一只大一点的小犀牛而组成三成员群体，在白犀牛中也并不罕见，虽然这只雌犀牛一般不是那只比较大的小犀牛的母亲。没

↗雌性黑犀之间友好的"鼻碰鼻的会议"。虽然基本上所有的犀牛都是独居动物，但通过这样的接触和联系，它们和共享一片家园的其他个体可以彼此熟知。

5种犀牛：1.印度犀；2.爪哇犀；3.苏门犀；4.黑犀；5.白犀。

有幼崽的成年雌性犀牛也十分乐意带着那些年轻的小犀牛。除了和发情的雌性短暂地在一起待一段时间之外，几乎所有的成年雄性都是独居的。

白犀和印度犀一般的生活范围是10～25平方千米，而在低密度分布地区，可能会达到50平方千米，甚至更大。雌性黑犀的生活范围从3平方千米的森林小块地，到高达近90平方千米的干旱地区不等。

所有种类的雌性其生活范围都在很大程度上重叠，因为它们不需要占有领地。雌性白犀通常参加"鼻碰鼻的友好会议"，它们可以很文雅地互相摩擦触角，而印度犀则对任何密切的接触都很抵触。然而，它们中快要成年的个体都会接触那些成年雌性、幼崽及其他未成年的个体，进行"鼻碰鼻的友好会议"或者顽皮

的摔跤较量。

所有种类的雄性都会加入到会导致严重受伤的残酷的争斗中，两种非洲犀牛通过它们前面的触角来较量。在种内战斗可能导致毁灭性后果的物种中，黑犀最为典型——大约50%的雄性和33%的雌性由于战斗留下的创伤而死亡。它们为什么如此好斗，人类不得而知，但不管怎样，有着高死亡率的犀牛的数量恢复很慢。亚洲的犀牛会张开大嘴，用它们长尖的下门齿来进行攻击，而苏门犀则是用它们的下犬齿。

黑犀以具有无缘由的进攻性而闻名，然而它们通常只是以盲目的疯跑来赶走入侵者。印度犀受到骚扰时，经常充满进攻性地狂奔；在一些犀牛占据的避难所，它们还时不时地攻击大象。

形成对比的是，白犀尽管体型庞大，但其实很温和，天生没有攻击性。包括那些快要成年的白犀在内的一群白犀，经常臀部互相紧贴，朝着外面的不同方向站立，形成保护阵形。这样或许可以成功地保护那些小犀牛不受诸如狮子和鬣狗这样的肉食动物的攻击，但是对付装备了武器的人类却无能为力。

野猪和疣猪

野猪在优雅和漂亮方面有所欠缺，但是在力量、适应性和智力方面却十分突出。它们能让人惊叹地适应森林、灌木丛、林地和草地，在那里，它们组成小队神出鬼没，通过决斗来争夺地位和配偶、避开掠食者并享用遍地的美食。

野猪类是现存的偶蹄哺乳动物中最平凡的。它们有一个简单的胃，每只脚上有4个趾；在3个属中，都有着完整的齿系。它们大部分栖息在森林和灌木丛中，在夜晚活动，这样可以减少同人类的接触。大约9000年前，随着定居农业的兴起，野猪开始被驯服，现在有很多家猪的种类及它们的杂交种类。

▌敏锐的感觉
体型和官能

现存的野猪是中型的偶蹄类动物，它们有着特有的大头、短脖子、覆盖着粗糙刚毛的

薮猪在非洲因为糟蹋庄稼而声名狼藉。同时，作为猪瘟病毒的携带者，它们也周期性地成为人们控制的对象。

有力而敏捷的身体。它们的眼睛很小，但富有"表现力"的耳朵却相当长。它们长长的嘴中有特殊的獠牙（犬齿），末端是圆盘样的可动的有两个鼻孔的鼻子。长嘴、獠牙和疣状面部结构与饮食类型以及战斗风格密切相关。它们加穗的尾巴则可用来击打飞虫和宣泄情绪。

大犬齿、有圆形尖头的臼齿、支撑鼻子的前鼻骨是野猪的主要特征；在疣猪中，第1和第2颗臼齿退化并消失了，而第3颗臼齿变长，以便填充齿系。

野猪依靠每只脚上的第3趾和第4趾来行走，较小的第2趾和第5趾通常是不接触地面的。所有的雄性体型都要大于雌性，而且有更明显的獠牙以及疣。

野猪类嗅觉、听觉和发声都很完善，它们的群体成员通过不间断的吱吱声和咕噜声来彼此联系。大的咕噜声能传达警报，而有节奏的咕噜声则仿佛是求爱时期的"情歌"。

▌吃植物和昆虫
食性

尽管野猪类的成年雄性是独居的，但其他的个体和家庭团队则一起觅食，它们的食物范

围很广泛（真菌类、蕨类、草、树叶、根、鳞茎和果实），还会守候在杂乱潮湿的地面上捕获昆虫幼虫、小脊椎动物（青蛙和老鼠等）和蚯蚓。据发现，南非耐斯纳森林里薮猪的食物构成是：植物的块茎和球茎部分（40%）、树叶（30%）、果实（13%）、动物肉类（9%）和真菌类（8%）。

巨林猪和疣猪是更加特别的植食动物。巨林猪在常绿的草原和森林中的林间空地吃草和嫩枝叶，它们几乎从不用嘴来挖东西。疣猪几乎只吃草，用它们独特的门牙和唇采摘正在生长的草尖，或者用坚韧的鼻子上部从那些晒裂的草原土壤上拔出草根。在津巴布韦最干旱的时期，草根构成了疣猪食物的85%；在雨季，草叶占到95%；在雨季末期，60%的食物则是草的种子。

母系群落
社会行为

尽管野猪18个月左右就可以达到性成熟，但雄性只有到4岁左右才能成功交配。在潮湿的热带地区，它们四季都可以繁殖，而在季节性变化明显的温带和亚热带地区，交配一般发生在秋季，母猪在第二年春天产崽。小猪出生在母猪做的草窝或者地下洞穴中，出生时的体

↗虽然疣猪的上犬齿变成了大獠牙，使人印象深刻，但其较小较尖利的下门齿变成的獠牙才是它们的主要武器。在它们之间的战斗中，奇形怪状的面疣能够保护它们不受对手獠牙的伤害。

知识档案

野猪和疣猪
目 偶蹄目
科 猪科

5个属 13（或16）种：猪属，有7（或10）种；疣猪属，有2种；河猪属，有2种；鹿豚属，1种；巨林猪属，1种。

分布 欧洲、亚洲、非洲；引入北美和南美、澳大利亚、塔斯马尼亚岛、新几内亚和新西兰。

赤道

栖息地 主要是森林和林地。

体型 体长从倭猪的58~66厘米，到巨林猪的130~210厘米；体重从前者的6~9千克到后者的130~275千克。

皮毛 虽然一些野猪几乎全身赤裸无毛，但绝大多数身上都稀疏地覆盖着粗糙的刚毛。

食性 杂食，包括真菌类、根、鳞茎、块茎、水果、蜗牛、蚯蚓、爬行动物、雏鸟、蛋、小型啮齿动物以及腐肉。

繁殖 怀孕期从倭猪的100天到普通疣猪的175天不等，一胎生1~12只幼崽。

寿命 一般为15~20岁，鹿豚的寿命可达24岁。

重在500~900克之间。幼崽在跟随母猪活动之前，一般要在窝里待上10天左右。

每个幼崽都有专属的奶头来吃奶，一般到3个月大时开始断奶，但小猪仍然和母猪一起待在一个近亲组成的家庭中，直到母猪准备生下一胎时才离开。产崽之后，年轻的母猪又重新回来，形成更大的母系群落，里面或许包括好几代。

野猪的求爱方式有好多种。一头发情的公猪会轻推母猪的腰窝，闻它的生殖区，沉迷于侧面的炫耀并不断地尝试把下巴搁在母猪的臀部上。薮猪、疣猪和猪属中的猪等在唱"情

↗野猪不同的争斗方式：1.巨林猪用它们坚韧的头顶互相冲撞；2.薮猪有着交叉的剑状的猪嘴，通过上面的疣保护自己；3.欧亚野猪互相"猛砍"对方的肩膀，并依靠厚厚的皮肤和错杂的毛发来保护自己。

歌"时，会散发出分泌于唇腺的信息素；猪属中的猪还产生一种唾液泡沫，以便引诱那些发情的母猪做出交配的姿态。交配通常持续10分钟，公猪的螺旋型阴茎插到母猪子宫颈内，会在那里形成由凝结的精液构成的栓。这个栓可能用来阻止其他公猪精液的进入。

从社会体系上来说，公猪喜欢独居，或者生活在单身群体中；雌性则由一只或一只以上的成年母猪带着不同年龄的后代，构成一个母系的野猪群。当这种"母女团体"变得太大时，会分化成不同的血缘单元。这种单元由生活在同样生活区域的有血缘关系的母野猪群构成，它们共享同样的进食区、水坑或水塘、打滚区、休息地和睡觉的洞穴。野猪通常不具领地性，倭猪的生活范围大约为0.25平方千米，疣猪为1～4平方千米，欧亚野猪为10～20平方千米。猪有不同的标记生活区域范围的手段，比如通过唇腺分泌物、眼眶前骨的分泌物（疣猪和巨林猪）或者脚的分泌物（薮猪）。在群体内部的雄性中，交配体系表现出明显的等级性。

在婆罗洲的东北部，髭野猪以周期性的大规模迁徙而闻名，随之而来的是每年持续的森林果实丰产及其刺激和促进下的种群大爆发。上一次大规模的迁徙发生在1983～1984年，有100万或者更多的猪加入了这次大约200千米的行程。伴随着这种周期性爆发的持续消耗，果实的数量会大大减少。

西猵

在亚马孙雨林深处，一群超过百头的类似于猪的动物杂乱地跑向一片盐碱池。盐池在一片小的空旷地中，这里马上充满了这种深色的有白下巴的动物，它们在富含矿物质的水和泥中抽动鼻子。空气中弥漫着低沉的成年动物的咕噜声和幼崽呼唤母亲的尖叫声，同时带有强烈的麝香味，还能听到野猪类动物用强壮的颌打开坚硬的棕榈果的噼啪声等这类背景声。这些动物就是美洲特有的西猵。

这种场景在森林中重复了几千年，仅仅到现在才出现了转折：突然的爆破声撕裂了空气，一个美洲印第安土著人躲在树后，不断地用老猎枪朝它们射击，很快，5只白唇猵死在了地上，动物群马上跟随着毛发斑白的长者，掉头逃回森林。在现在的新热带低地森林地区，这是一幅典型的日常场景，猎杀和栖息地遭到的破坏给这种动物的长期生存划上了一个问号。

森林中的猪
体型和官能

西猵是类似于猪的中型动物，但是有长长的纤细的腿。它们在渐新世的西半球开始发展，而真正的猪出现在东半球。在北美、欧洲和亚洲发现了灭绝已久的西猵类，科学家们一开始只能从化石记录中了解到其中的一种现存物种——草原猵，直到1972年才惊喜地发现，它们还有在野外存活的个体。

3种现存的西猵在颜色和体型上都不同。环领猵是最小的，因它们白色的领圈而与众不同；白唇猵的身体比较黑，有白色的唇和颊；

草原猵大而且黑，有着类似白唇猵的白领。以下不同的特征——长长的腿，大得多的头部，更发达的齿冠，眼睛位于头后方较远的地方，较长较高的口鼻部——证明草原猵应是一个独立的属。这3种动物的雌雄体型极为相似。

西猵是杂食的，特别喜爱水果（尤其是棕榈果）、种子、根、茎和蔓生植物，偶尔也吃昆虫、其他无脊椎动物、腐肉甚至小型哺乳动物。草原猵的主要食物是仙人掌，而仙人掌也是某些环领猵的重要季节性食物。

群体防御策略
社会行为

雌性的环领需要33～34周达到性成熟，而雄性需要46～47周。野外的白唇猵和草原猵在出生第二年就可以初次生育。它们的交配只持续几秒，之前也不需要热烈的示爱。雌性可以和很多雄性交配，而成年雄性会在群体中建立等级制度，以便限制雌性与下级雄性之间的交配。环领猵的幼崽需要被养护50天，最多可达74天。雌性一般只看护它们自己产下的幼崽，而白唇猵中则

西猯

目 偶蹄目
科 西猯科
2属（或3属）3种。

分布 美国西南部到阿根廷北部。

赤道

环领猯

分布地从美国西南部到阿根廷北部，栖息于热带森林、热带多树大草原、多荆棘灌木林地、茂密的树丛等。**体型**：体长78~100厘米，肩高40~49厘米，尾长2~6厘米；体重16~35千克。**皮毛**：灰白色，背部

颜色较深，四肢呈黑色；从背部中央到胸部的对角有展开的白色环领；年幼的呈黄褐色，环领呈散开状。
繁殖：怀孕期145天；每胎产崽1~4只，一般为2只。
寿命：野外可生存16年（圈养最长可达24年）。

白唇猯

分布于墨西哥韦拉克鲁斯州东南部到阿根廷北部，栖息于热带森林、热带多树大草原、多荆棘的灌木林地。**体型**：体长90~135厘米，肩高56厘米，尾长3~6厘米；体重27~40千克。**皮毛**：深棕色到黑色，唇上、下颌和喉部有白色的刚毛；年幼者为略带红色的深棕色。**繁殖**：怀孕期158天；每胎产崽1~4只，一般为2只。**寿命**：野外能生存15年（圈养可达21年）。

草原猯

分布于格兰查科，栖息于干旱的有隔离草原的多荆棘森林。**体型**：体长93~106厘米，肩高52~69厘米，尾长3~10厘米；体重30~43千克。**皮毛**：呈灰色、深棕色或黑色，从背部中间到胸部有模糊的白色环领镶边；年幼者为茶色和黑色，有散开状的环领。**繁殖**：怀孕期5个月；每胎产崽1~4只，一般为2只。**寿命**：野外至少生存9年。

存在那种被公共混合哺育的幼崽。

西猯是群居动物，草原猯生活在由2~10个成年和年幼个体组成的群体中，环领猯群包括6~50个个体，白唇猯群则通常能达到100只，从50~400只不等（人类的过度猎杀导致现在极少出现400只的大群体）。这种庞大的群体觅食时会分为亚群，然后重回到总群里。美洲印第安猎人报告说，白唇猯群跟随在一个年长者的后面前进，后面紧跟着带幼崽的雌性，然后是未成年的雄性，拖在最后的是那些老弱病残。它们会通过相互在尾巴上侧标记信息素，来加强群体内部的凝聚力和认同感。个体从后到前分排，同一排并肩地站立，精力旺盛地用它们的颊去摩擦彼此的腺体。

环领猯和草原猯群体有着较少重叠的固定的生活范围，表明它们是有领地的。环领猯的领地范围为0.3~8平方千米不等，而草原猯的领地范围估计能达到平均11平方千米。环领猯和白唇猯将尾部腺体的分泌物标记在它们领地范围以内的树干或者其他东西上，那些优先使用的核心区则被粪便标记着。白唇猯生活在22~110平方千米的更大领地里，尽管有些情况

下它们是游动或者迁徙的。

西猯的主要天敌是美洲狮和美洲虎，但一些南美农民声称，美洲虎仅仅会杀死那些离群的白唇猯。白唇猯遭遇猎杀它们的人类及其猎犬时，其中的一只或几只会留下来面对这种有相当大风险的威胁，以便让群体中的其他成员得以逃脱。这些留守者一般都是雄性，但是雌性会回来照顾那些受伤的同类。在掠食者发现它们之前，环领猯会发出警报声，然后群体向各个方向分散，以此迷惑攻击者。相比之下，草原猯会留在原地直面危险，在面对大型猫科动物时，这或许是一种很好的战略，但此举却会把整个群体都置于人类猎杀者的枪口下。

↗ 白唇猯可能是现存3种西猯中领地范围最大的，其领地比其他两种要大很多。图中一只年幼的白唇猯正在草地上漫步。

河 马

河马是非同寻常的双物种现象的一个典型例子——双物种现象即两个有很近血缘关系的物种分别适应不同的栖息地（其他例子包括森林象和草原象以及两种野牛）。大一点的河马栖息在草地上，小一些的则生活在森林里。

河马因其生活被划分和隔离的方式而显得不同寻常，如繁殖和觅食发生在不同的栖息地；白天在水里活动，夜间在地上活动。生活区域的划分被认为和它们独特的皮肤结构紧密相关，当它们暴露在白天的空气中时，皮肤的失水率很高，因此它们白天花大部分时间待在水里是十分必要的。事实上，河马的失水率比其他动物要多好几倍，每5平方厘米的皮肤每10分钟就要失掉12毫克的水，其失水率是人的3～5倍。

两栖有蹄类动物
体型和官能

普通河马有着大的桶状的身体，靠它们那看上去似乎难以支撑体重的相当短的腿来平衡，实际上，河马大部分的时间都是浮在水里的。它们的眼睛、耳朵和鼻孔都在头的顶部，使得它们在水中的时候可以看、听和呼吸。由于水栖性比较差，倭河马的眼睛长在头部更靠边的地方；此外，它们的脚也很少有蹼，而是有着更短的侧趾。河马的身体两侧的前部是倾斜的，使得它们可以通过那些矮层的丛林；普通河马的背脊和地面大致是平行的。两种河马

的下颌都在头骨后面很远的地方，因此，它们可以打大大的哈欠。它们的嘴巴可以张开到150°，而人的嘴巴只能张开到45°。

两种河马都主要在夜间活动，但普通河马在草原出没，倭河马则是森林动物。普通河马白天待在河、湖或泥坑里。

在黄昏，它们开始外出到内陆3～4千米的范围里吃草。一些河马，通常是雄性，在湿润的季节，会选择待在草原上出现的临时泥坑里休息一下，以便节省能量，而不总是回到那些永久的水域里，这样一来，这些河马可以将它们的活动范围扩大到10千米。

有的时候，倭河马待在河床的洞穴里，但这显然不是它们自己挖的洞穴，而是诸如非

↗河马的眼睛、鼻子和耳朵的位置使得它们在水中也能看、听和闻。

↗奥卡万戈河是河马的天堂。

知识档案

河马

目 偶蹄目
科 河马科
2属2种。

分布 撒哈拉以南的非洲地区。

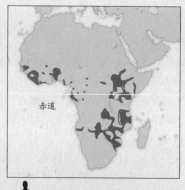

赤道

普通河马

分布：非洲；栖息于短草草地（夜间）或河流、洼地、湖（白天）。**体型**：体长3.3~3.45米，肩高1.4米；雄性体重1.6~3.2吨，雌性1.4吨。**皮毛**：身体上面的部分呈灰棕色到蓝黑色，下面的部分略带桃色；白化病者为亮红色。**繁殖**：怀孕期大约为240天。**寿命**：大约45岁（圈养可达49岁）。

倭河马

分布：利比里亚和科特迪瓦，在塞拉利昂和几内亚也有少数；栖息于低地森林和沼泽地。**体型**：体长1.5~1.75米，肩高75~100厘米；体重180~275千克。**皮毛**：墨绿色，下面的部分褪成奶油状的灰白色。**繁殖**：怀孕期为190~210天。**寿命**：大约35岁（圈养的可以活到42岁）。

洲小爪水獭或者斑颈水獭这些动物的活动造成的——它们在树根之间挖洞穴，这些洞穴会随着河水的冲刷和侵蚀而变大。

一直以来，河马同猪以及西猯，都被分在偶蹄目中的猪亚目，但近来有关线粒体DNA的研究提供的证据表明，河马和鲸类有着更近的联系。鲸类和偶蹄类动物有亲缘关系已经被大家所接受，但是先前并没有确定哪组偶蹄动物和它们最接近，现在看来，就是河马。鲸类和河马的分化大约出现在5400万年前，但这并不意味着一种是另一种的继承，仅仅意味着它们有着共同的祖先。鲸类和河马的化石记录非常有限，因此我们或许永远也搞不清它们共同祖先的模样。

有节制的进食者
食性

考虑到它们巨大的体型，河马的饮食习性相对而言是比较"节约"的。它们每天只吃相当于自身体重1%~1.5%的食物，是可与之比较的诸如白犀这样的哺乳动物的一半。从于乌干达精选出来的河马身上发现，其雄性胃的平均干重只有34.9千克，雌性为37.7千克。由此看来，成天待在温暖的水里是保存能量的一种高效生活方式。

普通河马一般只吃草，有时也附带消化一些双子叶植物（非禾本科草本植物），但任何时候都不会吃水中的植物。尽管有些孤立的报道说河马也吃肉，有时候其"猎物"还是被它们杀死的，但通常它们只吃一些腐肉，只有一例报道说它们自相残杀。倭河马有着更为不同的食物范围，由落下的水果、蕨类植物、双子叶植物和草类组成。它们晚上离开水去吃水果、蕨类植物的叶子或者森林地表的草，它们用厚厚的唇去取食，而不是通过牙齿去咬。

河马需要依靠它那不同寻常的消化系统，以分解那些占它们草类食物主体的粗糙的纤维素。它们的胃由4个胃室构成，其功能同反刍动物中的牛和羚羊比较类似，发酵"桶"中的微生物会产生分解纤维素所需的酶。河马还会将那些部分消化了的食物重新返回到嘴里，进

↗河马的摄食范围受到它们从水源到摄食区所花费时间的限制。通过一些泥坑来降温，可以扩大它们的活动区域。

行第二次咀嚼。

群居但是不爱交际
社会行为

河马的群居生活并不突出。大约10％的雄性是有领地的，但由于两栖的本性，它们并不保卫小块的陆地，而是防卫长达几百米的河岸或者湖岸。它们也允许其他雄性进入领地，前提是它们必须很顺从，但是会尽全力独享同领地里的雌性交配的权利。如果一个独身的雄性没有遵守这一规则，挑战领地所有者的权威，激烈的争斗便一触即发。血腥的争斗往往会导致其中的一个死亡；它们的攻击主要依靠长达50厘米的锋利的下犬齿。河马在排便过程中，会猛烈摇晃它们的尾巴，把它们的粪便喷得很远很广。这有着一定的社会意义，因为雄性可以通过这个做标记，以便彼此区分开来。扩散粪便更可能被作为一个重要的定位手段，因为那些从矮树丛蔓延到吃草的地面的区域通常是被喷过标记的。

雌性通常存在"派别"，但它们并不以群居的团体形式出没。雌性之间并没有什么联系，尽管每天早晨回到同样的水域里。除了带着幼崽之外，它们一般会离开水独自去觅食，另有证据表明，它们会经常更换领地。普通河马是以"自我"为中心的，只是临时选择群居而已。

倭河马同样缺乏社会性，除了交配以及带着幼崽的母河马之外，人们经常发现它们独自生活。人们不能完全确定它们是否是有领地的动物，但一般认为它们不是。雄性一般生活在和其他雄性有重叠的居住范围里，很多雌性也共同生活在这片区域内。当人们发现成年倭河马在一起时，通常是雄性在交配之前追求雌性，而类似的示爱却不会出现在普通河马身上，它们的交配是高度强制性的，雄性一般会粗暴对待雌性。两种河马的交配一般都发生在水里，倭河马有时也在陆地上交配。

河马的水栖习性部分是由它们的皮肤结构决定的。河马的皮肤非常厚（普通河马最厚处可达35毫米），包括一层薄的含有很多神经末梢的真皮上面的表皮和一层浓密的含有纤维的胶原质层，这种结构赋予了它们很大的力气。真皮下面布满了粗糙的网状的血管，但是没有皮脂腺（真正的温度调节器），这就意味着它们不能出汗，因此水是让它们的身体降温的关键所在。和某些大型哺乳动物通过白天吸收阳光的热量，然后在凉爽的夜晚释放热量来调节身体的温度所不同的是，普通河马主要依靠待在水里，从而将体温持续地保持在大致不变的范围以内。倭河马也是采取同样的体温控制方式，它们皮肤的生理特点与普通河马是类似的。

除了尾巴上和嘴周围有一些刚毛之外，河马的皮肤是无毛的，也被认为是很敏感的。河马的体色是略带浅灰的黑色，适度夹带着一些略带粉红的棕色，而倭河马则是清一色的黑色。

关于河马分泌血液的荒诞说法可能源于它们皮肤下面腺体产生的被当作"防晒霜"的大量分泌物，在阳光下，这种分泌物能由无色变为红棕色。这种分泌物还有抗菌特性，可以快速干净地治愈那些在同其他雄性争斗中造成的创伤。

河马的生殖器官和常见的哺乳动物大同小异，但它们的睾丸是部分下沉的，因没有阴囊导致很难区分性别。雌性的两个特别之处在于：阴道的上部有明显的大量的褶皱，生殖道的前庭有两个突出的囊。这些部位的功能至今还是未知的。

普通河马能够产生能引起共鸣的呼喊，一开始是声调很高的尖叫，随后是一系列深沉的隆隆的低音，这在很远的地方都能听见。大部分的呼喊是在空气中传播的，但有研究表明，普通河马在水下也可以做到这一点。

所有的普通河马都是在夜间发出呼喊，但此时正在吃草的其他河马并不能听见，不知道这些呼喊究竟有什么用。所谓的"齐声合唱"是雄性团体喜爱的，当一群河马一起咆哮然后被邻近的河马群回应时，声音就像波浪一样，沿着河流传开。这样的声波可以在4分钟内传到下游的8千米处。声音越大，表明群体越大，也就意味着雄性的领地统治者更为强大，因此，这些声波也是针对雌性的很好的"广告"。这种呼喊有时也被领地所有者用来向无领地权的其他雄性展示力量、发号施令。

有时河马会在水下发出滴答的噪音，这种水下的呼喊被用来宣告在黑暗的水里有一只河马存在。没有证据表明这些是用来起定位作用的，然而解剖学证据表明，水下的声音是通过颌骨来收集的，因此，这些呼喊能同时被水面以上的耳朵和水面以下的颌感知。

河马的怀孕期持续大约8个月（倭河马为6.5个月），这对于如此巨大的动物而言是比较短的，但同时提高了河马产崽的频率。分娩可以发生在陆地上，但主要是在水中。哺乳也是两栖的，一直持续到幼崽完全断奶为止，大约1年。两种河马一般都是在6～8个月大的时候开始断奶；断奶之后，幼崽仍然和母河马待在一起，直到完全长大，大概到8岁时离开。

两种河马的繁殖生理的相似性表明，倭河马比较小的身体是近期进化的结果。当然，也发现过相当大的倭河马化石以及比较小的普通河马的化石。

雄性河马之间对彼此有一定的容忍度，但当涉及到争夺配偶的情况时，争斗往往不可避免。大多数成年雄性都会在争斗中留下伤疤，这种争斗起初表现为摆姿势和喷水，然后便很可能是致命性的。雄性统治者通常能占据领地长达8年。

骆驼和驼羊

    骆驼科的成员们与那些干旱栖息地的主要大型植食哺乳动物生活在一起。通过进化而适应了靠近沙漠或者在沙漠中生活的骆驼，给人类在该环境下的生存和发展作出了不可磨灭的贡献。

    人们熟知的骆驼包括亚洲西南部和北非的驯化的单峰骆驼以及在蒙古大草原现在仍然存在的双峰骆驼，但新大陆的人们广泛了解的其他4种动物也被归为骆驼类，它们是驯化了的驼羊和羊驼以及野生的原驼和骆马。

独一无二的有蹄类动物
体型和官能

    骆驼是用脚底的垫块——事实上，仅仅是蹄的前端——接触地面的，而不像其他有蹄类动物那样靠蹄来支撑身体。南美洲的骆驼科动物生活在从海拔0～4600米的干旱的草原环境里，它们脚趾的垫块没有其他骆驼那么宽，使得它们可以灵活地行走在岩石路面以及布满砂砾的斜坡上。它们裂开的上唇、长而弯曲的脖子、大腿和身体间缺乏张力的皮肤，使得它们的腿显得格外长。这是骆驼的特征，它们以缓慢的节奏行进。骆驼是哺乳动物中唯一有椭圆血球的动物，还有相互隔开的上门齿，在南美的雄性骆驼科动物的上下颌中还发现了类似于犬齿的锋利的钩状尖牙。骆驼的胸部以及腿关节处有着角状的老茧。

    单峰驼和双峰驼都过着特别艰苦的生活。

它们在广阔的生活区域里吃很多种植物，比如那些其他动物敬而远之的荆棘、干燥的植被以及滨藜。它们可以忍受长时间的缺水（不活动时可长达10个月），因此，它们可以去距离沙漠绿洲很远的地方寻找食物。它们一旦喝到水，通常可以在很短的时间里喝掉约136升。它们排很少的尿和干燥的粪便，在炎热的天气里，它们白天的体温可以上升6℃～8℃，以此减少对排汗降温的依靠，尽管必要时它们也会使用分布在身体内的汗腺——事实上骆驼皮肤内的汗腺密度和人类的差不多。骆驼也出汗，那些湿气很快会被蒸发掉。除了上唇、鼻孔的外面以及肛门附近的地方以外，它们有着简单的盘绕着的管状汗腺，连接在全身的毛囊上。它们的汗腺比大部分动物的都要深一些，即使在很轻微的活动之后，我们也能感受到骆驼鞍子下面的湿气。

    各方面的进化使得骆驼可以在极端的环境下生存下来。它们的鼻孔可以关闭起来，以便抵挡飞来的沙尘；鼻腔通过加湿吸进来的空气和冷却呼出的空气，以减少水分的散失。它们的驼峰可以作为储藏大量能量的脂肪容器，使其可以在没有食物的情况下行走很长时间。

骆驼和驼羊

目 偶蹄目

科 骆驼科

3属6种（包括3个家养种类）。

分布 亚洲西南部、北非、蒙古和南美安第斯地区。

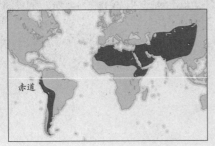

赤道

体型 高度从骆马的86~96厘米（肩高），到单、双峰驼的190~230厘米（峰高）；体重从前者的45~55千克，到后者的450~650千克。

驼羊

分布于秘鲁中部、玻利维亚西部、智利东北部、阿根廷西北部的安第斯地区，栖息于高山草地及海拔2300~4000米的灌木丛中。有茶库驼羊和卡拉驼羊两个亚种。**体型**：体长120~225厘米；肩高109~119厘米；体重130~155千克。**皮毛**：单色的或者白色、棕色、灰色到黑色的混合颜色。**繁殖**：怀孕期为348~368天。

羊驼

分布于秘鲁中部到玻利维亚西部的安第斯地区，栖息于高山草地、牧场及海拔4400~4800米的湿地或沼泽地。**体型**：体长120~225厘米；肩高94~104厘米；

体重55~65千克。**皮毛**：单色的或者白色、棕色、灰色到黑色的混合颜色，毛发比驼羊要长。**繁殖**：怀孕期为342~345天。

原驼

分布于秘鲁、智利、阿根廷和巴塔哥尼亚的安第斯丘陵。栖息于沙漠草地、草原、灌木丛，偶尔也出现在海拔达4250米的森林里。有4个待确定的亚种。**体型**：肩高110~115厘米；体重100~120千克。**皮毛**：单一的肉桂色，下腹为白色，头部从灰色到黑色。**繁殖**：怀孕期为345~360天。

骆马

分布于秘鲁中部、玻利维亚西部、智利东北部、阿根廷西北部的安第斯高山，栖息于海拔3700~4800米的高山间草地。有秘鲁和阿根廷2个亚种。**体型**：体长125~190厘米；肩高86~96厘米；体重45~55千克。**皮毛**：统一的肉桂色，有或者没有白色的"胸兜"，下腹为白色。**繁殖**：怀孕期为330~350天。

单峰驼

又称阿拉伯骆驼。分布于亚洲西南部，北非；澳大利亚有放归到野外的种类。栖息于沙漠。**体型**：峰高190~230厘米；体重450~650千克。**皮毛**：毛发很短，但是头冠处、喉咙处、颈部和臀部以及尾部顶端的毛发比较长；颜色从白色到中度棕色多变，有的时候有花斑。**繁殖**：怀孕期为390~410天。

双峰驼

分布于蒙古高原，栖息于大草原、草地。**体型**：峰高190~230厘米；体重450~650千克。耳朵短，有小的圆锥形的峰；蹄小，蹄上和胸上没有老茧皮。**皮毛**：单一的浅棕色或深棕色；夏天毛发短，胸上、肩膀上、后腿以及峰上有薄薄的髶毛；冬天时毛发较长较厚，颜色也较深。**繁殖**：怀孕期390~410天。

它们厚厚的皮毛可以在寒冷的沙漠夜间保持体温，或者在白天里隔热。它们尽量不将身体暴露在阳光里，还会浓缩尿液从而保存水分。

有共同祖先的一组近亲
进化和分布类型

　　骆驼第一次出现是在始新世末期。骆驼科起源和进化于4000万～4500万年前的北美洲，仅在200万～300万年前，才关键性地扩散到南美和亚洲地区。

　　南美骆驼类动物之间的关系目前正在研究之中。那些可繁殖的后代是由纯种配对或者4种之间的杂交产生的，它们有相同的染色体数目，但野生骆马和原驼的门齿以及它们的行为特点都存在比较大的差异。长期以来的观点认为，驼羊和羊驼是野生原驼的后代，但这种说法受到另一种说法的挑战，即细毛的羊驼是由骆马和驼羊（或者原驼）杂交产生的。

　　基于分子技术的研究又使得这些争论更加激烈，似乎最站得住脚的结论是：它们都是有共同祖先的近亲物种，正处于目前仅存在一点区别的初级分化阶段。

　　以毛的长度以及体型为标准，目前公认驼羊和羊驼都有2个不同的亚种。苏力羊驼因为

骆驼科的代表成员：1.双峰驼；2.阿拉伯骆驼，或者叫单峰驼，和双峰骆驼一样，有着两趾的蹄，可在沙地或雪地上支撑其体重；3.羊驼，被人类饲养以获取其毛；4.驼羊，是南美地区传统的重要负载工具；5.来自安第斯高地的骆马。

兼有直直的和波浪状的毛而闻名。在现在的安第斯山区，所有的驼羊和羊驼都和人类生活在一起。近来在迪拜，骆驼和骆羊成功杂交出后代，使得动物史上旧大陆和新大陆的骆驼是单系起源的观点得到了确认。

南美骆驼类的驯化中心是的的喀喀湖田园地区或者是西北方的胡宁高地，其驯化的历史记录始于4000～5000年前。

一些生物学家认为，单峰驼最初驯化于公

驼羊是安第斯高原上重要的驮畜，可以负载25～65千克重的东西，在崎岖的地区一天能行走15～30千米。

元前2000年的阿拉伯半岛中部和南部，在公元前4000年的一些地方也可能有驯化，而在其他地方，一般开始于公元前13～公元前12世纪之间。它们从那里扩散到北非，然后到达东非和印度。

双峰驼大约于公元前2500年在伊朗北部和塔吉克斯坦南部高地的某一个或者几个中心区域被驯化，然后从那里一直向东扩散到伊拉克、印度和中国。

现在全世界大约有2150万头骆驼科动物，其中大约770万头在南美。被驯化的驼羊和羊驼的数量远远多于野生骆马和原驼，驼羊（370万）稍多于羊驼（330万），原驼（87.5万）则比骆马（25万）多得多。大部分的羊驼和骆马分布在秘鲁，南美洲的驼羊则大多数出现在玻利维亚，而几乎所有的野生原驼都在阿根廷和智利。总体上来看，由于它们的毛很有价值，所以，羊驼、骆马和原驼的数量在增加，而驼羊的数量正在减少。

全世界1400万头骆驼中有近90%是单峰的，63%的骆驼则生活在非洲。索马里（200万）、印度（120万）、埃塞俄比亚（90万）等是骆驼数量最多的国家，而索马里骆驼的密度

↗来自于蒙古高原被驯化的双峰骆驼正脱去冬天时御寒的外装。在一些国家，骆驼仍然是重要的运输工具。

最高（3.14头/平方千米）。尽管世界范围内骆驼的数量相对稳定，但由于一些游牧部落的强行定居，导致近几十年来一些国家的骆驼数量减少了。

双峰驼曾经广阔的分布范围已经大大缩小了，尽管它们仍然存在于阿富汗、伊朗、土耳其和俄罗斯等国。蒙古和中国境内的骆驼大部分都是双峰驼，而在跨越阿尔泰山的戈壁沙漠里，野生的双峰驼可能不足1000头。

▌进食、繁殖和休息
社会行为

骆驼的怀孕期很长，可达10～16个月。南美的骆驼科动物是季节性的繁殖者，每次只能站着产下1只幼崽，并不去舔干它们，也不吃它们的胞衣。小家伙一出生就很活跃，在生下来15～30分钟后，就可以跟在母亲的后面了。

骆驼类的分娩通常是在早上，巴塔哥尼亚的雌性原驼的产崽是同时的。产崽24小时后的雌性原驼会再次发情，但在子宫完全恢复的两周内不能进行交配。考虑到恶劣的环境和较长的怀孕期（11个月），它们的繁殖安排得非常紧凑，这就可以解释为什么分娩之后交配得如此早。大多数雌性驼羊第一次产崽要到2岁，但有一些可能会更早一点，这种情况同样适合野生的骆马和原驼。没有关于家养驼羊和羊驼

的社会组织的分析，因为饲养的雄性一般都被阉割而不能繁殖。不管怎么样，有证据仍表明，在一个领地系统里，雄性总会伴随着一大群雌性。

骆马是严格的食草动物，高度为3700～4800米的高山草地是它们的栖息地。它们是定居和不迁徙的，待在整年防御的领地之内。骆马的种群分为雌性群体和雄性群体，有领地倾向的雄性会保卫其领地，而且，一块领地通常由一只雄性、几只雌性以及不到一岁的后代共同占领。这种领地分为两部分，一部分用于吃食物，另一部分用于休息，而休息的地方被安排在更高的地带。用于吃食物的领地部分有着丰富的食物来源，交配和产崽都发生在这里。

原驼既是草食者，也吃嫩枝叶，并且出现了固定不动或迁移的种群。它们可能会占据荒芜的草地、大草原、灌丛带，有时甚至是森林以及海拔0～4250米的不同地方。其领地系统和驼羊及羊驼类似，但是用来吃食物的领地里的个体数目不同于骆马，也和食物数量没有关系。年轻的原驼和骆马会被成年的雄性从家族中排除出去，如年岁稍大的骆马或1岁多的原驼。骆驼类的交配贯穿全年，但出生的高峰正好和植物丰盛的季节一致。它们躺下交配，但是可能需要刺激才能排卵。

长颈鹿

高出地面 4~5 米，一群在稀树大草原中的长颈鹿远远看去就像是一支看不见头和脖子的小舰队，穿行在树冠间。长颈鹿是世界上现存最高的动物，它们的高度，加上有着金色花纹的皮毛和特殊的身体构造，让人过目不忘。

长颈鹿带给人的极其强烈的印象主要来源于它脖子的拉长，尤其是它相对短小的身体与报道中脖子的长度相联系时，这种反差会更为强烈。

↘ 这是罗得西亚长颈鹿亚种的一只幼鹿。随着渐渐长大，它那精巧的解剖学结构特征会变得越来越明显，它的脖子会按照特定比例变得越来越长。

吃高层的嫩枝叶
体型和官能

显而易见，长颈鹿垂直拉长的脖子的职能意义在于更容易地接近树冠的嫩枝叶。在进化过程中，每逢食物短缺的危急时刻，有着更高视野的长颈鹿在与短颈的吃嫩枝叶的动物竞争时将显得更有优势，因为它们可以充分享用高层的树叶。更为高大的长颈鹿不易因为缺乏食物而毙命，这样，它们的基因也就有了更多的机会延续到下一代。长颈鹿的长脖子被认为是自然选择学说中教科书般经典的例子，尽管以前从来没有人确切地证明过它们的长脖子是否真的可以使长颈鹿吃到更多更好的食物。

然而，对以上观点的支持正在增加，南非正在进行的实验就能证明。以下几点是可以确认的。首先，体型比较小的植食动物每天需要的食物量也比较少，这就给了它们仔细挑选食物的余地。其次，小型植食动物的口鼻部往往比较窄，可以深入叶丛中去挑选更好的树叶和嫩芽。小型植食动物也包括地方性密度相对较高的物种，所以，它们留给大型植食动物的食物常常不是最适宜的。但是在小型植食动物头顶以上，有着丰富的未被利用的资源。因此，加长的脖子给长颈鹿带来的好处跟苹果采收机带给人类的好处是一样的。

不过为了这么长的脖子，长颈鹿也付出了不小的代价。一头成年长颈鹿的心脏大约在它蹄子上方2米处，距它的大脑约3米。这就意味着长颈鹿每条腿下组织的毛细血管都要承受很大的血压。对于其他的现存动物来说，这将会导致过滤性水肿，血液会在压力下冲破毛细血管壁。但是，长颈鹿纤细的下半肢的毛细血管有一层特殊的由绷紧的上皮组织组成的厚鞘，它们在有效地保持血管外高压的同时抵消了血管内的压力。这个效果跟战斗机飞行员穿的航天服是一样的，可以防止飞机冲向高空时因为高速加速而带来的血液冲向腿部造成的暂时性失去知觉。

长颈鹿的解剖学特征还有几个反常的地方，比如其循环系统是个"泵"，它产生的压力可将血液送往大脑（在心脏处产生215毫米汞柱的压力），这差不多是一头牛平均水平的两倍。然而，它大脑处的血压却维持在90毫米汞柱的水平，这与一般的大型哺乳动物并没有什么区别。还有另外一个令人惊讶的地方：当

长颈鹿低下头喝水的时候，按照常理，向下奔涌的血液会冲向大脑，导致血管爆裂，但是事实并非如此，因为长颈鹿的颈动脉处有一个压力调节机制，即在大脑附近，大量的毛细血管网从颈动脉处分离出来形成网状结构；与此同时，长颈鹿喝水时弯腿屈膝的特殊姿势也使得它的胸腔更接近地面，这样就减小了心脏和大脑之间的高度差。

长颈鹿的颈部结构和工地上吊车的结构很相似，7块延长了的颈椎（和所有哺乳动物数目相同）被肌肉和肌腱串起来一直延伸到肩峰的固定点（垂直的脊柱一直扩展到胸椎）。这个结构像一个管子一样吸入和呼出气体，吃进和反刍食物。长颈鹿是最大的反刍动物，和其他反刍动物一样，它不止一次地咀嚼食物，当食物进入其长长的颈部再一次咀嚼时，我们可以明显地看到网球大小的食团，就像是起重机在升高一个物体。这样长的颈部也显露出一个对于呼吸的巨大挑战，因为气管大约有1.5米长，直径是5厘米，这样就容纳了约3升空气。在鼻孔到肺的空间里充满了要呼出和要吸入的气体，它们不得不回流以增加那些可能快要进入

↗这种与众不同的伞状的金合欢树限制长颈鹿在它的低层树冠上吃嫩枝叶。

↗尽管长颈鹿的高度可以使它较为容易地吃到树顶上的叶子，并因此避免与其他动物的食物竞争，但它却必须最大限度地弯曲它的前腿去喝水洼里的水。这种情况下，它很容易被敌人偷袭。幸好由于可从食物中获得大部分水分，它很少喝水。

肺的空气。为了克服这个困难，不得不加快其呼吸的频率。一般的成年长颈鹿呼吸的频率是一分钟20多次，而成年人是12～15次。

长颈鹿皮毛上不规则的斑点分布酷似草原林地上光影形成的花斑。颜色和纹点在长颈鹿的亚种之间有很大的差别。长颈鹿有特别柔软的皮毛，但在种群内不同性别和年龄间会有差别。在南非，雄性的臀部几乎为黑色，随着年龄的增长会慢慢变白。此外，长颈鹿皮毛的功能就像用来区分个体的指纹，一些研究领域已经应用这些花纹（尤其是脖子部位的），通过建立图片库确认并监控个体的长颈鹿。

不断缩小的草原栖息地
分布类型

长颈鹿是草原的"土著居民"，生活在非洲撒哈拉以南的整个稀树大草原，但现在它们已失去了其50%以上的历史分布区域。这主要是由于栖息地丧失及过度狩猎，也许还和暴发牛型传染病有关系。分布在西非的长颈鹿仅局限于萨赫勒地区，它的中心距尼日尔西南部的

尼日美很近。另一方面，在南部非洲，近些年长颈鹿的分布区则正在扩张，即将取代野牛的位置，这与私人商业农场的狩猎有关。除了总体上数目在增长，令人费解的是没有一只长颈鹿在赞比亚和津巴布韦之间的赞比西河流域出现，这可能是与20世纪初牛型传染病在动物界的大流行有关。

寻找绿色植物
食性

长颈鹿是只吃嫩枝叶的动物，完全以双子叶植物为食（树木、灌木、非禾本科草本植物），只有当雨后牧草肥美的时候它们才偶尔吃些草。在它们的分布区内，它们利用种类繁多的金合欢树枝叶等作为主要的食物，也包括其他很多属的树，如风车子属、没药属、丛林

知识档案

长颈鹿

目 偶蹄目
科 长颈鹿科

1属1种，一共有9个亚种：西非亚种，科多福亚种（苏丹长颈鹿），指名亚种（努比亚长颈鹿），雷提库拉塔亚种（网纹长颈鹿），罗斯基德亚种，马赛亚种，罗得西亚亚种（赞比亚长颈鹿），安哥拉亚种，南非亚种。分布在撒哈拉以南非洲，栖息于开阔的林地和稀树草原。

分布 撒哈拉以南非洲。

赤道

体型 雄性长颈鹿体长达3.8～4.7米，尾长（除尾端樱穗外）80～100厘米，加上角共高4.7～5.3米；雌性加上角共高3.9～4.5米。雄性体重800～1930千克，雌性550～1180千克。

皮毛 斑点的颜色和大小都不相同（通常是橘褐色、黄褐色或是几乎黑色），被奶色的网状条纹分隔开。

繁殖 怀孕期453～464天。

寿命 25年，被圈养的可达28年。

茶属等。大多数关于长颈鹿食性的研究都是在非洲南部和东部进行的，那里有典型的长颈鹿常年吃的食物，包括40～60种木本植物。长颈鹿是一个挑食者，它们吃植物高质量的部位，如新叶、幼芽、果实和花。当然，在贫瘠的月份长颈鹿也吃纤维含量高的耐旱植物的叶片来维持生活。作为反刍动物，长颈鹿可以通过反刍改变叶片的可消化性，并且它们还有一个独特的能力，就是在走路的过程中进行反刍，这就拥有了更多的进食时间。

由于在稀树大草原生态系统内植物很分散，并且叶子生长有季节性，长颈鹿需移动很远的距离去觅食，特别是在干旱季节。在南非和东非，它们要在300～600平方千米左右的范围内活动，而在尼日尔的萨赫勒地区无论是雌的还是雄的都要在1500平方千米的范围内活动。在干旱的季节里，除了靠近水边的植物外，其他的树木都不长叶子，长颈鹿不得不去比较低洼的地方，因为那里有比较适合树木长叶子的湿润土壤。大多数的时间里它们自由活动，而且分布很混乱。在克鲁格国家公园它们常食用水里的植被。

↗为了方便食用那些多刺的树叶，长颈鹿有着长达46厘米的和猴子前臂一样灵巧而强有力的舌头。此外，它们还拥有高度灵活的有强健肌肉的唇。

长颈鹿的嘴非常适合取食。长舌头可将植物芽上的刺去掉，然后用它的臼齿将食物磨碎。光滑的树芽能倾斜地通过臼齿和犬齿之间的缝隙，而它们的嘴在捋住树枝时，叶子便在门齿和犬齿之间被捋下。长颈鹿能吃到任何高于地面不到5米的树叶，雄长颈鹿更可以很容易够到母长颈鹿和小长颈鹿够不到的食物。这种觅食的不同一方面因为雄长颈鹿比母长颈鹿高大，另一方面也是因为它们的头在寻觅食物时可以在180°的范围内转动，而母长颈鹿仅可在135°范围内转动。这些觅食姿势的不同在很大程度上也适用于长颈鹿的交配，但是其原因目前还不清楚。

这种现象在一定程度上也与雄长颈鹿每天需要的其他活动有关。母长颈鹿一天中几乎一半以上的时间都在吃植物，而雄长颈鹿仅仅花费43%的时间，因而雄长颈鹿需要更高的摄食效率。除了觅食以外，雄长颈鹿还需要去交配，去巩固自己的领地，因此它们需要缩短觅食时间。

因为食物中70%是水分，长颈鹿很少喝水，但是如果有比较适合饮用的净水它们还是要喝的。它们偶尔也会去咀嚼一些老骨头，还吃泥土，这可能是由于在一些地方太缺少它们需要的微量元素了。有的时候长颈鹿会死于窒息或是波特淋菌中毒，这是它们咀嚼或吞下被食腐者丢弃的骨头造成的。

▌拥吻和联合
社会行为

长颈鹿的社会活动相对来说不是很复杂。母鹿、未成年雄性和幼崽通常是在一个很少超过20头的群体中活动。其群体结构因为不同个体的加入和离开而显得不是那么稳定，但母鹿和没有断奶的小鹿之间的联系是较固定的。成年雄性长颈鹿大范围（常常一天走20千米）地寻找发情期的雌性，因此常常是独居的。体型最大的居主导地位的雄长颈鹿有交配的独占权，如果一个"下级"想要取代这个统治者的地位，这头雄长颈鹿会直立起头来用蹄踢向挑战者。胜利者还要追赶失败者一段距离，然后站在很高的地方直到失败者消失，才回到自己

↗尽管长颈鹿不是特别好战，但是雄性长颈鹿非常强壮有力，它们会用各种不同的方式去攻击对手并试图使对手失去平衡。图中一只长颈鹿就试图用将脖子伸到对手后腿下这种战略来攻击对手。另外一种奇特的方法就是用头十分精准地撞击对手的下腹。

的领地去相会处在发情期的母长颈鹿。

在遇到雌性的时候，雄长颈鹿通常要检查雌性的生殖状况，会嗅每个雌性的尿液，用鼻爱抚其生殖区。雌性会停下来，将一小股尿送入雄长颈鹿的舌头上，雄性通过嘴唇和嘴里的犁鼻软骨进行检查。比较成功的交配一般发生在8岁以上的大个雄性中，雌性则在4～5岁时就能第一次怀孕。怀孕期通常要持续一年以上（15个月），因此长颈鹿没有特定的繁殖期。一般的雌性通常在一只100千克重的幼崽出生后5个月左右再次怀孕，它们一生要产5～10只幼崽。一般每胎只产1只幼崽，很少有双胞胎。小长颈鹿每个月增高大约8厘米，大概有18个月左右的哺乳期。50%的幼崽会在头6个月死亡。幼崽的死亡主要是由于像狮子和鬣狗之类食肉动物的捕杀，尽管豹和非洲野狗之类也捕杀新生的长颈鹿。

在生命中的最初几个星期里，当母长颈

鹿在附近觅食时，小长颈鹿会自己在树阴下休息，母长颈鹿则有规律地回去给它喂奶。幼崽度过这个早期阶段后，会变得具有群体性，我们通常会看到由10只左右的幼崽组成的群体，并有2～3只成年者陪伴。当母长颈鹿不在周围的时候，幼崽那高度敏锐的视觉能发现大约1千米外的危险物。当一只幼崽遭受侵袭时，它的母亲通常会站在它的附近保护，并用前后蹄猛踢侵袭者；这是有效的防御，尽管一群狮子常常最终取得胜利。

快要成年的长颈鹿会加入相互盘绕脖子的竞赛，这个时候一方会缠绕住对方的脖子，并用头撞对方，这个过程要持续30分钟或者更长，但这显然是一种友善行为。这种行为有助于每个年龄段的雄性建立其等级秩序，而且为这些年轻的长颈鹿提供了加强它们颈部肌肉的练习机会，可以以此来提高它们抵御危险的能力——当它们成年以后这些能力具有相当重要的意义。雄性长颈鹿很少卷入激烈的争斗之中，但是一旦卷入就会非常严重。它们会互相摇摆头部，然后向着位置较低者冲击以击打对手的腹部，位置较好的雄性长颈鹿能使重1500千克的对手失去平衡。并且如果两只长颈鹿的头一齐撞，会进而伤害其眼睛和角。很明显，长颈鹿的头脑可以容忍包括不断的撞击和猛烈弯成弓形及每次冲击造成的震荡。不用惊讶，因为在长颈鹿的颅骨里有结实和多层次的沉积骨，并且在年龄大者的眼眶到角上都有这种形式的骨头沉积。成年雄性的头以每年1千克左右的幅度增长，到了20岁左右的时候能长到30千克。雌性的头8岁之后是17千克左右。一些研究者认为，脖子的角力和头的撞击是很奇异的，明显是雄性建立统治地位要付出的代价，那些长脖子可能是性选择引起的，也就是说有长的和肌肉强健的脖子的雄性可以更有保证地获得交配机会，而并不是为了更易获得食物。很难确定这个假设的确切性，因为长颈鹿的进化历史离我们很远。但是紧接着就有一个明显的疑问，那就是雌性长颈鹿也有很长的脖子，并且根本不用来打斗。

长颈鹿用它们敏锐的视觉和身高的优势

一种被大多数年轻雄性长颈鹿仪式化的战斗方式就是盘绕脖子式的比拼。它们用角和头作为武器，颈部慢慢地缠绕住，从一边到另外一边，就像一场武装摔跤。在一个地区，只有最强壮的成年雄性长颈鹿才有资格与成年雌性交配。

危急的情况下，譬如有掠食者威胁时才用。那时成年长颈鹿会吼叫或喷鼻息，幼崽有的时候则哀鸣。

当一队长颈鹿全站着凝视着相同的方向，耳朵高高竖起时，这是一个十分显著的信号，表明它们正在监视掠食者。狮子是长颈鹿的主要捕猎者，即使是成年长颈鹿狮子有时也能将其扑倒。狮子的战略是把它的猎物驱赶到凹凸不平的地方并迫使其减速或失去平衡。

由于长颈鹿的体型比较大，一群狮子能够依靠一头长颈鹿的肉维持几天的生活。在克鲁格公园，长颈鹿的肉占狮子食物总量的43%，多于其他种类的猎物。雄性长颈鹿似乎更容易遭受狮子的攻击，在克鲁格公园被狮子猎杀的长颈鹿的雌雄比例是1∶1.8。其中的原因可能是为了寻找交配机会，雄性长颈鹿常独自游走于各个群体之间，因而缺少群体警戒。

这也导致了成年长颈鹿之间性别比例失调，如在塞伦盖蒂和克鲁格国家公园，雌性长颈鹿的数量几乎是雄性的2倍。

来保持联系。它们的发声，至少在人类能听得见的范围以内，是难得一听的，只有在很

一种神秘的动物——霍加狓

霍加狓现在依然是一种很神秘的动物，对于它们在野外的生活人们知之甚少。这个物种是1901年被英国探险家哈瑞·约翰斯顿爵士正式发现的。爵士的兴趣是被一种生活在比利时刚果森林中的被俾格米人捕获的似马动物的长期流言唤起的。霍加狓这个名字就是俾格米人给这种神秘动物起的。

它们现在分布在刚果（金）北部一直到乌干达边境及其东部的塞姆利基河等地区的热带雨林中。预计现存的3万只野生霍加狓中有5000只生活在伊特里斯森林的霍加狓野生保护区，那里曾经在1997～1998年受武装冲突影响最严重。

像大多数栖息在森林中的大型哺乳动物那样，霍加狓也是极具地方性的，但是适合其生存的生活环境相对比较多。据统计当地种群密度是1～2.5只/平方千米。适宜的栖息地由浓密的次生林组成，小树和灌木增加了食物的来源。河边的树林，尤其是林间空旷的地方由于阳光的照射而生长了很多低矮的嫩枝叶，这是霍加狓最爱吃的。

它们典型的像长颈鹿的特征包括被皮肤包裹着的角和叶状的犬齿，加之一条长而灵活的舌头——用来把食物采集到嘴里。只有雄性有角，

虽然雌性有时也有多对角壳。

长颈鹿和霍加狓之间在行为和生态上的差异源于它们不同的生活环境：长颈鹿在广袤开阔的稀树大草原而霍加狓生活在森林中。早期的报告显示，霍加狓（尤其雄性）是移栖的，虽然事实上它们经常会用标记连接它们喜欢的觅食区。与长颈鹿不同，霍加狓蹄上有腺体，而且曾经发现它们用尿液标记灌木丛。

↗ 一只成年霍加狓及其幼崽。母霍加狓后腿部和后臀强烈的斑马纹的对比，可能就是给小霍加狓留下的"跟着我"的重要信号。

野牛和旋角羚

　　野牛与四角羚和旋角羚同属于牛科的牛亚科。初一看，这3个族群没有什么共同点，但是进化分支和表现型分类法的分析，表明它们存在结构上的相似性，而且它们几乎都没有占领领地的习性。

　　野牛和旋角羚都与现今的四角羚和蓝牛羚有相似之处。从数量上看，野牛相对于那些被驯化的牛群来说是很少的——在世界上有超过10亿头的驯化牛，但是野牛却很少，而且现存的很多种野牛正受到威胁。不过即使在偷猎的重压下，旋角羚最近的遭遇仍稍微好了些，这部分是因为它们比较怕人、难捉摸的天性，使得它们成为被打扰最少的羚羊族群之一。

分类学的难题
体型和官能

　　野牛包括现存的牛科中体型最大的成员。虽然它们从蓝牛羚族进化而来这个说法不存在争议，然而，它们是单系群体仍不太可能，它们很可能是一系列平行进化的结果。实际上，一些生物学家认为应该为蓝牛羚族和牛族起一个统一的族群名字。

　　现今的家牛是从原牛传下来的，这种家牛的祖先其分布地域从大西洋沿岸到太平洋沿岸，从北部苔原到印度、北非地区（毫无疑问该物种在不同的地方独立地被驯化，另外，有些权威人士认为印度的原牛属于独特种群，或者应该是独立物种）。但是由于农业的蔓延，它们的数量下降了，最后一头原牛死于1627年。白臀野牛（爪哇野牛）、亚洲野牛、牦牛、水牛也都已经被驯化，并且驯化还进入了实验阶段。在中国和尼泊尔，家牛和牦牛的杂交在经济上具有重要意义。为了发展野牛和家牛杂交（被称为杂种牛）的种类，北美国家也做了很多努力，但是这些杂交牛的雄性后裔却不能繁育。在很多地方，驯化的动物又跑回到大自然。在澳大利亚的北部，有成千上万头野生的水牛和白臀野牛自由生活着，在19世纪那里的军事据点被放弃后，这些动物的后裔们却留了下来。

　　动物的进化史和种族关系，非专业人员可能不感兴趣，但是分类问题却更具有实际的重要意义。例如，美洲野牛通常被分为2个亚种——森林野牛和平原野牛，但最近的证据指出，环境因素是造成它们皮毛不同的原因，从它们线粒体DNA中得到的基因数据也表明它们是不应该被分成两个亚种的。这对自然资源保护论者来说是一个严肃的提示，因为森林野牛被认为是有灭绝危险的。此外，一些生物学家已经得到一些其他证据，指出美洲野牛和欧洲野牛事实上是同一个物种（应该被放到牛属而

最后的蓝牛羚族幸存者

虽然蓝牛羚族的祖先可能是所有牛亚科动物进化的起源，但现存蓝牛羚只有2个物种。其中一个是四角羚，分布于印度和尼泊尔。另一种是蓝牛羚，遭遇稍微好一些，现在有2个分布中心，一个在巴基斯坦东部、印度和尼泊尔，还有一个在美国得克萨斯州的南部（人工引进）。

蓝牛羚是中等体型的羚羊，大约有2米长，肩高1.4米，一些雄性个体可能重达300千克。前肢明显比后肢长，所以会有一个与众不同的倾斜轮廓。在自然栖息地里它们出没于森林和低地丛林中，偶尔才会在开阔的平原出现。和所有的羚羊一样，它们也跑得很快，有关记录显示它们奔跑的时候速度可达48千米／小时。

即使如此，蓝牛羚还是被认为是很容易驯养的。在印度，有传说认为蓝牛羚尤其是无角的雌性蓝牛羚与神圣的牛是近亲，因而长期得到印度教保护，没受人类的伤害。在这种环境下，蓝牛羚数量发展得很快，据传闻即使有人出现在它们面前，它们仍然能够悠闲自在。但是，在整个20世纪，由于猎杀和栖息地的减少，它们的数量下降了。

非野牛属）。这也为保护问题给出了严肃的提示，因为欧洲野牛目前已被IUCN（世界自然保护联盟）列入红色名单中的濒危级，但如果将这两种野牛视为一个物种的话，几乎完全有可能被CITES（华盛顿公约）和IUCN降级保护，这两大动物保护组织会根据其在贸易中的地位和现存量而决定其保护等级。

不幸的是，美洲（欧洲）野牛不是牛族里唯一的一个问题组群，还有很多小型野牛（倭野牛）也面临如何分类的问题。这些小型野牛是只产于苏拉威西岛的小型水牛，按照惯例，低地倭水牛和山地倭水牛已经被IUCN列为濒危级。这两个物种的区别已经引起了挑战性的关注，目前基因和生物化学研究已经就将其分为两个物种的正确性提出质疑。然而对这项研究的准确性很难判定，因为样本都是采自动物园里的倭水牛，有些样本还可能是通过杂交传下来的。最近，另外一些来自苏拉威西岛的研究者指出可能存在第3个种类的倭水牛。

20世纪90年代在中南半岛发现一个牛科的新物种，给分类学增加了难度。1992年武广牛（长得像羚羊的牛）引起了科学家的注意。它与其他牛科种类从外貌、生态学、DNA排列上都不一样，这个物种随后被命名为中南大羚（武广牛）。基于从熏制的皮毛样本中萃取的线粒体DNA的初步分析，结合其他生态学上的证据，确

↗一只非洲水牛与两只黄嘴（或红嘴）牛椋鸟。黄嘴牛椋鸟能啄食藏在水牛身上的寄生虫，它们还会发出叫声以警告水牛危险来临了。

知识档案

野牛和旋角羚

目 偶蹄目
科 牛科
亚科 牛亚科

分3个族9个属，至少有24种。牛族包括水牛、美洲野牛、牦牛；蓝牛羚族包括蓝牛羚；薮羚族（旋角羚）包括普通大羚羊、大旋角羚羊、山薮羚。

分布 北美洲、非洲及南亚、东南亚、欧洲的一部分。

赤道

栖息地 从高山苔原到热带雨林，也有的靠水栖息。

体型 从体长1米的四角羚羊到2.4~3.4米的非洲野牛；从体重20千克的四角羚羊到1.2吨的白臀野牛。

皮毛 从毛发厚重的山栖牦牛到毛发很短的非洲草原羚羊，随着栖息地的不同，体毛的厚薄程度也不同。羚羊的体色通常与周围环境相近，以保护自己。

食性 野牛主要食草；旋角羚食树叶、花蕾、花瓣、水果、根和长英的种子等等。

繁殖 野牛的怀孕期大约为250~300天（非洲野牛为340天），旋角羚的怀孕期大约为220~170天。

寿命 人工圈养的野牛最长能存活30年。野生的蓝牛羚族中，野外的蓝牛羚能够存活10年，但是人工圈养的能超过20年。人工圈养的旋角羚最长能够存活20~25年。

定它应属于牛亚科。最近的绝大多数分子分析都毫不含糊地证明这种归类是正确的。

第2个迄今都还未知的中南半岛物种的"发现"，对过分热心的研究者来说是个警戒性的事件。1993年，动物学家们走访了越南和柬埔寨，在偏远地区的交易市场上发现了几副不寻常的螺旋形的角，最终推断它们是一种难以捉摸的牛科动物的角。据说它们长期生活在这里的森林里，这种动物用高棉人的语言叫"Khtingvor"。20世纪30年代，在同一个地区的一个猎人那里曾经发现了与这种角相匹配

的腿骨，这些腿骨被鉴定来源于林牛。虽然当地有大量的轶事证明有大量的"Khtingvor"存在，但是没有一个生物学家亲眼看到。然而，科学家还是给了这个新物种一个科学名称"Pseudonovibos spiralis"，并把其归为羊亚科或牛亚科。但是，2000年法国研究学者对角样本做了细致的检查，发现这些角是伪造的，是通过加热和扭曲牛角制成的。

旋角羚具有性别的二态性。雄性旋角羚要为打斗做准备，要适应处于统治阶层的生活，因此自身长了"武器"，雌性旋角羚则在遗传方面有更多形态。

一层角蛋白(还没长成的角)覆盖着骨质核心的螺旋角，在脸部平面之后，长出各种生动的螺旋形。这些角随物种不同，长度是变化不定的，从薮羚的20厘米到德氏大羚羊或大旋角羚的接近1米。当一头旋角羚飞奔进灌木丛，头向前、角向后可以毫无阻碍地沿着道路穿过带刺的矮树丛。

当羚羊受到袭击的时候，它们的角会成为强大的武器，能保护它们身体的大部分；在面对其他雄性同类时，除了角的大小外还要看体型大小，这是确定羚羊的主导地位的关键因素。不过事实上短而直、更有劲的普通大羚羊的角更适合展开搏斗，当面临稀树大草原中狮子等食肉动物时更有搏斗能力。

羚羊有极好的听觉和敏锐的视觉，但是嗅觉却差得令人惊讶。它们的外表是牛科中最漂亮的，有又深又窄的胸腔，高昂的头，又细又长的四肢，在面部、颈部、腹部和四个蹄子以上部位都有与众不同的白色条纹，头顶和喉部有垂肉，雄性的更明显。这些毛色很丰富的牛科动物从红色到几乎全黑色均有，在它们生存的任何地方（森林、河边的灌木丛、沼泽地等等），都能模仿周围的绿色植物和森林中的亮色斑点。灰色的旋角羚终年隐藏于金合欢树林的少叶灌木丛中，而山薮羚藏匿在海拔3500米的石南花和刺柏丛中。非洲大羚羊的幼崽其毛色与褐色和黄色相间的草原颜色极其相近。

对于长距离的奔跑，羚羊通常并没有什么优势，因而把自己伪装起来会更有利。但大羚

羊却是一个超级长跑健将，即使是体重超过0.5吨的成年大羚羊。

除了沙漠，羚羊在非洲大陆的每一个主要栖息地都有代表性的种类，但是它们大多数在林地和稀树大草原的过渡地区成功地利用那些小生境。不同的物种对环境有截然不同的偏好，泽羚喜欢芦苇河床（潮湿地区），小旋角羚喜欢南非的干旱金合欢树林，而大旋角羚通常会出现在非洲南部、东部、中部丘陵林地的乡村地带。安氏薮羚喜欢栖息于撒哈拉以南非洲有茂密植被的地区，但是山薮羚只局限在埃塞俄比亚一个地区的草原、森林内。紫羚有夜间活动的习性，穿梭于林间空地或森林边缘的灌木丛或者低植被中，白天则掩藏于森林深处。

吃草，吃嫩枝叶，打滚
生活习性

野牛主要是草食动物，虽然嫩枝叶也是很

多物种的重要食物来源，尤其在可食草料极为有限的时期。在草食动物的进化中反刍是一个重要的适应性成果。植物体的主要组成部分是纤维素，要把纤维素转化成可消化的碳水化合物，这种方法比任何其他方法更有效。反刍胃很复杂，分为很多种形式，每一种形式都有它各自的消化作用。这种多样性使得反刍动物比其他任何一种草食动物在生态小环境上都有更多的多样性。

牛族有一排宽大的门齿和结实的白齿，能消化大量的粗糙植被。它们的舌头具有可盘卷性，能够更有效率地吃进更多的草料，一次可

↗一些野牛和旋角羚的代表物种（所列的动物均为雄性）。1.蓝牛羚在奔跑；2.原牛，现今所有驯化牛的"祖先"；3.普通大羚羊；4.野水牛，是牛科中角最长的物种；5.美洲野牛，它正从侧面威胁另一只雄性野牛。

↗尽管黄石公园中的野牛是自由放养的，但是一些人为管理还是必要的，以防止牛群染病。

以卷住一大把草料。牛族物种吃起很短的草来就没有这么高的效率了，在这样的环境下就会被小型的食草动物淘汰出局。所有的牛族物种或多或少都需要水，又缺乏有效的方法来保存体液，所以就需要经常性地饮水，虽然牦牛和美洲（或欧洲）野牛能通过吃雪来获得水。

有些物种也会打滚，最显著的属水牛，在那些没有大水塘的地方，水牛会显得有些情绪低落。打滚具有调节体温的功能，因为水牛身体上的汗腺比真正的牛要少，通过蒸发汗液来降温是起不到多少作用的。

泥浆能使动物降温，一些报道指出，打滚是水牛生存必须的，但是对于澳大利亚野生的水牛来说这个结论并不成立。结果表明，当限制水牛打滚之后，它们的行为更像普通的牛，喜欢寻找阴凉的地方。打滚还有另外一个功能，就是能够为水牛的身体抹上一层厚厚的泥浆外套，保护它们不被昆虫叮咬。

四角羚和旋角羚对叶子、花蕾、花瓣、水果、树皮、根甚至种子都有选择。只有大羚羊和山薮羚有食草的倾向，但是它们比最正宗的草食动物要挑食得多。它们高度依赖不平常的反刍胃在反复无常的气候中存活，尽管它们的种群密度相对比较低。高效的消化功能使得它们能够在非洲高海拔的很少有其他哺乳动物生存的小生境里生活。

群体和集结
社会行为

野牛大多数成群生活，虽然这在民都洛水牛中不太可能，另外倭水牛和武广牛也或多或少是独居的。在群居者中，雌性野牛一生都会待在由雌性组成的稳定群体中，这种群体包括母牛和它们的后代及更下一代。年轻的公牛通常会在3岁时离开。这些群体的规模在白臀野牛、亚洲野牛和在森林栖息的非洲野牛中都比较小，典型的最多有12头。美洲野牛和欧洲野牛通常有更大的群体，可达20～60头。在所有这些物种里，会形成临时的集群，尤其在繁殖季节，或在特别有利的觅食区里。非洲野牛的南非亚种尤其喜欢成群结队，有些地区可能会超过1000头。成年公牛几乎都独自生活或结成松散的团队，这被称为"单身汉群"，但是在母牛的发情期里，它们会融入到那些雌性群体里。

在势均力敌的情况下，为了避免危险的战斗，公牛必须能够评估各自的战斗潜力。由于面部的肌肉组织不能有丰富的表情，只好用姿

↗ 雄性大旋角羚的角从头到尖能超过1米长，这还是直线距离；如果测量曲线距离的话，可能会再长30%。

势和运动来代替。很少有竞争上升到剧烈的战斗，因为这样会带来严重的伤害。

　　牛亚科动物的角能非常有效地防御食肉动物。一群南非野牛受到狮子的攻击时，它们的反击是很有力的。野牛群能提供有效的保护，即使是盲的、跛足的甚至三条腿的个体都能够在群里存活。但是老虎却经常能捕猎到已成年的亚洲野牛，狮子也能够捕食到单独生活的非洲野牛。

　　群体生活事实上不完全是为了防御食肉动物，群体还能有效提供很多的共享信息，比如能够发现更好的觅食区。非洲野牛甚至可以采用一个特殊的姿势来为休息和反刍之后的前进方向进行"投票"。

　　旋角羚也有灵活的社会生活。泽羚、薮羚、安氏薮羚、小旋角羚都有保护自己领地的习性。大羚羊、大旋角羚、山薮羚和紫羚的活动更有流动性，如大羚羊的生活区域可达1500平方千米或者更大。所有不同性别、不同年龄的个体集结在一起通常很松散（除了母羚和幼崽的联系外），也通常会组成家庭，或者因为季节和食物的原因使它们集结在一起。

　　当植被繁盛、绿芽异常多的时节它们也会集结在一起。在非常偶然的情况下，大羚羊

也会组成多达几百头的群体，以作为在开阔的栖息地进食时的一种防御性策略。年轻的雄性常常会组成松散的群体，但是年长的雄性通常是独居的，在某些种类中，如旋角羚和安氏薮羚，它们会积极主动地禁止其他雄性前来。如果一头发情的雌性出现，这些成年雄性被迫一起出现时，它们之间的冲突就不可避免了。

　　雄性安氏薮羚是牛亚科中最有性展示力的动物，它们像吸气膨大的鱼一样，会给自己"充气"，额前的"刘海"和头顶的毛会竖起，深灰色的躯体会侧着撞向对手。旋角羚羊和德氏大羚羊会侧重展示自己的高度和犄角，而普通大羚羊则用它们特别大的块头威胁对手。雄性薮羚和大羚羊会通过高度仪式化的搏斗建立等级秩序，这种搏斗比起它们的牛类"亲戚"来致命性和破坏性要小得多。在牛类中，没有特殊的气味腺体，主要靠视觉信号沟通，公牛对发情期的母牛的追求也变成较为简单的巡行。然后，公牛会发出各种低沉的哞哞声和喀嗒声，诱使母牛接受交配。在此期间，交配双方的联系较为松散。

　　牛亚科动物的怀孕期为6~9个月，物种的体型越大，怀孕期越长。分娩的高峰期与雨后新植被生长的时期相同。在头几个星期内，雌性不得不每天把幼崽单独隐藏在某个地方，而自己去觅食。对于幼崽来说，随后组成幼崽群体是较普遍的。寿命也与体型大小有关，平均10~20年不等。

↗ 非洲野牛在搏斗。这种大型牛科动物用它们的触角进行搏斗以决定配偶归属，也用触角来有效地防御掠食者。一群非洲野牛甚至可以吓跑一头雄狮。

食蚁兽

　　食蚁兽仅以社会性的昆虫为食，其中主要是蚂蚁和白蚁。它们对这一类食物的适应不只改变了自己的咀嚼和消化结构，而且还改变了行为、新陈代谢速率和移动能力。食蚁兽是独居动物，除了母兽在背上背着幼崽时——这一时间长达1年，直到小兽几乎与成年兽一般大小。

　　不同种类的食蚁兽在分布上没有大的重叠，即使在小的重合处它们也在不同的时间及地层上活动。大食蚁兽主要在白天进食（虽然现在它们已因为人类的打扰而具有了夜行性），两种小食蚁兽在白天和黑夜都很活跃，二趾食蚁兽则是严格的夜行兽。与此相似的，大食蚁兽是陆栖动物，小食蚁兽部分树栖；二趾食蚁兽则几乎专门树栖。所有的食蚁兽都能挖洞和攀爬，但大食蚁兽几乎不攀爬，而二趾食蚁兽则几乎不下到地上来。不同的小型生境造成了它们食性的区别：大食蚁兽吃体型最大的蚂蚁和白蚁，小食蚁兽食用中型的昆虫，而二趾食蚁兽则只吃最小的昆虫。

无牙的食虫者
体型和官能

　　食蚁兽与树懒、犰狳，还有已经灭绝的古雕齿兽同属异关节目，但又是这个目里仅有的没有牙齿的成员。所有的食蚁兽嘴都很小，并且只能张成一个小椭圆形；食蚁兽的嘴特别长，与身体不成比例，大食蚁兽的头看起来几乎是管状的，超过34厘米。窄而卷的舌头则比它们的头更长，两种小食蚁兽的舌头伸出有

大约40厘米，而大食蚁兽的舌头能伸到61厘米长。在所有的食蚁兽中，舌头都能卷起来，然后直接刺出去。它们的舌头上涂了一层很厚很黏稠的唾液，由唾液腺分泌出来，唾液腺比其他任何动物的都相对大一些。食蚁兽的胃也不像普通的胃分泌盐酸，而是含有蚁酸，它们利用这种酸来帮助消化吃掉的蚂蚁和白蚁。

　　大食蚁兽的自然掠食者只有美洲狮和美洲虎。如果受到攻击和威胁，它会用后腿暴跳起来，用长达10厘米的爪子向攻击者猛砍下去。

↗小食蚁兽拥有强壮的爪子和一条有力的尾巴。尾巴在它爬树的时候可提供额外的支持，在它用后肢站立的时候则起到支撑作用。

人们曾经看见大食蚁兽甚至把攻击者环抱起来，并碾碎它们。大食蚁兽和二趾食蚁兽前掌上第二和第三指上的爪最大，但是两种小食蚁兽的第二、三、四趾上的爪最大。

所有的食蚁兽都有五个指以及四或五个趾，尽管有些指头缩小了或者隐藏于前掌的皮肤中。大食蚁兽的第五指头以及二趾食蚁兽的第一、第四及第五指为缩小的指。食蚁兽活动的时候，前肢的指头向后收缩，以防止锋利的爪尖接触地面。有时它们用后脚的侧面行走，将其爪子向内转，这点和它们的"亲戚"——现已灭绝的地懒很相似。爬树时，小食蚁兽和二趾食蚁兽使用它们可卷起的尾巴和长达400毫米的爪子抓住树枝。当遇到威胁时，地上的小食蚁兽用后腿和尾巴保持平衡，并且用前爪疯狂地晃动。在防御时，二趾食蚁兽同样使用它能卷起的尾巴和后肢来抓住一根支撑的树干，而爪子则是向前和向内的。奇特的是，二趾食蚁兽能从一根支撑的树干上水平伸出，它的脊椎骨之间的额外的异关节让这种特别的技巧成为可能。此外，位于脚底上额外的（也是独特的）关节允许爪子向脚下面转以加强抓握力。栖息在树上的食蚁兽最常见的天敌包括角鹰、鹰雕等，这些猎手在树冠上方飞行并且靠视力

↗ 休息中的二趾食蚁兽

搜寻猎物。二趾食蚁兽的皮毛和构成跟木棉树的豆荚的银色绒毛巨球十分相似，因此形成了保护色，在这些树生长的地方经常能发现二趾食蚁兽。没有一种食蚁兽会发出特别的叫声，但是大食蚁兽在受到威胁时会吼叫。此外，和母兽分开的幼兽也会发出短的、高音的叫声。

挖掘食物
食性

食蚁兽通过气味探寻食物，它们的视力可能很差。大食蚁兽吃体型大的群集的蚂蚁和白蚁。食蚁兽进食迅速，通常在蚁巢上方挖个洞，在下潜时舔食工蚁，同时以舌头每分钟动150次的速度吃幼蚁和卵。昆虫被粘在布满唾液的舌头上，接着便撞击在坚硬的上颚上，最后被吞入腹中。食蚁兽会躲避大颚蚂蚁和白蚁中的兵蚁。

由于口鼻部的皮很厚，很显然它不受兵蚁叮咬的影响。而且它们待在每个蚁巢的时间很短，每次进食也只吃140只左右的蚂蚁（只占它们每天食量要求的0.5%）。食蚁兽很少对蚁巢造成永久性的损毁。它们的命运似乎和一个地区蚁巢的数量息息相关，为了获取足够营养，它们每天都会造访一些蚁巢（加起来每天总共

↗一只大食蚁兽将它长长的嘴伸入一个原木的孔洞中吃里面的昆虫。食蚁兽对它们所食用的蚁类很是挑剔，在食用时非常防范那些有侵略性的兵蚁。

食蚁兽

目 异关节目
科 食蚁兽科
3属4种。

分布 墨西哥南部地区；中美洲和南美洲，向南到巴拉圭和阿根廷北部；特立尼达也有分布。

赤道

大食蚁兽

分布：中美洲，
南美洲安第斯山
脉以东至乌拉圭

和阿根廷西北地区。栖息于草地、沼泽地、低地热带森林。**体型**：体长1~1.3米，尾长65~90厘米；体重22~39千克，雄性比雌性要重10%~20%。**皮毛**：粗糙、坚硬，浓密；颜色为灰色，肩部有黑白相间的条纹。**繁殖**：怀孕190天后可产下1只幼兽，春天分娩。**寿命**：野生未知，人工圈养情况下可以生存26年之久。

中美小食蚁兽

分布：从墨西哥南部到委内瑞拉西北部和秘鲁西北部。栖息于稀树大草原、荆棘灌木丛、潮湿或干燥的森林。**体型**：体长52.5~57厘米，尾长52.5~55厘米；体重3.2~5.4千克。**皮毛**：淡黄褐色到深棕色，从颈部到臀部有不同的黑色或者红棕色的色块。**繁殖**：怀孕期为130~150天。**寿命**：野外未知，人工圈养至少为9年。

小食蚁兽

分布：南美洲安第斯山脉东部地区（从委内瑞拉到阿根廷北部）；特立尼达也有分布。**体型**：体长58~61厘米，尾长50~52.5厘米；体重3.4~7千克。**皮毛**：和中美小食蚁兽类似，但是分布区东南区域的个体有黑色"背心"。

二趾食蚁兽

分布：中美洲和南美洲，从墨西哥南部到亚马孙盆地和秘鲁北部地区；栖息于热带森林。**体型**：体长18~20厘米，尾长18~26厘米；体重375~410克。**皮毛**：柔软，浅灰色到黄橙色，背部中间带有颜色深一些的条纹。

要吃3.5万只蚂蚁）。它们也吃甲壳虫的幼虫，并从食物中获取水分。

在所有哺乳动物中，食蚁兽进食的方式独树一帜。它们缩小了咀嚼肌肉，将下颚骨的两个半边卷到中间，因此能分开前面的尖端并张开嘴。翼骨肌肉拉伸两个向内的下颚骨的后边，将前面的顶端抬高到嘴的位置，因此嘴巴得以闭合。结果是颚部的活动更简单并且最少，伴随着舌头进进出出的动作和几乎不间断的吞食，能使得每次摄入最大量的食物。

两种小食蚁兽专吃小型白蚁和蚂蚁，并且和大食蚁兽一样会避免吃兵蚁。它们同样不吃有化学防御物质的白蚁种类，但是会吃蜜蜂和蜂蜜。一只小食蚁兽通常每天吃9000只蚂蚁。二趾食蚁兽进食栖息在树上的平均长度为4毫米的蚂蚁和白蚁，而大食蚁兽则会吃8毫米或更大的猎物。

早熟的幼崽
社会行为

通常所有种类的食蚁兽都是独居的。大食蚁兽的领地在食物丰富的地方可能只有0.5公顷大，例如在巴拿马巴罗克勒纳多岛的热带森林，或者巴西东南部的高地内就是如此。在蚂蚁和白蚁巢比较少的地带，如委内瑞拉的混合落叶林和半干旱大草原，一只大食蚁兽也许需要最大24.8平方千米的地盘。

雌性大食蚁兽之间的活动范围可能有30%的重叠，相比之下，雄性大食蚁兽之间则一般只有不到5%。两种小食蚁兽的体型还不到大食蚁兽的一半，并且有着跟巴罗克勒纳多岛同样良好的栖息地，每只的领地面积大约为0.5~1.4平方千米。在广阔的大草原上，一只小食蚁兽需要大约3.4~4平方千米的活动区间。雌性二趾食蚁兽在巴罗克勒纳多岛的领地平均起来是2.8公顷，相比之下，一只雄性个体需要大约11公顷，雄性个体的活动范围要和两只雌性的范围重叠，但与邻近的雄性个体则没有重叠现象。虽然四种食蚁兽的地理分布不一样，当它们在同一栖息地出现时，每个个体的领地看起来并没有受到其他个体出现的影响。

大食蚁兽和两种小食蚁兽在秋天交配，幼崽会在春天出生。大食蚁兽站立着分娩，把尾巴当成除了后腿之外的第三个支撑。新生幼崽很早熟并且有着锐利的爪子，使得它们在出生后不久就能抓住母兽的背部。一胎两只幼崽的情况很少见，新生幼崽会经过大约6个月的哺乳期，但是可能在两岁之前一直跟随母兽，直到它们达到性成熟。大食蚁兽的幼崽在出生后1个月内会猛长，但一般还是移动缓慢并且被母兽背在背上。两种小食蚁兽可能会将幼崽放在首选的哺乳地点边的一根树枝上，或者将它们放在树叶巢中一小段时间；二趾食蚁兽也会如此。二趾食蚁兽会给幼兽喂已半消化过的蚂蚁，雄兽和母兽都提供这种反刍食物，幼兽可能被它的父亲或者母亲带着并喂养。幼小的大食蚁兽是它们父母的缩影，而幼小的小食蚁兽与它的父母并不相像。

大食蚁兽事实上并不挖洞，只是挖出一个浅浅的凹型地坑，一天睡上15个小时，休息时，它们会用大大的扇状尾巴盖住身体。两种小食蚁兽一般找树洞休息，二趾食蚁兽在白天则蜷曲在树枝上睡觉，用尾巴包住脚；它们一般不会在一棵树上超过一天，每天会换不同的树。

大食蚁兽和两种小食蚁兽能从肛门腺产生出一种有极强气味的分泌物，二趾食蚁兽则有一个面部腺，但其功用还不清楚。大食蚁兽也

↘ 二趾食蚁兽正在休息，图中可看到其脚部的进化使得爪子能往后卷到脚以下，以此增强抓握力。

能辨别出它们自己的口水味，但是否用唾液分泌物来进行交流还不是很清楚。

所有的食蚁兽都有很低的新称代谢率：在有胎盘的哺乳动物里，大食蚁兽的体温是有记录者中最低的，只有32.7℃；两种小食蚁兽和二趾食蚁兽的体温也不是很高。大食蚁兽和两种小食蚁兽日常活动时间一般都不超过8小时，二趾食蚁兽则更短，只有4小时。

主要基于微小的颜色样式区别，大食蚁兽被分成了3个亚种，中美小食蚁兽则分成了5个亚种。中美小食蚁兽的颜色变化主要在于黑色"背心"部位的大小和黑度，这一物种的所有个体几乎都不同程度地显露出具有这个特征的记号。那些北部区域里的中美小食蚁兽的皮毛一般都是始终如一的明亮颜色，而南部区域的小食蚁兽皮毛则有着显著的背心式毛块。在地理上毗邻的区域里，这种物种的不同尤其显著，并且可能是性状转移的一个优秀例子。皮毛颜色的变更能解释为什么小食蚁兽会被分为13个亚种，皮毛颜色的不同也能解释二趾食蚁兽被分为7个亚种的原因。在北部区域，二趾食蚁兽一律都是金黄色，或者背部有暗色条纹，但越往南颜色越变为灰色，背部条纹也越来越暗。

猎人的猎物
保护现状和生存环境

除了当地皮革工业小规模使用小食蚁兽皮外，食蚁兽几乎没有什么商业价值，也很少被人类猎杀以作为食物。尽管如此，因为栖息地的丧失和人类的侵扰，大食蚁兽还是从历史上它们在中美洲存在过的区域里消失了。在南美洲，它们经常被作为纪念品捕获或被动物商人捕捉，在秘鲁和巴西的某些地方，它们已经绝迹了。两种小食蚁兽出现在接近人类居住地时，也会遭遇厄运，它们很可能被猎狗所追逐，或者在人类居住地附近的公路上被压死。在委内瑞拉大草原上，幼小的小食蚁兽则可能被驯养，并且成为人们很喜欢的宠物。尽管如此，对这些生物来说，最严重的打击莫过于栖息地的丧失和它们所依赖的猎物种类的消亡。

穿山甲

穿山甲的背看起来像房顶的瓦片，重叠的角状鳞片把这些动物与所有其他旧大陆哺乳动物区别开来。从下面的薄皮肤里长起来的鳞片，保护了穿山甲除下腹以及四肢内侧表面外的其他所有部位。这些鳞片会周期性地脱落和更新。

在非洲，大量的穿山甲被抓住并在野味市场上销售，最后被人们杀死取肉；鳞甲则会被传统制药业制成药品。结果南非穿山甲的数量大减，已经到了濒危的地步了。在亚洲，弄成粉末状的穿山甲的鳞甲被认为有药物疗效以及壮阳功效，而且这些动物被不加选择地加以猎捕。除非采取有力的措施，不然三种亚洲穿山甲的数量将会继续减少。

一套合适的盾甲
体型和官能

穿山甲在吃蚂蚁和白蚁方面很专业，与南美洲的食蚁兽一样，它们用长而窄的舌头探入蚁巢寻找猎物。大穿山甲像皮带一样的舌头能伸长40厘米，总共能达70厘米长，隐藏在一直延伸到骨盆上的一个连接点上的鞘形壳里。大量的唾液腺能将黏性唾液分泌到舌头上，这些唾液腺的体积大约有360～400立方厘米，隐藏在胸腔里的凹陷处。穿山甲简单的头部缺乏牙齿和咀嚼肌，吃下的蚁类在专门的角质的胃里被碾碎。穿山甲有一个圆锥形的小头，头上还有一对退化的或者看不见的外耳，身体呈长形，结实的尾巴与身体平滑地连成一体。进食

时，厚厚的眼睑保护着眼睛不被蚁类咬伤，专门的肌肉则能关闭鼻孔。四肢粗短有力，末端的5个趾上有爪，前脚中间的3个爪大约有55～75毫米长，而且能够弯曲。

在非洲，4种穿山甲中有2种主要是树栖型，栖息在从塞内加尔岛到东非大裂谷的雨林地带。一般的小型树穿山甲的领地范围大约为0.2～0.3平方千米，活动在森林里比较低的地面；更小的长尾穿山甲经常成天移动以避开更大的穿山甲，它们寻找悬挂着的松软的蚂蚁和白蚁巢（更喜欢树栖的蚁类），或者袭击在树叶间穿行的蚁类纵队。这两种穿山甲都有一条瘦长但是缠绕树枝非常有力的尾巴（长尾穿山甲尾巴上有46或47个

↖一只树穿山甲在它长且善于抓树的尾巴的帮助下，从一根树枝上垂吊下来。尾巴的末端有一大块有感觉的肉垫，使得穿山甲能够容易地找到和确认一个很好的抓握点。

骨节，是哺乳动物里的一个最高记录），尾巴尖上有一小块感觉敏锐的裸露肉垫。它们攀爬一棵垂直的树的时候，会用前爪获得一个支撑点，然后拉动后肢向前肢靠拢，尾巴鳞甲的边缘这个时候会为它们提供额外的支持。这些树栖穿山甲在高处睡觉，在附生植物（长在树上的植物）之间蜷曲起来或者就在树杈上睡觉。

陆栖的非洲穿山甲比它们的树栖"亲戚"们体型大，出现在从森林到空旷的稀树草原这类栖息地里。它们在别的挖洞动物的洞穴里睡觉。作为抵御天敌的保护方式，穿山甲能紧紧地蜷曲成一个球，鳞片形成一个防护罩，使得它们能够防御除了大型猫科动物和鬣狗之外几乎所有的天敌。它们用有力的爪子摧毁地面上白蚁和蚂蚁的巢穴，大穿山甲一晚可以吃掉20万只总重约700克的蚂蚁。

由气味联系的社会化
社会行为

虽然穿山甲经常是独居的，但它们仍有社会行为，这种行为主要受气味控制。每一只穿山甲通过在领地周围留下粪便和尿液来表明它的存在，并且用尿液和肛腺里的分泌物在树上做标记。这些气味可能传递了主人的优势和性

▲一只爪哇穿山甲蜷曲成一个保护性的球。这种姿势可以把鳞甲暴露在外，而把没有鳞甲的下颌、喉、腹部以及四肢的内侧表面都裹在里头，使得外面的鳞甲起到了很好的防御作用。

别状态，促进个体的识别。穿山甲的发声仅限于喘息声和嘶嘶声，声音是否具有社会功用还不清楚。

穿山甲一般一次只哺育1只大约200~500克重的幼崽，虽然曾经有报道称亚洲有些种类一胎会生2只甚至3只幼崽。在树栖种类中，幼崽出生之后马上就爬到母穿山甲的尾巴上并紧紧地抓住，可能一直以这样的方式被母穿山甲带着直到3个月后断奶。当有危险出现时，母穿山甲会蜷起来把幼崽裹在中间以保护它们。陆栖穿山甲在出生时有着很小很软的鳞甲，在最初的2~4周里一直待在母穿山甲的尾巴上。所有的穿山甲分娩一般在11月到次年3月之间，性成熟大约需要2年时间。

知识档案

穿山甲

目 鳞甲目
科 穿山甲科

1属7种：印度穿山甲、大穿山甲、马来（爪哇）穿山甲、中华穿山甲、南非穿山甲、长尾穿山甲、树穿山甲。

分布 塞内加尔到乌干达、安哥拉、肯尼亚西部，向南到赞比亚以及莫桑比克北部；苏丹、乍得、埃塞俄比亚到纳米比亚和南非；印度、斯里兰卡、尼泊尔，以及中

赤道

国；向南穿过泰国、缅甸、老挝、马来西亚，到爪哇岛、苏门答腊岛、加里曼丹岛等。

栖息地 森林到开阔的稀树草原。

体型 长尾穿山甲体长31~35厘米，尾长55~65厘米；大穿山甲体长75~85厘米，尾长65~80厘米，这两个物种的体重从1.2~2千克到22~33千克。

皮毛 头上、身上、四肢的外表面以及尾部有角状重叠的鳞甲，颜色从亮的微黄棕色到橄榄色再到深棕色之间变化。年轻的中华穿山甲的鳞片是略带紫色的棕色。毛发下面的皮肤表面为白色到深棕色。

食性 吃白蚁和蚂蚁。

繁殖 怀孕期65~70天（印度穿山甲）到139天（树穿山甲）；幼崽一般每胎1只，很少有2只的。

寿命 人工圈养的至少可达13岁（印度穿山甲）；野外情况未知。

树袋熊

现在树袋熊是澳大利亚的标志性动物，也是世界上最具有超凡魅力的哺乳动物之一，但情况并非一直这样。早期的欧洲定居者认为它们懒惰，并为了获取它们的皮毛而大量杀掉它们。这样动物的生存面临的更严重的威胁来自于人们对森林的清除，大规模的森林大火，以及引进的动物性疾病（特别是家畜所带来的衣原体疾病）。

对树袋熊的威胁在1924年达到了高峰，当年有200多万张树袋熊皮出口。在那之前，这

一只树袋熊幼崽正骑在母树袋熊的背上。树袋熊每胎只产1只幼崽，出生的时候，幼崽非常小，体重低于0.5克。5个月之后它开始吃由母树袋熊预先进行部分消化的桉树叶。7个月大的时候它离开育儿袋，但还要继续跟随母树袋熊4~5个月。

种动物在澳大利亚南部已经灭绝，并在很大程度上从维多利亚和新南威尔士州消失掉了。公众开始为它们大声疾呼，政府也颁布了狩猎禁令，加强了管理，这种衰减的趋势才得到了逆转。现在树袋熊再一次在其偏爱的栖息地变得相当常见。

大胃部，小脑袋
体型与官能

桉树属的树木在澳大利亚广为分布，而树袋熊正是与其紧密联系在一起的——它们几乎终生都在桉树上度过。其白天的许多时间都用来睡觉，只有不到10%的时间用来觅食，而其他的时间主要花在静坐上。

树袋熊对这种相对不活跃的树栖生活作了大量的适应。由于它们既不使用巢穴也不使用遮盖物，所以它们那无尾而似熊的身体覆盖着一层密密的毛发，能起到良好的隔绝作用。树袋熊大多数的脚趾上都长有极为内弯的、针一般锐利的趾甲，这使它们成为极高超的攀缘者，能够轻松地登上树皮最光滑、最高大的桉树。爬树的时候，它们用爪抓住树干的表面，

并用其有力的前臂向上移动，同时以跳跃的动作带动后肢向上。树袋熊前爪的钳状结构（第一趾、第二趾与其他三个趾位置相对），使得它们能够紧握住比较小的枝条并爬到外层树冠上。它们在地面上的敏捷度比较差，经常以四只脚缓慢行走的方式在树木之间移动。

树袋熊的牙齿适合处理桉树叶。它们用臼齿——在每个颌上已经缩减为1颗前臼齿和4颗宽而高齿尖的臼齿——把树叶咀嚼成很细的糊状，然后这些东西会在盲肠里进行微生物发酵。相对于其体型而言，树袋熊的盲肠在所有

↗ 牢牢地"楔"入一个树杈，一只树袋熊正沉浸在这种动物最喜欢的"娱乐"即睡觉中。这种动物的80%的时间是在睡眠状态中度过的，而它们醒着的时间又有很大一部分是在休息中度过的。它们不活跃的生活习性是与其几乎完全由桉树叶构成的低能量的饮食联系在一起的——这些树叶缺乏包括氮和磷在内的基本的营养物质。

知识档案

树袋熊

目 袋鼠目
科 树袋熊科
只有1属1种。

分布 澳大利亚东部南纬17°以南的不相连地区。

赤道

栖息地 桉树森林和林地。

体型 雄性体长78厘米，雌性72厘米；雄性体重11.8千克，雌性7.9千克。分布于南部的体型明显比较小，雄性平均只有6.5千克，雌性只有5.1千克。

皮毛 灰色到茶色；下巴、胸部以及前肢内侧是白色的；耳朵具有长白毛圆饰，臀部有白斑；分布于北部的皮毛较短，颜色较淡。

食性 吃树叶，主要以种类有限的桉树树叶为食，但是也吃一些非桉树树木的嫩叶，包括金合欢属树、薄子属树以及白千层属树的叶子。

繁殖 雌性性成熟期在出生后21~24个月时到来；怀孕期大约35天，每胎只产1只幼崽，在夏季（11月至次年3月）分娩。幼崽在出生12个月后独立生活。雌性能够连续数年繁殖。

寿命 最高可达18年。

哺乳动物里面是最长的，长达1.8~2.5米，3倍于它的身体长度甚至更长。

树袋熊有比较小的脑，这可能也是对其低能量食物的一种适应。脑是高耗能的器官，会不成比例地消耗掉身体全部能量预算的很大一部分。树袋熊的相对脑量几乎是所发现的有袋动物中最小的。分布在南部的树袋熊脑的平均重量（平均体重为9.6千克）只有约17克，只占体重的0.2%。

雄性树袋熊的体重超过雌性50%，有一个相对比较宽阔的面部，一对相对较小的耳朵，还有一个比较大的散发气味的胸腺。雌性主要的第二性征是其育儿袋，内有2个奶头，向后端开口。

树袋熊实行广泛的"一雄多雌制"的交配体系，在这种体系下，某些雄性占据大部分的交配权，但是占统治地位的雄性与处于被统

治地位的雄性对交配权分配的准确细节，还没有得到全面广泛的研究，尚需要进行清晰的阐释。雌性树袋熊在2岁大的时候进入性成熟期，并开始繁殖。雄性也可以在这个年龄进行繁殖，但此时的交配成功率通常很低，直到它们年龄更大（约4~5岁），体型大到足够对雌性展开成功的竞争时，这种情况才会得到改变。

回报率比较低的食物
食性

桉树作为常绿植物，持续不断地为食叶动物提供了可用的食物资源，一只成年树袋熊每天会吃掉大约500克重的鲜树叶。尽管有600多种桉树供树袋熊选择，但它们仅仅以其中的30种左右为食。偏食程度在种群之间有所不同，它们通常聚集到较湿润、物产更丰饶的栖息地里的树种上。在其分布范围的南部，它们偏爱多枝桉和蓝桉，而在北部的种群主要以赤桉、脂桉、小果灰桉、斑叶桉以及细叶桉的树叶为食。

⬂一只树袋熊正在树枝间进食。桉树叶对大多数食叶动物而言是有毒的，但是树袋熊的肾已经进化到能够处理这些树叶所包含的至少其中某些毒素的地步。这种进化因此向这种动物提供了一种相对无竞争的、全年都可利用的食物资源。

桉树叶对大多数食叶动物而言并不适于食用（如果不是全然有毒的话）。桉树叶中包括氮和磷在内的基本营养物质的含量极低，并含有大量的难以消化的结构性物质，例如纤维素和木质素，而且还含有酚醛和萜烯（油类的基本成分）。最近的研究表明，这些物质化合之后最终形成的东西可能是树袋熊偏食的关键所在，因为已经发现树袋熊对桉树叶的可接受性与某些毒性极高的苯酚—萜烯混合物呈反相关关系。

树袋熊作了很多适应性改变，以使自己能够应付如此难处理的食物。有些树叶它们很明显地完全避开不吃，有些树叶中含有的毒素则能在肝中进行解毒并被排出体外。处理可用能量这么低的食物，需要作出行为习性上的调整，因此树袋熊睡得很多，一天最多可睡20个小时。这就造成了一个广为流传的说法：它们因摄食桉树叶中的化合物而变得麻痹。树袋熊还表现出对水分的高利用率，除了在最热的季节之外，它们从树叶中就可以获得所需要的全部水分。

独居而又惯于定居
社会行为

树袋熊是独居动物，也是惯于定居的，雄性占据着固定的巢区。巢区范围的大小与栖息地环境的物产丰饶度相关联。在物产丰富的南部，巢区范围相对比较小，雄性占据的面积为0.015~0.03平方千米，雌性占据的面积为0.005~0.01平方千米；但是在半干旱地区，巢区的范围就要大得多，雄性常占据1平方千米或者更多。居于社会统治地位的雄性的巢区与最高可达9只之多的雌性的巢区相重叠。树袋熊主要在夜间活动，到了繁殖季节，成年雄性在夏季的夜晚会在很大的范围里走来走去。如果雄性遇到另一只成年的雄性，通常就会发生争斗；如果雄性遇上一只处于发情期的雌性，它们可能会进行交配。交配时间很短，一般少于2分钟，并在树上进行。雄性从后面爬到雌性身上，交配的时候通常把它抱在自己和树枝之间。

袋鼠与沙袋鼠

　　大赤袋鼠跳跃着跨过干旱的滨藜平原，这是澳大利亚最典型的景象之一。然而大赤袋鼠还仅仅是一系列大约 68 种不同的现存动物中的一种（包括袋鼠、沙袋鼠以及鼠袋鼠，这些种类共同组成袋鼠总科）。适应沙漠、草食的袋鼠（如大赤袋鼠）实际上仅仅是在过去的 1500 万~500 万年里进化出来的。在那之前，澳大利亚遍布森林，所有袋鼠的祖先都是树栖植食者。

　　袋鼠总科的名字取自袋鼠属，即大赤袋鼠所在的属。这个词在拉丁文里的意思是"大脚"，而长长的后足的确是这种动物的特征。它们是用两后足一起跳跃的最大的哺乳动物，而跳跃是一种对大型的哺乳动物来说很为奇特的步态，不过这并不是袋鼠行走的唯一方式。

跳跃的机制
体型与官能

　　所有的袋鼠都是覆有毛皮且长尾巴的动物，它们有细脖子、突出的耳朵，以及高度发达的后半身和臀部（这使其前肢和上身显得比较小）。一个长而狭窄的骨盆支撑着长而多肌肉的大腿；更加细长的胫骨并没有附着太多的肌肉，并在脚踝处结束（这是对脚部避免扭伤所作的一种适应，这样当袋鼠在跳跃时就不会拧了脚踝）。在休息和慢速活动时，它们那长而窄的脚底能承受身体的重量，使其成为一种靠脚掌着地行走的动物。然而在跳的时候，袋鼠会耸身立在它们的趾和后脚的"球"上。仅有2个趾——第四个和第五个——在实际上承受身体的重量，第二和第三个趾缩小成一个小小的残"桩"（上面各自长有爪甲，专门用来整理皮毛）。

　　第一趾除了麝袋鼠还有之外，其他袋鼠的完全消失了。麝袋鼠是原始的麝袋鼠科中现存的唯一成员。巨型短面袋鼠属中的巨型短面袋鼠的第五趾也没有了。巨型短面袋鼠属的动物在2.5

↗一只黑尾袋鼩正在吃树叶。这种动物在开阔的高地森林和沼泽区域以及红树林里都有分布。

万～1.5万年前的最近一个冰川期的高峰期灭绝了，这可能是人类纵火和猎杀造成的结果，但是古代岩画记录下了它们那特征显著的脚印。肢体延长与趾减少是很多世系的陆生食草哺乳动物的特征——包括奇蹄目中的马及偶蹄目中的鹿、羚羊和叉角羚——它们通过进化加快了奔跑速度以躲避奔跑型的掠食者的猎杀。

袋鼠并不仅仅跳跃行进，当慢速移动的时候，它们也用四个脚掌爬行，但一对前肢与一对后肢一起移动而不是交替移动。对袋鼠亚科动物中中等体型和大体型的种类来说，当后肢抬起并前摆的时候，尾巴和前肢要承担身体的重量。对体型比较大的袋鼠亚科动物而言，它们的尾巴长而粗，长有很多肌肉，当其坐着的时候可靠在上面，就像一个运动员靠在一根手杖上一样；在打斗过程中，尾巴甚至可以暂时地单独支撑整个身体。

对体型比较小的沙袋鼠和鼠袋鼠而言，尾巴的主要作用是平衡和调整方向，例如帮助进行突然转弯。大多数的鼠袋鼠还用尾巴来运输做巢的材料——草和小枝被聚集成一捆然后用后脚抵住尾巴的内侧向后推（它的尾巴呈卷曲状抵住臀部"抓住"草枝捆，跳向建造中的窝巢）。

与其后肢形成对比的是，袋鼠的前肢相对比较小，也没有专门化。前掌长有5个同样大小的趾，上面都有强有力的爪甲，围绕短而宽的掌排列。鼠袋鼠用其长有长爪甲的长长的第

二、三、四趾挖掘食物。袋鼠的前爪能够抓住或者处理食用的植物，还能用以紧抓皮肤，使育儿袋保持敞开，或者在梳理皮毛的时候用以刮挠。体型比较大的袋鼠还用它们的前肢进行体温调节：把唾液涂向它们的身体内侧，使唾液在那里蒸发掉，以便血管网（就位于皮肤的表面之下）中的血液得到降温。

当速度低于约10千米/小时时，跳跃最多是一种笨拙难看的动作方式，但是当速度高于15～20千米/小时的时候，与四足小跑或者四足飞奔相比，跳跃行进就显得能量利用效率极高。在每一次跳跃的末尾，能量都被储存在弯曲的后腿的肌腱里，以便在下一次跳跃的时候推动后腿展开。

这种爆发需要后肢长大、强壮而又协调一致，这样就促使了一种跳跃步态的产生。体型比较大的袋鼠能够以大于55千米/小时的速度保持跳跃前进，而体型较小的种类能够以30千米/小时的速度进行跳跃式的奔跑。

袋鼠类动物的四肢、爪甲以及四足还可作为武器来用。鼠袋鼠和小体型的沙袋鼠通过跳跃时互踢对方或者在地上滚来滚去的抓挠式的方式进行战斗，有的时候甚至能用其后肢杀死对手。体型大的袋鼠则用下列方式进行打斗：前肢环绕着对手的头部、肩膀以及脖子，身体保持更加直立的姿势，用其强壮有力的后肢（这个时候的体重主要由其尾巴支撑）猛踢对方，把大大的脚趾用力地踢向对手的腹部。体型比较大的袋鼠中的雄性的肩膀和前臂比雌性的更强壮，而且雄性前掌的爪甲也更为发达有力。雄性还在腹部覆盖有一层加厚的盾状皮肤——是腰窝或者肩部皮肤厚度的两倍还要

↘ 大赤袋鼠的打斗过程
1.在打斗开始之前，两只雄性可能会在对手的面前进行"两腿僵直"的行走。2.骚挠。3.刷毛。4.战斗由锁住前臂开始。5.然后会试图把对手向后踢。

多——这帮助它们缓冲踢向腹部的冲击力。

　　袋鼠类动物的头部表面上看来像羚羊的头，具有以下特征：有中等长度的口鼻部，有视野宽阔的眼睛并能双目并用，还有能够旋转以从各个方向捕捉声音的直立的耳朵；上嘴唇像兔子或者松鼠那样"裂开"。

　　袋鼠类动物的口鼻部、牙齿以及舌头适于取食小的食物，而不是大口大口地吞食。在上嘴唇的后面有一排弧形门齿，能在上颌的前部围起一个肉质垫。对袋鼠亚科的袋鼠和沙袋鼠来讲，有2颗平伏的（水平方向放置的）下门齿，在树叶沿着上门齿弓的边缘被撕裂的时候，能使树叶对着这个肉质垫。对鼠袋鼠亚科和缟兔鼲——现今仅存的一种缟兔鼲亚科动物——来说，下门齿和第2及第3颗上门齿咬合，而中央部位（第1颗）门齿突出，用以咬啮。

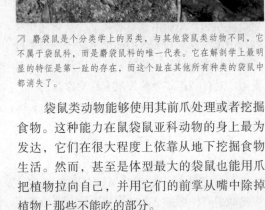

麝袋鼠是个分类学上的另类，与其他袋鼠类动物不同，它不属于袋鼠科，而是麝袋鼠科的唯一代表。它在解剖学上最明显的特征是第一趾的存在，而这个趾在其他所有种类的袋鼠中都消失了。

　　袋鼠类动物能够使用其前爪处理或者挖掘食物。这种能力在鼠袋鼠亚科动物的身上最为发达，它们在很大程度上依靠从地下挖掘食物生活。然而，甚至是体型最大的袋鼠也能用爪把植物拉向自己，并用它们的前掌从嘴中除掉植物上那些不能吃的部分。

　　袋鼠类动物的食物消化由一个扩展形成发酵腔的前胃协助进行。胃壁上的纵向或者横向的诸多肌索——具有结肠袋的特性或状态——相互联系起来以搅动胃容物。一段大小中等的小肠通向扩大的盲肠和最近的结肠——这里可能是作为附属的发酵场所，在它的远处，已消化的食物流过结肠长而具再吸收作用的远端。

　　袋鼠皮毛的颜色从浅灰色到暗褐色或者黑色不等。很多袋鼠类动物有不明显的暗色或者浅色条纹，这些条纹在视觉上打破了它们的轮廓；爪甲、四足以及尾巴常常要比身体颜色深些，而腹部通常颜色较浅，使得这些动物们在黄昏或者月色下显得有些"扁平"。对岩鼲属和树袋鼠属的一些种类来说，尾巴上的条纹是纵向或者横向的。

　　很多雄性袋鼠喉部和胸部的皮肤能分泌有气味的分泌物，它们把这些分泌物涂抹到树上（尤其是树袋鼠属）、岩石上（岩鼲属），或者灌木丛和草丛的草上（体型大的袋鼠）。它们还可能在求爱时期把气味擦到雌性身上，以向其他雄性表明它们之间的关系。它们的泄殖腔里还有其他腺体，可以向尿液或者粪便里加

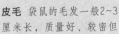

知识档案

袋鼠与沙袋鼠

目 袋鼠目
科 袋鼠科与麝袋鼠科
共有16属，大约68种。

分布 澳大利亚、新几内亚；被引进到英国、德国、夏威夷、新西兰。

体型 体长从28.4厘米（麝袋鼠）到165厘米（雄性大赤袋鼠）不等，尾长从14.2厘米（麝袋鼠）到107厘米（雄性大赤袋鼠）不等，体重从0.5千克（麝袋鼠）到95千克（雄性大赤袋鼠）不等。

皮毛 袋鼠的毛发一般2～3厘米长，质量好、较密但不光滑。颜色从浅灰色到层次各样的沙褐色再到暗褐色或者黑色不等。

食性 主要吃植物性食物，包括草、非草属草本植物、树叶、种子、果类、块茎、鳞茎以及块菌；还包括无脊椎动物（如昆虫和甲虫的幼虫）。

繁殖 怀孕期30～39天；幼崽附着在母袋鼠育儿袋里的奶头上，并在那里继续待6～11个月。

寿命 12～18年（人工圈养的情况下为28年），体型比较小的鼠袋鼠为5～8年。

入气味。

遍布澳大利亚
分布模式

麝袋鼠科现存的唯一一种，即麝袋鼠，分布地局限于澳大利亚约克角东边的雨林里。与之形成对比的是，袋鼠科动物，尤其以袋鼠亚科为代表，广泛分布在澳大利亚、新几内亚和沿海岛屿上。但是鼠袋鼠亚科（包括10个新近确立的种）的分布局限于澳大利亚（包括塔斯马尼亚和其他的南方岛屿），在热带气候的北部极少。袋鼠亚科的2个属，即羚面鼲属和山林鼲属，分布局限于新几内亚；树袋鼠属10种中的8种，以及丛鼲属的4种也仅分布在那些地方。仅有2种，即赤腿丛鼲和敏袋鼠，既分布在澳大利亚，也分布在新几内亚。野生袋鼠种群在澳大利亚之外的一些国家也有分布：在夏威夷有丛尾岩鼠鼲；在英格兰的奔宁山脉和德国有赤颈袋鼠；另外，在新西兰有尤金袋鼠和白喉袋鼠。

从草类到块菌
食性

麝袋鼠食肉质果类和真菌类，还经常食昆虫；此外，它们有时还分散储藏种子，尽管我们尚不知道它们在多大程度上能够有效地重新找到储藏的种子。袋鼠科动物靠植物为食，但有些体型比较小的种类（尤其是鼠袋鼠亚科）也吃甲虫的幼虫等无脊椎动物。鼠袋鼠属和短鼻鼲属在很大程度上以植物的地下储藏器官为食，如膨胀的根部、根状茎、块茎以及鳞茎，

此外还吃某些真菌类的子实体（块菌），这在分散传播真菌的孢子上发挥了重要的作用。

体型比较小的袋鼠在食性上倾向于高度挑剔，会通过搜寻找出零星分布、高质量的食物种类，这些食物中的很多必须经过仔细搜索和加工处理。与此形成对比的是，体型最大的种类一般能忍受质量比较低、范围广泛的植物性食物，选择的主要是叶类，但也包括一些营养价值比较高的种子和果类。

成群与独居
社会行为

初生的袋鼠幼崽非常小，长度只有5~15毫米。它们看起来还处在胚胎状态，长有发育不完全的眼睛、后肢和尾巴。这些新生幼崽使用其有力的前肢，依靠自己的力量沿着母袋鼠的皮毛向上爬到朝前开口的育儿袋中。在那里，它们用嘴夹紧4个奶头中的一个，附着在上继续进行多周的发育，时间因种类的不同而从150天到320天不等。育儿袋为幼崽提供了一个既温暖又湿润的环境，因为幼崽还不能调节自身的体温，并会经由其裸露无毛的皮肤快速地丧失水分。

一旦幼崽松开了奶头，很多体型较大种类的母袋鼠就会允许它从育儿袋里出来进行短期的"溜达漫步"，当母袋鼠要走的时候再把它找回来。在母袋鼠快要生下一胎幼崽之前会避免已生幼崽重新回到育儿袋中，但是这只幼崽会继续跟随母袋鼠，并且可以把头伸进育儿袋里吸吮奶头。当幼崽接近成熟的时候，母袋鼠所提供的乳汁的质量会发生变化。一只母袋鼠在给一只待在育儿袋中的幼崽哺乳的同时还要

↘袋鼠与沙袋鼠中体型较大种类的代表：1.大赤袋鼠；2.岩大袋鼠；3.南刺尾鼲；4.赤腿丛鼲，它正摆出"五条腿"的姿势（就是用尾巴和所有的四肢对身体提供支撑）；5.美面袋鼠；6.古氏树袋鼠，它正栖息在一根粗树枝上。

↗一只母红颈袋鼠和它的幼崽正在塔斯马尼亚的日光下放松休息。母袋鼠每胎只产1只幼崽，但是两胎之间的间隔时间很短，意味着它们常常在育儿袋中养育一只小幼崽的同时，还要给另一只比较大的紧随母兽的幼崽哺乳。

给一只"紧随母兽的幼崽"哺乳，它会从两个奶头中产出质量不同的乳汁——拥有这种本领是因为它的乳腺处在不同激素的控制之下。

产下非常小的幼崽是相对省力的。雌袋鼠靠尾巴和后腿的支撑向前坐着，并用嘴舔自己的泄殖腔和育儿袋之间的皮毛，形成一条在新生幼崽进入育儿袋之前一直使新生幼崽保持湿润的"小路"。分娩数天之后大多数的袋鼠类动物会再一次进入发情期。如果它们交配并受孕，这个新胎儿的发育会停留在未植入的胚泡阶段。"胚胎滞育"状态将会持续到当前育儿袋中的幼崽充分发育至距能够离开育儿袋约1个月时。然后那个胚泡会被植入子宫并恢复发育。在临产前的一两天，母袋鼠会拒绝接纳先前的幼崽到育儿袋中，这种回绝对幼崽来说难以接受，因为在早先的时候它一听到呼唤就回到母袋鼠身边并且爬到育儿袋里面去。之后母袋鼠会清洁并准备好育儿袋以迎接下一个幼崽的出生。这样，很多袋鼠类动物的雌性能够同时进行以下3种活动：给一个"紧随母兽的幼崽"哺乳；给另一只处在育儿袋中的幼崽哺乳；维持一个处于滞育状态中的胚胎。

两次生育之间比较短的间隔能使雌性快速填补上被掠食者杀死"紧随母兽的幼崽"而带来的损失，还能使它们较为轻易地补上抚育

失败的育儿袋中幼崽的空缺。一只受到澳洲野狗紧追的雌袋鼠可能会放松靠近育儿袋的括约肌，边逃跑边把它的幼崽放下去让野狗吃掉。在干旱所造成的营养不足的压力下，育儿袋内的幼崽也会死去，但是它会很快被休眠的胚泡所取代——这个胚泡一旦受到上一只育儿袋中的幼崽停止吮奶的刺激就会植入子宫并恢复发育。以相对比较低的新陈代谢率作为代价，雌性还能够维持处于待发育状态的胚胎，一旦雨水突至或者情况转好，就会转入发育状态。

"紧随母兽"的阶段在幼崽断奶之后结束。对大体型的袋鼠来说，这个阶段会持续很多个月，但对小体型的鼠袋鼠如赤而言这个阶段几乎没有。类似地，大体型的袋鼠在繁殖之前要经历一个长久的未成年阶段。大体型袋鼠的雌性在2～3岁大时才开始繁殖，以后可能会繁殖8～12年。某些小体型的鼠袋鼠幼体能够在断奶后的1个月之内受孕，这个时候它们只有4～5个月大，但也有可能会延迟到10～11个月大时。

袋鼠类动物的雄性的生理成熟期可能比雌性稍长，但是对体型比较大的袋鼠而言它们对繁殖的参与要受到社会性的限制。雌性的生长发育在其开始繁殖之后减速，但是雄性会继续快速地成长，这导致年龄大的雄性要比较年轻的雄性和雌性大很多。事实上，一只雌性大灰袋鼠或者大赤袋鼠处于第一次发情期时体重仅有15～20千克，却可能会被一只五六倍于其体重的雄性追求并与之交配。体型比较大的袋鼠类动物表现出了已知陆生哺乳动物中最为夸张的体型二态性，这在很大程度上是因为种群中体型最大的雄性能够获得大多数的交配机会。与此形成对照的是，体型比较小的沙袋鼠与树袋鼠的雄性与雌性成体大小相同。

除了雌性常有独立的幼崽跟随之外，大多数的袋鼠类动物都是独居的。鼠袋鼠亚科的动物在白天的时候单独地躲藏在一个自己建造的窝巢里，雌性则可能会跟它没有断奶的"紧随母兽的幼崽"分享这个窝巢；到了晚上，当出去寻食的时候，这只雌性可能会被一只雄性发现并陪同。在发情期之前的那些晚上，可能会

有数只雄性试图跟它发生关系。

短鼻鼩在自己挖掘的洞穴中建巢，这些洞穴松散成群，但是它们也不是真正的社会性动物。独居的袋鼠亚科动物——它们不使用永久性的住处（大多数体型比较小的种类生活在茂密的栖息地里）——行为习性非常像鼠袋鼠亚科的动物，但是一只雌性跟它最近生育的幼崽之间的联系可能会在断奶之后持续很多周。在发情期的日子里，一只雌性可能会被大群热情似火的雄性陪同护卫着。

岩鼩属动物白天躲藏在山洞和漂石堆里（即漂石丛生的地貌内），这就导致这种动物白天会一群群地待在丛生成群的庇护所里。个体会持久使用同一个庇护所，雄性之间会进行竞争以使其他雄性远离一只或更多只雌性的庇护所。对岩鼩属的某些种类来说，雄性在白天的时候可能跟一只或一只以上的雌性保持近距离的接触，但是它们并不总会在一起觅食。类似地，一只雄性树袋鼠会防止其他雄性接近与它保持联系的一只或数只雌性所使用的树木。

袋鼠属的某些种类会形成50只或者更多个体组成的群体（常被称作"帮"），然而，这些群体成员之间的关系相当灵活多变，一天之内个体会加入或离开数次。基于性别和年龄方面形成的小团体，会倾向于和同它们相类似或者其他特殊的小团体联合在一起，雌性个体也

可能和它们的雌性家族成员或者没有亲属关系的特定雌性联系在一起——这种联系较频繁而持久，但并不是永久性的。一只雌性在幼崽的不同发育阶段所处的环境决定了它以后的联系模式：如果雌性的那个幼崽将要离开育儿袋，它就会避免和其他有同一阶段幼崽的雌性接触，会退回到通常没有其他个体使用的部分地带。

这些种类的雄性在群体之间的迁移比雌性更加频繁，并且迁移的范围也更大。雄性都不是地盘防卫性的，它们也不会做出任何尝试去把其他雄性排除在一群雌性之外。雄性活动范围广泛，通过嗅泄殖腔和尿液的气味来检查尽可能多的雌性。如果一只雄性侦测到一只雌性接近发情期，它就会试着跟这只雌性配对，跟随在其附近，并在其进入发情期的时候与其交配。但是，这只雄性可能会被其他任何体型更大、更占优势地位的雄性取代。

体型比较大、具有社会性的袋鼠类动物全部生活在开阔的地区（草地、灌木林地或者稀树大草原），以前的时候经常受到掠食者的捕食，例如澳洲野犬、楔尾鹰、以及现在已经灭绝的袋狼。社会性聚群对大体型的袋鼠在反掠食者方面产生了很多好处，因为澳洲野狗较少能够接近大群大袋鼠，这样它们就能花更多的时间觅食。袋鼠群的大小与其密度、栖息地的种类、白天的时长以及天气联系在一起。

↗ 一只袋鼠正与它的幼崽在一个凉爽的水塘里休憩。大体型的袋鼠大都在白天阳光强烈时休息，在阳光较弱的黎明或者黄昏出来觅食，并通过这种方式来保持凉爽。

鸭嘴兽

自从第一个鸭嘴兽样本（一张干皮）在 1798 年左右从澳大利亚殖民地送到英国开始，这种动物就一直被争论环绕着。刚开始的时候，人们竟然认为那是把鸭嘴与哺乳动物身体的某些部分缝合起来的一件赝品！

以前的研究者们作出推论：鸭嘴兽是产卵的（这是正确的），因此它就不可能是哺乳动物（这是不正确的）——当时所有的哺乳动物都被认为是胎生的（也就是产下活体的幼崽）。但是最后，鸭嘴兽终于被承认是一种哺乳动物，因为人们发现它具有一个主要的特征——乳腺，而正是凭借这个特征哺乳类动物才获得了它们的名字。鸭嘴兽同样长着乳腺！

游泳健将
体型与官能

鸭嘴兽只有 1.7 千克重，比大多数人想象的要小。雌性比雄性体型小，幼崽在刚开始独立生活时大约是成年兽体的 85% 大小。这种动物的身体是流线型的，除足与喙之外的所有部位都覆盖有浓密而防水的毛发。嘴部表面上看起来像鸭子的喙，鼻孔在其顶部。嘴部柔软而易弯曲，表面覆盖着一排感受器，这些感受器对电刺激和触觉刺激都有反应，能用来在水底定位食物和确定方向。潜游的时候，其眼睛、耳朵和鼻孔闭合。嘴的后边是 2 个内生的颊囊，开口通向它们的嘴。这 2 个颊囊内有角质褶皱，在作用上可以代替那些消失了的牙齿（这些牙齿在鸭嘴兽还是幼崽时就消失了）。当鸭嘴兽咀嚼和拣选食物时，这些颊囊就用来储存食物。

鸭嘴兽四肢很短，并距离躯体很近。后足只是部分有蹼，在水中仅用做方向舵，而前足有大蹼，是向前推进的主要用具。鸭嘴兽在行走或者挖掘洞穴的时候，前足上面的蹼能回翻露出大而宽的趾甲。雄性的后脚踝生有一根角质的刺，这个刺中空并由一个输送管连接到大腿的毒腺上。它的毒液会导致人极端疼痛，已经发现毒液中至少有 1 种组成成分直接作用于痛觉感受器，而其他的组成成分则会导致炎症与肿胀。它的尾巴宽而扁平，可以用来储存脂肪。

对幼崽照顾得无微不至
社会行为

鸭嘴兽觅食主要在夜间，其猎物几乎全部由水底栖息的无脊椎动物组成（特别是昆虫的幼虫）。鸭嘴兽的巢区一般随河流系统的不同而变化，范围从小于 1 千米到超过 7 千米不等。很多个体 24 小时之内能在河流中游过 3 ~ 4 千米以寻食。2 种非本地的鲑鱼与鸭嘴兽食物相同，有可能是鸭嘴兽的食物竞争者。尽管有此食物上的重合，鸭嘴兽在许多引进这两种鲑鱼的河流里还都并不少见。

对一个河流系统的研究表明，鲑鱼更多地是吃无脊椎动物中的浮游类，而鸭嘴兽几乎完全以栖息在河底的那些无脊椎动物为食。水禽也可能跟鸭嘴兽的食物种类相重合，但是大部分水禽也吃植物，而鸭嘴兽似乎并不吃植物。

鸭嘴兽占据的某些地区冬天的水温接近于冰点，当鸭嘴兽暴露于这种寒冷的气候条件下时，它能通过提高新陈代谢率产生足够的热量，以使体温保持在正常情况下的32℃左右。良好的皮毛和隔热组织（包括高度发达的逆向血流）可以帮助它保持身体的热量，而它的洞穴也提供了一个局部小气候，可以冲抵一些冬天和夏天外部的极端温度。

人们一般认为在澳大利亚北部的鸭嘴兽比南部的交配期要早，但有时它们的交配发生在冬末到早春之间（7~10月）。交配在水中进行，程序包括雄性追逐雌性，然后抓住雌性的尾巴。雌性每次产2枚卵（偶尔是1枚或者3枚），每枚卵的大小为1.7厘米长，1.5厘米宽。幼崽孵化出来后以乳汁为食，它们从母兽的由皮毛围绕的乳腺（无育儿袋）开口处吮吸乳汁3~4个月。哺乳期间幼崽待在一个专门用来繁殖的洞穴里面，这个洞穴一般要比休息用的洞穴更长、更复杂。有报告说，这样的洞穴最长可达30米，并有一个或者数个分支穴室。幼崽从这个洞穴中出来的时间是在夏季。尽管幼崽从入水时起确实以水底的生物体为食，但在离开洞穴之后，它们在多长时间内继续吮吸母兽的乳汁还不为人知。单只鸭嘴兽会在一个地区使用许多休息用的洞穴，但是据观察，繁殖期的雌性只使用一个固定的巢穴。

尽管一般情况下每次产2枚卵，但我们不知道每年有多少只幼崽能成功地活到断奶。并不是所有的雌性每年都繁殖，雌性至少2岁大的时候才开始繁殖。

↗ 鸭嘴兽突出的喙柔韧圆滑而且触觉敏锐，它是这种动物在水下潜游及确定食物位置的主要感觉器官。

知识档案

鸭嘴兽
目 单孔目
科 鸭嘴兽科
只有1属1种。

分布 澳大利亚大陆东部（从库克敦到昆士兰）到塔斯马尼亚岛；被引进到袋鼠岛和澳大利亚南部。

栖息地 栖息在大部分的溪流、河流和一些湖水不流动并且堤岸适于筑巢的湖中。

体型 体长与体重因地区而不同，而且体重随季节而变化。雄性体长45~60厘米，雌性39~55厘米；雄性喙长平均5.8厘米，雌性5.2厘米；雄性尾长10.5~15.2厘米，雌性8.5~13厘米；雄性体重1~2.4千克，雌性0.7~1.6千克。

皮毛 背部暗褐色，下腹银色到淡褐色，长有锈褐色的中线，幼崽皮毛颜色较浅。毛短而密（大约1厘米）。眼和耳槽下有浅颜色的皮毛块。

繁殖 怀孕期未知（大概2~3个星期）；孵化期未知（很有可能在10天左右）。

寿命 10年或更长（人工圈养的情况下17年或更长）。